Kurzge-schichten 1

Mit Gefühl, querbeet durch das Leben. Abwechslungsreich wie lustig, spannend, faszinierend, empörend, anrüchig und wundervoll.

Bibliografische Information der Deutschen Nationalbibliothek: Die Deutsche Nationalbibliothek verzeichnet diese Publikation in der Deutschen Nationalbibliografie; detaillierte bibliografische Daten sind im Internet über dnb.de abrufbar.

C 2021 Susanne Gripp

Umschlaggestaltung: Christian „Rorschachhamster" Sturke und Susanne Gripp

Herstellung und Verlag: BoD – Books on Demand, Norderstedt
ISBN 9783751932691

Vorwort:

Moin Moin, liebe Leserinnen und Leser,
ich freue mich sehr darüber, dass Sie sich für mein zweites Buch „Kurzgeschichten mit Gefühl" entschieden haben. Im Gegensatz zu meinem ersten Buch „Martha und Malina, ISBN 9783751958394" haben Sie hier Kurzgeschichten unterschiedlichen Genres vor sich. So wird es teilweise lustig und leicht, andererseits kann es aber auch ein bisschen spannender oder auch mal moralisch anrüchiger werden. Im Inhaltsverzeichnis erfahren Sie die jeweiligen Rubriken samt Erklärung. In diesem Buch versteckt sich eine unsortierte, bunte Mischung an Kurzgeschichten. Ich bin sehr gespannt, von welchen Rubriken Sie zukünftig mehr lesen möchten. Teilen Sie mir gerne Ihre Favoriten mit.
    Eine Geschichte beschäftigt mich fototechnisch sehr. Es handelt sich hierbei um das „Experiment der Liebe". An alle Fotografen und Fotokünstler: Sollten Sie dieses Experiment so oder abgewandelt anwenden wollen, lassen Sie es mich wissen. Vielleicht können wir ein gemeinsames, großes Projekt daraus machen. Es bleibt spannend!

Passen Sie auf sich und Andere auf, liebe Grüße
Susanne Gripp

Viel Spaß beim Lesen!

Inhaltsverzeichnis

Gustav und die Sofas

Hallo, ich bin es, Gustav, der kleine Bernhardiner. Ich muss euch etwas erzählen, denn heute bin ich voller Wucht gegen mein Lieblingssofa geprallt, das sich daraufhin in Bewegung gesetzt hat und voll gegen die Wand gerumst ist.

Ich bin jetzt fast zwei Jahre bei meiner Familie. Eigentlich geht es mir hier super, nur ich darf nicht auf die Sofas, und das passt mir gar nicht. Bei meiner Züchterin durften meine sechs Geschwister und ich auf der Couch spielen und kuscheln. Hier schimpfen immer alle, sobald ich zu ihnen auf das Sofa springe.

Wenn ich es doch mal auf ein Sofa schaffe und sie mich erst später bemerken, schließe ich einfach die Augen, dann sehen sie mich nicht gleich, und ich kann ein Weilchen länger dort liegen bleiben. Aber, was ich euch eigentlich dringend erzählen will, ist das, was mir heute passiert ist. Eines der Kinder hat die Tür zur Küche wohl nicht richtig geschlossen. Als ich es bemerkt hatte, habe ich ganz vorsichtig mit der Nase dagegen gestupst und hatte richtig Glück. Die Tür ging auf, und es war kein Mensch in Sicht. Normalerweise laufe ich nicht gern schnell, wieso auch? Aber, wenn es darum geht, auf eine Couch zu kommen, dann gebe ich Gas und renne so schnell ich kann. Wir wohnen in einem alten Bauernhaus, da gibt es drei Wohnzimmer hintereinander. Am nächsten zur Küche ist das Zimmer mit dem Ledersofa. Da die Schiebetüren zu den anderen Räumen offen waren, hatte ich mich entschlossen, nach hinten in den letzten Raum durchzustarten. Da steht mein

Lieblingssofa, kuschelig warm und schön weit weg von den Menschen. Das dachte ich zumindest. Ich wollte gar nicht mehr abbremsen und hatte mir vorgenommen, über die Lehne zu springen und es mir richtig gemütlich zu machen.

Kurz bevor ich zum Sprung ansetzten konnte, bemerkte ich den Papa der Familie. Mein Herrchen kniete vor dem großen Schrank und wühlte in einer Schublade. Ganz entsetzt schaute er zu mir rüber. Bremsen konnte ich nicht mehr und schaute entsetzt zurück zu Herrchen. Springen konnte ich auch nicht mehr, ich würde mächtig Ärger bekommen, da ich ja nicht auf das Sofa durfte. Es tat einen lauten Knall, und ich muss das Sofa voll erwischt haben. Für einen Moment war mir ganz schwummrig. Mein Lieblingssofa setzte sich in Bewegung und knallte voller Wucht gegen die Wand. Ich blieb erstmal auf dem Boden liegen, bis der Papa kopfschüttelnder Weise zu mir kam und mich tätschelte. Er schimpfte gar nicht, das fand ich komisch, aber das war mir natürlich so lieber. Er brachte mich zurück in die Küche und schloss die Tür zum Flur.

Nun muss ich auf die nächste Chance warten, wieder auf das Sofa zu kommen. Vielleicht heute Abend. Heimlich anschleichen, irgendwann muss das ja mal klappen.

Tschüss, euer Gustav

Der Chef und die Mitarbeiterin des Monats

Louisa hatte eine Woche Sonderurlaub bekommen. Des Weiteren wurde ihr eine Gratifikation in Höhe von eintausend Euro feierlich per Scheck überreicht. Sie wurde zur Mitarbeiterin des Monats Juni 2017 ernannt.

Eigentlich war ihr der große Wirbel um ihre Person ein Bisschen zu viel. Auf das Geld und den Urlaub wollte die junge Frau dennoch nicht verzichten. Wenn Lulu es sich recht überlegte, hatte sie schließlich auch richtig hart dafür geschuftet.

Sie hatte sich damals bereit erklärt, die firmeneigene Fußballmannschaft als Interimstrainerin zu unterstützen. Es sollte nur ein paar Wochen und drei Punktspiele dauern. Daraus wurde fast ein ganzes Jahr und am Ende der Saison sogar der dritte Tabellenplatz. Nie zuvor hatte das Unternehmen Balder mehr als zwanzig Punkte in der gesamten Saison erreicht.

Louisa konnte nach einer schweren Knieverletzung und zwei daraus resultierenden Operationen nicht mehr selbst auf dem Platz stehen. Als Trainerin jedoch nahm sie sich ab und zu die Freiheit, ihr Können zu demonstrieren. Unter ihrer Leitung waren die Kollegen, egal welchen Alters und Geschlechts, zu einer Mannschaft herangewachsen. Nicht nur das, sie waren größtenteils richtige Freunde geworden.

Auch in der Firma machte sich die Euphorie über die Siege und glücklichen Spiele bemerkbar. Es wurde viel gelacht, gearbeitet, gelobt und belohnt.

Ihr Sonderurlaub sollte schon am darauffolgenden Freitag beginnen. Louisa überlegte nicht lange und begab sich in das Reisebüro von Frau Lander. Sie kannte die Inhaberin schon seit vielen Jahren und wusste, wie schwer es in der Branche war, trotz des reichhaltigen Internetangebots zu überleben. Frau Lander reichte ihr einen Cappuccino und las die in Frage kommenden Super-Last-Minute-Angebote vor. Die Sommerferien würden in zwei Wochen beginnen, daher gab es nur vereinzelt noch ein paar Highlights. Die Auswahl fiel Louisa nicht leicht. Die Norwegenkreuzfahrt oder die warme Sonne der Kanaren. Sie entschied sich für Teneriffa. Das Hotel hatte vier Sterne plus und lag unmittelbar am Strand, und die Poollandschaft machte einen überwältigenden Eindruck.

Eigentlich war es nur ein blöder Zufall, dass ihr Juniorchef Marco auch auf Teneriffa verweilte, während sie sich dort entspannen wollte. Warum auch immer, es war ihr peinlich. Was sollten denn die Kollegen denken, wenn der Chef und die Mitarbeiterin des Monats zur selben Zeit auf derselben Insel Urlaub machten? Zu spät, dachte Louisa. Marco Balder hatte seine Mitarbeiterin entdeckt und winkte ihr wild gestikulierend vom anderen Ende des Tresens zu. Eine sehr unangenehme Situation, dachte die siebenundzwanzigjährige durchtrainierte Schönheit. Sie hatte noch ungefähr fünfzehn Sekunden Zeit, bis sie das andere Ende der großen Bar erreichen würde. Fünfzehn Sekunden für eine Abwehrstrategie, welche gleichzeitig in keiner Weise Gefährdung des Arbeitsklimas oder ihrer Trainerposition darstellen dürfe. Hätte sie sich doch nur für Norwegen entschieden. Louisa schien auf dem Weg zu ihrem offenbar betrunkenen Juniorchef in eine Depression zu verfallen. Die beiden lustigen Gestalten neben Marco waren offenbar seine Freunde. Als Lulu auf halbem Weg angekommen war, drangen von dem großen, leicht zerzaust aussehenden Burschen einige Wortfetzen zu ihr herüber. Blitzschnell und ohne nachzudenken, konterte sie auf die Aussage, dass er sich auch gerne einmal von der süßen Puppe trainieren lassen würde: „Wirst du aber nicht und so schon gar nicht." Daraufhin stammelte Marco in Richtung seines Kumpels: „Lass Frau Mertens in Ruhe!" Das Echo war die nächsten fünf Minuten immer wieder zu hören. Der Zerzauste hieß Ingo, und von Zeit zu Zeit brummelte er in einer hohen Tonlage und leicht dabei tänzelnd vor sich hin: „Lass Frau Mertens in Ruhe, lass Frau Mertens in Ruhe!" Die Situation hätte nicht verworrener sein können. Der dritte wankte ein paar Schritte auf sie zu, streckte ihr die Hand hin und stellte sich mit dem Namen Sven von Anden oder so ähnlich vor. Genau verstehen konnte Louisa seine Worte nicht. Sicherlich war es in der Bar auch nicht gerade leise. Sie bezweifelte jedoch, dass das der Grund dafür war, dass sie seinen Namen nicht richtig verstehen konnte. Höflich hatte sie sich mit Louisa Mertens vorgestellt. Marco umarmte seine Mitarbeiterin und Fußballtrainerin etwas zu stürmisch, wie sie fand. Dennoch, er lächelte sie herzlich an und entschuldigte sich und seine Freunde. Sie hätten zu viel getrunken, und das täte ihm jetzt sehr leid. „Lass Frau Mertens in Ruhe. Lass …!" Weiter kam der Zerzauste diesmal nicht. „Achim, jetzt

13

hör endlich auf damit! Du benimmst dich unmöglich." Marco wurde ziemlich laut und Louisa lenkte ein, dass alles okay sei und sie sowieso gerade gehen wolle. Das stimmte inzwischen auch, diese Situation war alles andere als ein seichtes Urlaubsfeeling. Eine halbe Stunde zuvor hätte sie sich vielleicht sogar auf einen süßen Urlaubsflirt eingelassen. Diese drei Gestalten aus der Heimat hatten ihr jegliche Leichtigkeit und Gelassenheit genommen. Sie wollte nur noch auf ihr Hotelzimmer, und zwar allein.

Marco versuchte noch, Louisa zum Bleiben zu überreden, jedoch ohne Erfolg. Er versprach, das am nächsten Tag mit einem Abendessen wieder gut zu machen, und wollte wissen, in welchem Hotel sie untergebracht war. Sie entgegnete ihm jedoch, dass er ja ihre Handynummer bereits hätte und er ihr morgen gerne eine Nachricht über WhatsApp schicken könne.

In ihrem Hotelzimmer angekommen, flogen als allererstes ihre Pumps durch den Raum. Sie zog ihre Jogginghose an und nahm die kleine Tüte Kartoffelchips aus der Minibar. Ein Euro und fünfzig Cent. Das war echt happig für diese zwanzig Gramm, dachte Lulu und seufzte. Danach schmiss sie sich auf das Bett und zappte im Fernsehprogramm herum. So hatte sie sich ihren ersten Abend hier nicht vorgestellt.

Nach einer Weile nahm sie ihr Handy, welches vorsorglich auf die Funktion LAUTLOS eingestellt war, und bemerkte, dass sieben Nachrichten eingegangen waren. Ihre Mutter wollte wissen, ob sie gut angekommen war. Ihre Freundinnen Alina und Julia waren neugierig, wie es ihr gefallen würde auf Teneriffa, und vier Nachrichten von Marco.... Das machte

Louisa ein wenig ungehalten, schließlich hatte sie ihm doch gesagt, dass er sich erst am nächsten Tag erst melden könne. Vielleicht war es ja wichtig, dachte sie und schaute sich seine Nachrichten an. Die erste war eine Sprachnachricht; „Entschuldigung, Louisa". Oh nein, dachte sie, wenn das jetzt den ganzen Urlaub so weiter geht, dann Prost Mahlzeit! Die drei weiteren Nachrichten waren auch nur kurzes Geplänkel. Antworten würde sie darauf jedenfalls nicht. Ihrer Mutter sollte sie dringend schreiben. Das aber auch lieber erst am nächsten Morgen, da ihre Mutter den Ton bei ihrem Handy stets auch über Nacht anließ. Es könnte ja etwas Wichtiges mit den Kindern sein. Am schwierigsten schien der jungen Frau jetzt die Kommunikation mit ihren Freundinnen. Alina war gleichzeitig auch ihre Arbeitskollegin und half als Ersatzspielerin ab und zu bei den Punktspielen aus. Sie hatte ihr sogar anvertraut, dass sie Marco attraktiv finden würde. Wenn Louisa ihr jetzt schrieb, dass Marco rein zufällig am ersten Abend ihres Urlaubs in der benachbarten Bar aufgetaucht sei, würde sie höchstwahrscheinlich falsche Schlüsse ziehen. Zu lügen würde es aber auch nicht besser machen. In den meisten Fällen geht das erst richtig nach hinten los. Lulu war unkonzentriert und entschied sich dafür, Julia kurz zu antworten, dass diese Insel sowie das Wetter hier traumhaft schön seien. Sie bemerkte noch kurz, dass sie sich schon darauf freuen würde, ihr in einer Woche alles genau zu erzählen. Ein kurzer Gruß und fünf Smileys.

Am nächsten Morgen wachte Louisa erstaunlich gut gelaunt auf. Die Sonnenstrahlen schienen durch den dünnen Vorhang. Sie schob ihn beiseite und genoss ihren Meerblick. Auf dem kleinen Balkon standen zwei Stühle und ein kleiner Cocktailtisch. Ein Blick auf ihr Handy ließ sie erschrecken, es war gerade einmal sieben Uhr dreißig. Zum Glück hatte sie keine weiteren Nachrichten bekommen. Auf dem kleinen Sekretär lag die Hausordnung des Hotels. Frühstück gab es von 7:30 Uhr bis 10:30 Uhr und nach Vereinbarung.

Der Frühstücksraum war sehr groß. Er erinnerte sie an die kleine Trainingshalle auf dem Balder Fabrikgelände. Es waren noch nicht viele Menschen zu dieser Uhrzeit am reichhaltigen Buffet. In diesem Moment fehlte Lulu ein Gegenüber zum gemeinsamen Genießen, vielleicht auch einfach nur zum Reden.

Sie hatte sich vorgenommen, den Loro Park, einen großen Tierpark mit Papageien und einigen anderen Attraktionen, zu besuchen und von dort ein paar schöne Fotos an ihre Freundinnen zu senden. Vielleicht könnte sie dann auch die Begegnung mit Marco einfach ignorieren und daraufhin vergessen, sie zu erwähnen. So müsste sie nicht lügen und könnte den Rest ihres Urlaubs genießen. Louisa fing schon wieder an zu grübeln.

Als sie im Begriff war, das Hotel zu verlassen, bemerkte sie einen eingehenden Anruf. „Oh, hallo Marco, mit dir habe ich gar nicht gerechnet. Äh, zumindest nicht so früh. - Schon gut – Nein, ich bin dir nicht böse- Nein, auch Frau Mertens ist nicht mehr böse." Sie lachten und Louisa stimmte zu, sich um neunzehn Uhr vor dem Hotel abholen und ausführen zu lassen. Am Nachmittag wollte sie eigentlich an den Strand gehen. Aus Angst davor, dass ihr Chef das

Tattoo auf ihrem Rücken sehen könnte, entschied sie sich, die Poollandschaft nicht zu verlassen. Diese wunderschöne und doch provozierende Tätowierung bedeckte fast ihren gesamten Rücken, und doch gab es in der Firma Balder nur Alina, die es einmal nach dem Training zufällig gesehen hatte. Seither hatte sie sich das faszinierende Kunstwerk ab und zu bewusst angeschaut. Louisa war stolz auf ihren Rücken. Ihr Exfreund, ein ehemaliger Profi des HSV, hatte es ihr geschenkt. Gestochen auf dem Hamburger Kiez, von Meisterhand ausgearbeitet und so geschickt platziert, dass man es nur sehen konnte, wenn Louisa das auch wollte. Unter einem normalen Top erkannte man keinerlei Anzeichen.

Hier am Beckenrand spürte Lulu die Hunderte von Blicken auf ihrem Rücken. Lange hatte sie nach passender Badebekleidung gesucht, welche ihren Rücken ganz unverhüllt erstrahlen ließ.

Für den Abend hatte sie sich für ein sportliches Sommerkleid entschieden. Schick, aber nicht zu sexy. Schließlich hatte sie auf keinen Fall vor, Marco zu verführen. Im Gegenteil, er durfte sie gerne zum Essen einladen, um sein schlechtes Gewissen zu beruhigen, danach sollte das Kapitel abgeschlossen sein. Louisa legte ein dezentes Abendmakeup auf.

Das Taxi stand schon parat, als sie die Hotelanlage verließ. Die linke hintere Tür öffnete sich, und Marco kam Gentlemanlike heraus, um sie zu begrüßen. Wenn er wollte, stellte er eine adrette, ansehnliche Erscheinung da, „Ach Herr je", entfuhr es ihr, als sie Achim und Sven auf der Rücksitzbank entdeckte. Um den Abend nicht gleich wieder mit einer neuen

Peinlichkeit zu beginnen, begrüßte sie die beiden Freunde Marcos freundlich und mit selbstbewusstem Auftreten. Zu ihrer Verwunderung machten Sven, sowie auch Achim einen sehr eleganten und ansprechenden Eindruck. Es wurde ein sehr langer und fröhlicher Abend. Lulu erwischte sich dabei, wie sie, je später der Abend wurde, immer mehr mit Sven zu flirten begann. Dieses Mal hatte sie seinen Namen auch korrekt verstehen können. Er hieß nicht etwa Sven von Anden, sondern Sven van Dahlen. Er hatte einen belgischen Vater und war bis zu seinem fünfzehnten Lebensjahr in den Niederlanden aufgewachsen.

Louisa interessierte brennend, ob er denn nun beim Fußball für die Oranjes oder für die Deutschen wäre, vielleicht ja auch für die Belgier. Auf diese Frage antwortete er ihr ein wenig zu diplomatisch. Ansonsten gefiel er ihr mit jedem Satz aus seinem wunderschön geformten Mund ein Stückchen besser.

Sie nahmen sich wieder ein Taxi für den Nachhauseweg, und der Beifahrersitz gehörte der Dame, während die drei Herren auf der Rücksitzbank sich um den Platz im Fußraum ein wenig stritten. Sie verabschiedeten sich, und Lulu machte auf dem Weg zu ihrem Zimmer noch einen Abstecher in die Hotelbar. Am Piano saß ein gut gekleideter älterer Herr und begleitete eine Sängerin im roten Abendkleid. Einen Cappuccino gönnte sie sich noch und dachte über die vorangegangenen Stunden nach, als ihr der Kellner ein Glas Sekt servierte. Er deutete auf einen Herren hinten rechts in der Ecke. Das war jetzt so gar nicht Louisas Absicht. Wenn sie aber so darüber nachdachte, könnte sie natürlich den Anschein erwecken, als wäre sie auf einen nächtlichen Flirt aus zu später Uhrzeit allein als Frau in der Hotelbar. Er stellte sich als Adrian vor und hatte einen französischen Akzent. Er kam direkt zur Sache und fragte sie, ob sie nicht Lust hätte, ihn heute Nacht zu begleiten. Zu ihrer eigenen Verwunderung zögerte sie einen Moment, bevor sie dann doch die deutliche Absage an Adrian erteilte. Er verbeugte sich und begab sich wieder auf seinen Platz hinten rechts in der Ecke. Louisa schaute ihm nach und bemerkte, dass auch er eine ansprechende Figur verkörperte. Sie glaubte sich zu erinnern, ihn am Nachmittag, allerdings in weiblicher Begleitung, am Pool gesehen zu haben. Er interessierte sie nicht wirklich. Sie trank den Sekt aus und nahm ihren Cappuccino mit auf das Zimmer. Viel zu aufgewühlt, um zu schlafen, schrieb sie noch ein paar Postkarten für Ihre Freunde und Verwandten. Gegen drei Uhr nachts machte sie endlich das Licht ihrer Nachttischlampe aus und versuchte zu schlafen.

Fast hätte sie das morgendliche Buffet verpasst. Als sie erschrocken auf die Uhr ihres Handys schaute, bemerkte sie, dass ihr nur noch eine knappe Stunde blieb, sich fertig zu machen und zu frühstücken. Ihre Gedanken schweiften dennoch ab, und sie musste an Sven denken. Ob er wohl auch an sie dachte? Vielleicht hatte er ja auch eine Freundin zu Hause. Dieser Gedanke versetzte ihr einen kleinen Stich in der Herzgegend. Einen Ring trug er jedenfalls nicht. Vielleicht waren Marco, Achim und Sven ja auch nur drei Junggesellen auf der Suche nach etwas Abwechslung vom tristen Arbeitsleben. Sie dachte weiter und bemerkte, dass Marco eigentlich ein ziemlich spannendes Leben führte. Die Firma expandierte, sportlich war er auch ausgelastet. Er verstand sich gut mit seiner Familie. Einzig und allein eine Frau an seiner Seite schien ihm noch zu fehlen. Unmittelbar dachte sie dabei an Alina.

Definitiv hatte Louisa zu viel gefrühstückt. Zuhause verzichtete sie ziemlich oft auf die erste Mahlzeit des Tages, meistens allerdings aus Zeitgründen. Nur der Kaffee, der musste sein, und wenn er to go mitgenommen wurde auf die Fahrt zur Arbeit.

Auf ihre Urlaubslektüre, den dicken Liebesroman, konnte sie sich heute nicht konzentrieren. Der Wind blies ihr zart das ein oder andere Sandkörnchen in das Gesicht. Sie hatte es gewagt, sich an den leicht überfüllten Strand zu begeben. In vielen Bundesländern waren die Sommerferien schon angefangen. Es müsste schon ein sehr dummer Zufall sein, wenn sie den dreien…. Weiter kam sie nicht, die Augen fielen ihr zu, und sie schlief für einen Moment ein.

Als sie wieder erwachte, unterhielten sich zwei Frauen hinter ihr. Offenbar ging es um ihre Tätowierung. Eine der Frauen schien begeistert zu sein, die andere entsetzt. Lulu hörte gespannt zu. „Hier laufen kleine Kinder herum, die könnten bei so einem Anblick doch Albträume bekommen." *„Du übertreibst. Heutzutage ist es doch fast schon normal, dass jeder zweite mindestens ein Tattoo trägt. Die Kinder wachsen von Baby an damit auf. Dieses ist doch wunderschön."* „Wunderschön? Es sieht doch grausig aus, als ob ihr jemand den Rücken aufgeschlitzt hätte. Ich weiß nicht, schön ist für mich etwas anderes. Und im Alter, da…." Die Stimmen entfernten sich und Louisa konnte leider nicht mehr verstehen, was sie noch sagten. Sie hatte schon ein ganz besonderes Kunstwerk auf ihrem Rücken. Zu ihrer Zeit als aktive Fußballerin hatte sie eine kurze und heftige Beziehung zu einem echten Fußballstar. Sie war damals erst neunzehn, doch sie bereute keinen einzigen Moment. Dieses Tattoo würde sie immer daran erinnern. Es war, als würde man einen Blick in ihr Inneres haben. Brilliant gestochen schaute man auf ihre Wirbelsäule tief in sie hinein. Die einzelnen Wirbel umspielte eine Rosenranke mit zarten kleinen Knospen. Man konnte den Blick von diesem Szenario nur schwer abwenden, geschweige denn es wieder vergessen. Louisa war sich ihrer Wirkung bewusst. Es sollte für immer ihre einzige Tätowierung bleiben, dessen war sie sich zu diesem Zeitpunkt sehr sicher.

Sie schaute auf ihr Handy und hatte tatsächlich nur eine Nachricht von Marco bekommen, dafür gleich zwei von ihrer Mutter. Sie packte ihre Sachen zusammen und ging in das Hotel, um sich frisch zu machen, als ihr Handy klingelte. Es war Sven, und Louisa spürte eine leichte Erregung in ihrer Stimme. Er wollte sich heute allein mit ihr treffen. Natürlich nur, wenn sie auch Lust auf einen Ausflug nach La Gomera mit Candlelight Dinner auf dem Schiff haben würde. Sie tat so, als würde sie einen Moment überlegen, bevor sie zusagte. Starten würde die Ausfahrt um 16:45 Uhr vor ihrem Hotel. Das bedeutete, dass sie sich schon wieder beeilen musste, um rechtzeitig fertig zu werden. Leider vergaß sie unterdessen, sich endlich bei ihrer Mutter zu melden.

Während sie sich schminkte, dachte sie darüber nach, dass es ein wenig schade wäre, die Insel nur bei Nacht zu sehen zu bekommen. Sie hatte gelesen, dass La Gomera vulkanischen Ursprungs und etwa elf Millionen Jahre alt war. Aufgrund der Höhenunterschiede gab es mehrere Vegetationszonen. Es klopfte an der Tür. Leicht verunsichert fragte sie, wer denn dort wäre. Es war der Portier mit einer dringenden Nachricht aus Deutschland. Sie öffnete die Tür, und er übergab ihr einen Zettel, bevor er sich höflich wieder verabschiedete. Hätte sie ihm jetzt ein Trinkgeld geben müssen? Louisa faltete die Nachricht auf und las: „Meine liebe Louisa, wenn du dich nicht innerhalb der nächsten fünf Stunden bei uns meldest, rufe ich die Polizei an. Wir machen uns große Sorgen. Deine Mama und dein Papa" Auch das noch, dachte sie und wählte umgehend die Nummer ihrer Eltern. Ihre Mutter war einerseits sehr erleichtert, dass es ihrer Tochter gut ging, andererseits jedoch war sie merklich gekränkt darüber, dass Louisa sich nicht früher gemeldet hatte. Zu allem Übel musste sie ihre Mutter dann auch noch abwürgen, weil die Zeit sehr drängte.

Die Flure bis zur Hotellobby kamen ihr heute besonders lang vor. Es musste schon viertelvor fünf sein. Louisa war sichtlich erleichtert, als sie durch die große Eingangstür schritt und noch vier weitere Personen draußen standen, um auf den Bus zu warten. Sven winkte ihr aus einem der vielen Fenster zu, als der Kleintransporter auf den Hof fuhr. Sie setzte sich auf den Platz neben Sven. Beide grinsten etwas verlegen.

Das Schiff war nicht besonders groß, trotzdem sehr beeindruckend. Frisch gebohnerte Holzplanken und eine uniformierte Crew begrüßte die kleine Gruppe von zwölf Passagieren. Das hatte Lulu sich ganz anders vorgestellt. Sie war fasziniert von dieser erlesenen Atmosphäre an Bord. Ein leichter Seegang verstärkte diese ganz besondere Stimmung. Das Essen bestand aus einem siebengängigen Menü del Mare. Louisa und Sven erlebten einen wunderschönen Abend. Als sie zu später Stunde vor ihrem Hotel ausstieg und Sven mit dem Bus zum nächsten Hotel weiterfuhr, wäre sie am liebsten mit ihm mitgefahren. Eigentlich wusste sie schon zu diesem Zeitpunkt, dass das etwas ganz Großes werden würde mit Herrn van Dahlen und Frau Mertens.

Im Hotel angekommen, schrieb sie ihrer Freundin Alina die längste WhatsApp Nachricht überhaupt. Sie erzählte ihr die ganze Geschichte von Anfang an, bis zur aktuellen Minute. Erleichtert darüber schlief sie umgehend ein. Am nächsten Morgen hatte sie sich für eine Sightseeingtour quer über die Insel angemeldet inkl. Besuch des Fußes des Pico del Teide, des höchsten Bergs Spaniens. Es war eine sehr unterhaltsame und informative Tour. Während der Zeiten im Bus hatte Lulu Zeit, über sich, ihr Leben und ihre gemeinsame Zukunft mit Sven zu philosophieren. Immer wenn sie an ihn dachte, fing ihr Herz an schneller zu schlagen. Sie wollte nichts überstürzen und auf keinen Fall schon auf der Insel schwach werden. Ihr Flug würde zwei Tage eher zurück nach Hamburg gehen. Genug Zeit, um ihre Wohnung endlich einmal wieder gründlich zu putzen, dachte sie.

Er fehlte ihr schon bei dem Gedanken daran, dass sie ihn auf der Insel allein zurücklassen musste. Alles Spannende lag noch vor ihnen. Wie er wohl auf ihre Tätowierung reagieren würde? Sie musste ihn darauf vorbereiten, offensichtlich war seine Haut noch unberührt von einer Tätowiernadel. Ob das wohl so bleiben würde? Sie hatte ihn noch nicht einmal gefragt, was er beruflich tat. Louisa wusste nicht viel von ihm, aber sie könnte seine Augen malen, wunderschön, grau, blau und grün. Seine Hände waren gepflegt, keine Arbeiterhände. Svens Kleidung bestand hauptsächlich aus Basics, so wie sie es zumindest hier im Urlaub mitbekommen hatte. Ob er in einer eigenen Wohnung lebte oder vielleicht in einer WG? Sie hatte noch Hunderte von Fragen und war so gespannt auf die darauf resultierenden Antworten.

Die nächsten Abende verbrachten sie meistens zu viert. Lulu vermied es, Sven zu nahe zu kommen. Sie kannte sich, und es würde ihr schwer fallen, nicht über ihn herzufallen, wenn sich die Gelegenheit bieten würde. Im Urlaub waren diese Möglichkeiten reichlich vorhanden. Sie konnte sehr stolz auf sich sein, ihnen zu widerstehen. Ob es Sven ähnlich ergehen würde? Mit Sicherheit, dachte sie. Es musste doch so sein. Ja, sie wusste, dass es so war, sie sah es an seinen Augen und an den kleinen Gesten, die auf Großes schließen ließen. Sie hatten das erste Date in der Hansestadt schon vereinbart. Noch an dem Tag, an dem Sven wieder auf dem Helmut Schmidt Airport landen würde, hatten sie sich verabredet. Um Achtzehnuhr vor dem Planetarium. Pink Floyd, Dark Side Of The Moon, sollte es sein. Sie hatte schon so viel davon gehört und Sven war gleich begeistert, als sie es vorschlug.

Ihr Verhältnis zu ihrem Juniorchef und Mittelfeldspieler Marco Balder schien in keiner Weise beschädigt worden zu sein durch diesen Urlaub. Die Verabschiedung an ihrem letzten Abend auf der Insel von Achim, Marco und Sven war sehr herzlich. Da war er dann auch, der erste Zungenkuss. Louisa unterbrach die aufkommende Leidenschaft von Sven und flüsterte ihm ins Ohr, dass sie sich schon sehr auf ihre gemeinsame Hamburger Zeit freute.

Im Flugzeug merkte Lulu, wie glücklich und gleichzeitig traurig sie darüber war, dass sie Sven jetzt ein paar Tage nicht sehen könnte. Sie war sich sicher, dass er der Richtige für sie sein würde, The One And Only, dachte sie und lächelte die Stewardess an, während diese ihr einen Kaffee und ein Glas Wasser servierte. Natürlich hatte sie Angst davor, enttäuscht zu werden, so wie damals, doch ihre Gefühle für Sven waren stärker. Es wurde Zeit für ein neues und aufregendes Leben.

Die brennenden Nebel

Da war er wieder, dieser fiese, beißende Gestank. Die Atemwege schnürten sich zu. Der Nebel so dicht vor Augen, dass auch mit größter Anstrengung nicht zu erkennen war, aus welcher Richtung der Qualm kam. Irgendwo in naher Ferne loderte ein Feuer. Wieder bei Nebel oder genau wegen des Nebels.

Angefangen hatte es in den siebziger Jahren. Einige Landwirte hatten sich angewöhnt, bei dichtem Nebel ihren Unrat zu entsorgen, indem sie ein Feuer entfachten. Sie nannten sie dann die unauffälligen Abfälle. Seit etwa 12 Jahren brannten die Feuer im Nebel wieder vermehrt. Anfangs war es relativ harmlos, dann wurden scheinbar immer mehr verbotene Substanzen und Gegenstände auf diese Weise entsorgt.

Seit ein paar Jahren ereigneten sich parallel zu diesen Abfallentsorgungen erst kleinere, dann immer schwerwiegendere Verbrechen unter dem Tarnmantel des brennenden Nebels. Entlang der Küste entstanden sogenannte Nebelkrater. Aufgrund des Wassers und der damit verbundenen unendlichen und bedrohlich starken Nebelbänke schien er, der große Unbekannte, der Täter, sich in Sicherheit zu wiegen. Während er sich unter dem Schutz des Nebels versteckte, vollbrachte er seine Gräueltaten.

In jenen Nächten, in denen die Kälte und die Nässe des Nebels durch die Kleidung bis auf die Knochen zu spüren waren, in diesen Nächten fürchteten sie sich. Sie verschlossen ihre Fenster und Türen und trommelten ihre Familien zusammen. Erst dann, wenn alle Familienmitglieder in einem Raum versammelt waren, atmeten sie auf. Die Angst vor den brennenden Nebeln ließ die Nerven blank liegen. Fast schon in einem Anfall von Paranoia verboten sie ihren Kindern, auf die Toilette zu gehen, geschweige denn das Gemeinschaftszimmer zu verlassen.

Viele Familien hatten sie vor längerer Zeit erhalten, diese Drohbriefe. Ein Rätsel, eine Drohung und ein Fluch zugleich.

Das Feuer der brennenden Nebel hast auch du gesät, drum werde deine Saat auch brennen, und du bist schuld. Die erste Saat brannte unter deinem Schutz. Das Leiden du hast gesät, jetzt deine Saat zu spüren bekommt. Vollende deine Tat, und leben wird deine Saat!

Wann hat das nur endlich ein Ende? Kommissarin Michaela Meiendorff und ihr Team, die Soko Brand-nebel, waren am Ende ihrer Ermittlungen und doch noch am Anfang. Der Druck, der aus der Bevölke-rung, den Medien und auch den eigenen Reihen kam, war immens. Die junge Profilerin Johanna Steiger, die der Soko seit kurzem zugeteilt war, führte sich auf, als sei sie unfehlbar. Unglaublich eigentlich, sie hatte doch gerade erst die Uni beendet. Sicherlich, sie hatte vor ihrem Studium eine Ausbildung zur Polizistin ab-solviert. Das rechtfertigte jedoch nicht diese beein-druckende Überheblichkeit, dachte ihre Vorgesetzte Michaela Meiendorff, und beschwerte sich bei ihrem langjährigen, geschätzten und vertrauten Kollegen Kommissar Detlev Meyer. „*Wenn ich neu in eine Abtei-lung komme, dann füge ich mich doch ein. Ich poltere nicht in den Raum und pöbele erst einmal über die gesamten Er-mittlungsergebnisse und die Umstände, unter denen diese zustande gekommen sind.*" Detlev versuchte Michaela zu beruhigen, indem er die junge Kollegin in Schutz nahm. Dadurch machte er es irgendwie nur noch schlimmer. Sie sollten sich wieder auf das Wesentliche konzentrieren, dachten die beiden erfahrenen Polizisten. Ein Blick reichte aus, um zu dieser Erkenntnis zu kommen.

Ein Mörder lief frei herum, versetzte 17 Familien in Angst und Schrecken. Die Soko Brandnebel wurde vor 26 Monaten gegründet. Damals stellte sich heraus, dass der schreckliche Unfall des 16 jährigen Sohnes des damaligen Bürgermeisters von Holmmühlenbach, Heiner Howacht, gar kein Unfall gewesen war, sondern die grausame Tat eines Psychopathen. Tom Howacht war im Dezember vor zwei Jahren offenbar angetrunken in ein Lagerfeuer gestürzt und bis zur Unendlichkeit verbrannt. Das war die erste Version des Tathergangs. Nach der Spurenaufnahme und der Untersuchung in der Rechtsmedizin stellte sich heraus, dass Tom post mortem in die Flammen gelegt worden sein musste. Die genaue Todesursache blieb ungeklärt, auch wiesen die Knochen keinerlei Verletzungen auf, die nicht aufgrund der Hitze des Feuers entstanden waren. Kurze Zeit später gab es die ersten Briefe. Alle an Landwirte oder Unternehmen mit großem Grundbesitz. Eines musste sie alle verbinden, doch um was handelte es sich nur?

Ein Vierteljahr nach Tom starb Mia-Marie, die 12 jährige Tochter eines Rinderzüchters aus Holmwartenbüttel. Mia-Marie verschwand auf dem Weg zum Schulbus in einer Nebelschwade, wie ihre Mitschüler berichteten. Ein Auto hatten sie gehört, aber nicht sehen können. Für Mia-Marie hatte man eine Art

Scheiterhaufen errichtet. Sie war bei lebendigem Leib verbrannt worden. Insgesamt waren in den letzten 26 Monaten vier Kinder grausam verbrannt. Während die Kinder zu Tode kamen, herrschte jeweils starker Nebel. 17 Familien hatten die Briefe erhalten. Es musste einen Zusammenhang geben. *„Alle Familien waren alteingesessen und die Wohnsitze lagen nicht weiter als 42 Kilometer von einander entfernt. Niemand war neu hinzugezogen. Das könnte ein Ansatz sein"*, bemerkte Johanna Steiger. *„Es muss sich irgendein Unglück ereignet haben, was diese 17 Familien vereint. Hier müssen wir ansetzen. Ich gehe in das Archiv und schaue mir die Todesfälle der letzten Jahre an. Befragt die Familien, irgendeinen Zusammenhang muss es geben."* Schon war Johanna wieder entschwunden. Detlev und Michaela sahen sich noch einmal den Text des Briefes an.

Das Feuer der brennenden Nebel hast auch du gesät, drum werde deine Saat auch brennen, und du bist schuld. Die erste Saat brannte unter deinem Schutz. Das Leiden du hast gesät, jetzt deine Saat zu spüren bekommt. Vollende deine Tat, und leben wird deine Saat!

Natürlich hatten die Kommissare alle Familien schon detailliert befragt, teilweise sogar mehrfach. Was sie jedoch nicht getan hatten war, tiefer in die Vergangenheit einzudringen. Ein neuer Ansatzpunkt tat sich ihnen auf. Was war denn, wenn es gar nicht die Eltern der Kinder betreffen würde, sondern deren Großeltern? Das würde auch erklären, warum nur alteingesessene Familien einen Drohbrief bekommen hatten. Der Kreis eventueller Zeitzeugen war verschwindend gering. Gerade einmal acht Elternteile beziehungsweise Großeltern lebten noch. Das war wenig, weil die Großeltern der verstorbenen Kinder doch erst um die 55 bis 65 Jahre alt waren. Was war denn, wenn einige von ihnen gar keinen natürlichen Tod gefunden hatten? Bei der Überprüfung der Todesdaten aller Angehörigen stellte sich tatsächlich heraus, dass die ersten zwei Todesfälle der Großeltern vor ca. zwölf Jahren eintraten, kurz nachdem die Feuer wieder intensiver brannten.

Die Soko Brandnebel arbeitete auf Hochtouren. Von den acht Überlebenden, wie man sie nun nannte, befanden sich drei Personen mit starker Demenz im Altenpflegheim von Holmmühlenbach. Drei waren verzogen, davon eine Frau nach Dänemark ausgewandert, und zwei weitere Elternteile lebten noch bei ihren Familien. Gleich morgen früh würden Detlev und Michaela nach Holmmühlenbach fahren, in der Hoffnung, etwas Verborgenes aufklären zu können oder wenigstens ein Puzzleteil vom Ganzen zu ergattern.

In der folgenden Nacht schlief Kommissarin Meiendorff sehr unruhig. Gefühlte hundertzwanzigmal drehte sie sich von links nach rechts und wieder zurück. Es kam ihr vor, als hätte sie keine zwanzig Minuten am Stück geschlafen. Die Vorstellung, dass die Soko Brandnebel vielleicht ganz neue Aspekte und damit verbundene Fortschritte in der Ermittlungsarbeit vor Augen hatte, beflügelte sie dann doch, dem Klingeln ihres Weckers nachzugeben und aufzustehen. Irgendwann würde sie einen langen Urlaub brauchen. So richtigen Urlaub, weit weg, dachte sie und seufzte.

Um 9.30 Uhr hatten die Kommissare einen Termin mit Britta Laatzen, der Leiterin des Altenpflegeheims von Holmmühlenbach. Unter anderem forderten sie Akteneinsicht in die acht Akten inzwischen verstorbener Großeltern der bedrohten Familien und in die weiteren drei Akten der noch im Pflegeheim lebenden Personen. Bei diesen handelte es sich insbesondere um Maria Howacht, der Mutter von Heiner Howacht und Großmutter des ersten Opfers Tom Howacht. Dann war da noch Arne Hendriksen, ein ehemaliger Landwirt, und Peter Brommer, der Seniorchef und Mitbegründer von Möbel Brommer, seit 1979 ein Begriff in der Region. Herr Brommer freute sich sehr über den Besuch der Kommissare. Er konnte sich zwar nicht mehr so gut an die letzten Jahre erinnern, doch was vor 30 Jahren passierte, das schien er noch gut in Erinnerung zu haben. Michaela Meiendorff hatte einen sehr guten Draht zu Herrn Brommer. Sehr von Vorteil war es, dass Michaelas Eltern damals ihre erste Einrichtung fast komplett bei Möbel Brommer erworben hatten. Das Kinderzimmer war das Modell Filius, an welches sich Herr Brommer noch gut erinnerte. Er erzählte aus der damaligen Zeit. Vorsichtig stellte die Kommissarin kleine Zwischenfragen nach der damaligen Feuerwehr, Feuern auf Höfen und Feuer im Nebel. Herr Brommer verstummte für einen Moment. Auf die Frage, ob da nie etwas Schlimmes passiert sei, wollte er nicht wirklich antworten. Er sei jetzt müde und müsse sich ausruhen, seufzte er. Michaela und Detlev wollten hier unbedingt neu ansetzten, nur heute nicht mehr. Frau Howacht lebte in ihrer eigenen Welt, sie machte aber dennoch einen sehr zufriedenen Eindruck. Arne Hendriksen redete wirres Zeug, doch die Kommissare hörten genau zu. Noch erschloss sich ihnen kein Zusammenhang, der Name Laatzen fiel häufiger in seinen Erzählungen, Astrid Laatzen und Olaf. „Eine ganz schlimme Geschichte", sagte der alte Arne. Was genau, wollte er nicht erzählen. Sie würden Britta Laatzen, die Leiterin des Altenpflegeheims, fragen.

Im Revier angekommen, wurden Michaela und Detlev gleich von Ihrer neuen Profilerin Johanna Steiger begrüßt. Sie hatte im Zeitungsarchiv von Holmwartenbüttel tatsächlich etwas gefunden. Vor 32 Jahren ereignete sich in einer Nebelnacht eine Tragödie beim großen Feuer der Bauernfreunde, wie sie sich damals nannten. In dieser Nacht hatten sie sich verabredet, ein großes Feuer zu entzünden, um im Schutz des Nebels ihren Abfall zu entsorgen. Heute würde man wohl Sondermüll dazu sagen.

Zwei Kinder erlitten dabei Rauchvergiftungen durch stark giftige Dämpfe. Der kleine Ole Laatzen, gerade einmal drei Jahre alt, trug dauerhafte schwere Hirnschäden davon. Wie Johanna ermitteln konnte, starb Ole ein paar Monate später an den Folgen der Rauchvergiftung. Seine große Schwester Britta erholte sich wieder vollständig. Astrid Laatzen, die Mutter der Kinder, kam nicht über dieses schwere Schicksal hinweg und beging am ersten Todestag von Ole Selbstmord.

Die Kommissare machten sich umgehend erneut auf den Weg nach Holmmühlenbach. Dieses Mal hatten sie ihre neue Kollegin Johanna Steiger dabei. Auf der Fahrt ließen Michaela und Detlev es sich nicht nehmen, die neue Kollegin dahin gehend zu impfen, sich dezent im Hintergrund zu halten und ihnen möglichst nicht ins Wort zu fallen. Zum Glück kam kein Kommentar von der Rücksitzbank.

Kurz vor der Einfahrt zum Altenpflegeheim kam ihnen ein Leichenwagen entgegen. Ein ungutes Gefühl überkam die Kommissarin. Hoffentlich trafen ihre schlimmsten Befürchtungen nicht ein.

Als die drei Polizisten das Haus betraten, kam ihnen eine junge Pflegerin entgegen und meinte, dass es heute schlecht sei, jemanden zu besuchen. Sie hätte zwei Todesfälle gehabt, und ihre Leiterin gehe nicht an ihr Handy und sei nirgends aufzufinden.

Ohne mit der Wimper zu zucken, griff Michaela Meiendorff zu ihrem Telefon und leitete eine Fahndung nach Britta Laatzen ein. Ansonsten sollten die Familien angewiesen werden, sich in ihren Häusern zu verbarrikadieren.

Wie sich herausstellte, handelte es sich bei den beiden Todesfällen, wie schon vermutet, um die Herren Hendriksen und Brommer. Eine Untersuchung in der Rechtsmedizin wurde umgehend veranlasst.

Britta Laatzen, das war scheinbar die große Unbekannte mit tragischer Geschichte. Als Kind verlor sie also ihren kleinen Bruder und ein Jahr später auch noch die geliebte Mutter. Die Kommissare wurden durch das Präsidium darüber informiert, dass zehn Familien gewarnt werden konnten. Die anderen sieben konnten sie nicht erreichen. Es wurde vereinbart, dass sich zwei Streifenwagen auf den Weg nach Holmwartenbüttel und Umgebung machten. Gefahndet wurde ebenfalls nach dem dunkelroten Kombi der Leiterin des Altenpflegeheims. Die Kommissare waren in unmittelbarer Nähe des Bauernhofes der Familie Harms, als sie durch einen Anruf darüber informiert wurden, dass es im nur drei Kilometer entfernten Neuendorf einen Notruf der Familie Petersen gegeben hatte. Joschka Petersen, ein Landwirt, hatte über die Notrufnummer 112 mitgeteilt, dass das große Hauptgebäude in Flammen stehen würde. Bei dem Hauptgebäude der Familie Petersen handelte es sich um einen ca. 230 Quadratmeter großen Wohnbereich mit direktem Übergang zum Kuhstall. Seine Familie und er waren in dem Gebäude verbarrikadiert. Von den Flammen eingeschlossen, wollten die Petersens Zuflucht im Kellergewölbe finden. Die Telefonverbindung brach daraufhin abrupt ab. Die dicken Mauern des alten Bauernhauses sollten die fünfköpfige Familie für eine kurze Zeit vor den lodernden Flammen im Erdgeschoss schützen. Das Gebäude war vor sechs Jahren saniert und wunderschön hergerichtet worden. Die Einrichtung war liebevoll arrangiert, mit einem Blick für kleine und große Details. In diesem Moment brannte das Bauernhaus lichterloh, die Fensterscheiben waren geborsten. Eine unglaubliche Hitze umgab das Gebäude. Lautes Krachen, blutrote Flammen und intensiver Brandgeruch untermalten das ansonsten starre Szenario einiger weniger Nachbarn und Personen, welche hinter dem von der vor Kurzem eingetroffenen Feuerwehr Holmmühlenbachs abgesperrten Terrain standen. Sie hielten sich an den Händen, eine Frau weinte.

Die Kommissare bogen auf die zum Hof führende Allee ein. Im Keller spielte sich indessen der

Überlebenskampf der Familie Petersen ab. Aufgrund der Drohbriefe und der Warnung der Polizei hatten die betreffenden Familien Ihre Häuser einbruchssicher zu gestalten versucht. Bei Familie Petersen gehörte natürlich das Kellergebäude mit seiner Außentür ebenso dazu wie der alte Kohlenschacht, aus dem die Familie in diesem Moment vor den Flammen, der Hitze und der einsturzgefährdeten Kellerdecke zu fliehen versuchte. Der Kohlenschacht befand sich auf der rechten Seite des Gebäudes, kurz hinter dem ehemaligen Dienstboteneingang im Erdgeschoß. Mit vereinten Kräften schafften es Joschka Petersen und seine Ehefrau, den Vorratsschrank, der den Kohlenschacht sichern sollte, gute 30cm nach links zu verschieben. Sie schafften es, die Außenluke zu entriegeln und zu öffnen. Mit letzter Kraft zogen sie sich aus der Luke nach oben in die Freiheit.

Die Polizisten Michaela Meiendorff, Detlev Meyer und Johanna Steiger waren inzwischen aus ihrem Auto gesprungen. Den roten Kombi von Britta Laatzen hatten sie sofort entdeckt, doch wo befand sich Frau Laatzen? Da, inmitten der Schaulustigen stand sie, ganz nah am Absperrband. Ihre Augen strahlten. Ein Hauch von Wahnsinn lag in ihrem Blick, als sie sich zu den nahenden Polizisten umdrehte und schrie „Die Saat, sie brennt." Laut lachend lief sie auf das brennende Haus zu und verschwand im Feuer.

Kommissar Meyer hatte noch versucht, Britta Laatzen mit einem beeindruckenden Sprint einzuholen, jedoch ohne die geringste Chance. In diesem Moment kam auch Familie Petersen ins Blickfeld und wurde umgehend von Ersthelfern des Deutschen Roten

Kreuzes betreut und zur Vorsorge und Versorgung eventueller Rauchvergiftungen ins nahegelegene Krankenhaus gebracht.

Die Soko Brandnebel wurde geschlossen. Die siebzehn Familien konnten jetzt in eine neue Zukunft blicken. Zu tief jedoch waren die bleibenden Narben der brennenden Nebel zur Zeit noch, um wieder die unbeschwerte Leichtigkeit des Glücks verspüren zu können.

Prinz, der kleine große Drache-Vorlesegeschichte

Es war eine sehr schwere Zeit für die junge Prinzessin Sommerwind. Seit Mitte November war sie nun eingeschneit auf der großen Burg. Ihre Freunde fehlten ihr sehr. Sogar die Brieftauben konnten bei diesem Wetter nicht fliegen, und die Einsamkeit wurde von Tag zu Tag schlimmer. Ihre Eltern waren damit beschäftigt zu regieren, und die klugen Sprüche ihrer großen Schwester gingen ihr mittlerweile so richtig auf die Nerven. Das einzige, was ihr noch Spaß machte, war das Kuchenbacken. So ging die Prinzessin fast jeden Tag in die Küche, um zu backen. Ihre Kuchen mochten alle gerne, und so verteilte Prinzessin Sommerwind ihn an jede Person und jedes Tier, das ihr über den Weg lief. Der alte Burg-Hund „Graf", wich ihr nicht mehr von der Seite, sobald er neuen Kuchengeruch erschnüffelte.

Eines Tages stellte die Prinzessin einen frisch gebackenen Schokoladenkuchen auf die Fensterbank ihres Turmzimmers. Damit er schneller abkühlte, hatte sie die beiden Fensterflügel weit geöffnet. An diesem Tag war es nicht ganz so windig, doch es schneite und schneite. Sommerwind saß an ihrem Schreibtisch und wollte gerade eine Zeile schreiben, als sie einen warmen Windhauch hinter sich spürte. Sie drehte sich schnell um und konnte nur noch einen sich entfernenden Schatten sehen. Hatte sie sich verhört, oder hatte jemand „Danke" gerufen? Die Prinzessin zweifelte an ihrer Wahrnehmung. Erst bei dem zweiten Blick aus dem Fenster bemerkte sie den fehlenden Schokoladenkuchen. Nur noch ein paar Krümel lagen auf der

Fensterbank. „Oh! Wer war das?", rief sie aus dem Fenster. Aus dem nahen Märchenwald sah sie ein oranges Leuchten und hörte ganz leise aus der Entfernung die Worte „Ich, der Prinz". „Der Prinz, welcher Prinz denn?", rief sie so laut sie konnte, doch es kam keine Antwort mehr. Noch eine Weile stand sie an ihrem Fenster und schaute hinaus, doch es war nichts mehr zu sehen. Ihr Vater, der König, klopfte an die dicke Holztür: „Sommerwind, ist alles in Ordnung? Ich komme jetzt herein." „Papa, der Prinz war da und hat meinen Kuchen gestohlen. Was soll ich denn jetzt machen? Er ist im Märchenwald verschwunden." König Winterwald ging zum Fenster und schloss es. „Es ist hier zu kalt, meine Tochter, du wirst dich noch erkälten. Das Feuer in deinem Ofen ist fast erloschen. Vielleicht ist dein Kuchen aus dem Fenster gefallen. Das ist nicht schlimm, dann freuen sich die Tiere darüber, die Vögelchen und die Eichhörnchen. Back doch einen neuen Kuchen, ich würde mich freuen." Dann legte er etwas Holz im Ofen nach und ging wieder regieren. Die Prinzessin ging in die Küche und backte einen neuen Schokoladenkuchen. Sie erzählte der Köchin und der Magd von ihrem Erlebnis, doch die beiden schauten sie nur mit großen, traurigen Augen an. „Ach Kind", meinte die Köchin, „es wird Zeit, dass der Schnee geht und der Frühling kommt, damit du wieder mit deinen Freundinnen spielen kannst." Keiner glaubte Prinzessin Sommerwind die Geschichte von ihrem Prinzen, und sie beschloss, einfach nicht mehr darüber zu reden. Nach und nach kam es häufiger vor, dass ihr Kuchen verschwand. Als wieder einmal der Schokoladenkuchen verschwunden war, hatte die Prinzessin den Graf unter Verdacht, doch der arme Hund hatte nicht einen einzigen winzigen Kuchenkrümel in seinem Fell hängen, und das entlastete ihn doch sehr. Er hätte den Kuchen verschlungen und nicht ganz vorsichtig verspeist. Als die Prinzessin danach wieder in ihr Turmzimmer ging, lagen auf ihrer Fensterbank ein großer, spitzer Zahn sowie ein Tannenzapfen. Sommerwind schnappte sich die beiden Sachen und lief, so schnell sie konnte, die Turmtreppe hinunter zu ihren Eltern. „Papa, Papa, schau mal!", rief sie und legte ihm den Zapfen und den Zahn auf seinen Schreibtisch. „Das gibt es doch gar nicht", sagte er nur und nahm die Glocke von seinem Tisch und klingelte nach seinen Gelehrten. Danach war die ganze Burg in Aufregung. „Mein Kind, das ist eindeutig ein Drachenzahn", sagte der König zu seiner jüngsten Tochter. „Das besondere daran ist, dass es ein ausgefallener Milchzahn eines jungen Drachens sein muss. Ja, dieser Zahn ist vor kurzem erst herausgefallen. Wir waren bisher davon ausgegangen, dass es hier in der Gegend gar keine Drachen mehr gibt, doch wir müssen uns geirrt haben. Das ist eine Sensation!" Sommerwind strahlte, „Papa, wie alt ist denn so ein kleiner Drache, wenn ihm die Milchzähne ausfallen?" „Die Gelehrten meinen so etwa siebenhundert Jahre". „Waaaaas?" Prinzessin Sommerwind tanzte durch den Raum. Sie hatte einen Drachenfreund, der ihren Schokoladen Kuchen liebte. Doch ihre Freude hielt nicht lange an, denn ihr Vater hatte große Angst davor, dass der Drache ihrer Tochter etwas antun könne, vielleicht sogar, dass er sie fressen würde. So beschloss der König, seine auf der Burg lebenden Ritter zur Verteidigung nach draußen in die Kälte zu schicken, ab dem kommenden Morgen sollten sie stark bewaffnet die Burg umstellen, um die Menschen vor dem bösen Drachen zu beschützen. Prinzessin Sommerwind weinte bitterlich, doch dann hatte sie eine Idee. Heimlich schlich sie abends in die Küche und backte einen Kuchen, diesmal nahm sie noch mehr Schokolade dazu als sonst. Sie zog sich ihre Winterstiefel und den ganz dicken Mantel an und wartete auf ihrer Fensterbank mitsamt dem Kuchen auf Prinz. Als er angeflogen kam, erschrak er sich, als er die Prinzessin sah und wäre fast abgestürzt. „Du brauchst doch keine Angst zu haben, Prinz", sagte sie leise. „Ich bin Sommerwind und mein Vater, der König Winterwald, will morgen die Armee draußen postieren, du kannst dann nicht mehr herkommen, das ist zu gefährlich. Kann ich nicht mit dir kommen? Wo wohnst du denn?" Der kleine, große Drache legte den Kopf schief, und aus seinen Nasenlöchern qualmte es heraus. „Du brauchst keine Angst zu haben, kleiner Mensch, ich bin nur so aufgeregt. Manchmal qualmt es dann ein bisschen. Ich wohne seit fast zweihundert Jahren allein in einer Höhle. Du kannst nicht mitkommen, ich habe seit über dreißig Jahren nicht mehr aufgeräumt", sagte er und wirkte dabei etwas verlegen. „Bitte, Prinz, hier ist es so langweilig. Ich helfe dir, deine Höhle schön zu machen. Wir müssten aber bald los, bevor sie merken, dass du hier bist. Den Kuchen nehmen wir mit und essen ihn bei dir zu Hause. Was meinst du?" Der Drache nickte heftig, und machte dabei so viel Wind, dass Sommerwind fast von der Fensterbank fiel. Die Prinzessin steckte schnell noch ein paar Sachen in ihre Reisetasche und ließ einen Zettel auf ihrem Schreibtisch zurück: „Bin im Urlaub, komme bald zurück, Sommerwind." Prinz kam so nah an das Fenster, dass das Menschenkind ganz vorsichtig auf seinen Hals klettern konnte. Sommerwind saß sehr bequem auf ihrem Platz, und Prinz startete ganz vorsichtig. In gleitenden, langsamen Bewegungen flogen sie durch den Schnee. Der Drache flog einen großen Bogen, und Sommerwind konnte für einen Moment die winzig kleine Burg sehen. Angst hatte sie keine, es machte richtig Spaß, auf dem Drachen zu sitzen und zu fliegen. „Da unten wohnt meine Freundin Romanzia", rief sie dem Drachen zu. Prinz fragte, ob sie Romanzia ein Stück Kuchen abgeben wollen, aber Sommerwind hielt es für zu gefährlich. Sie reisten noch eine Weile weiter, bis er Kreise flog, erst große und dann kleinere, dann landete er auf einem Bergplateau. Die Höhle war eigentlich groß, aber Prinz sammelte alles, was er interessant fand, und brachte es mit in seine Wohnung. In der hinteren Ecke türmten sich Fahrräder bis unter die Decke. Prinzessin Sommerwind schaute fasziniert zu den Rädern, und Prinz bat sie einen Schritt zur Seite zu gehen. Danach pustete er einen mittelschweren Sturm in die Richtung der Fahrräder. Sommerwind war entzückt, die einzelnen Vorderräder drehten sich alle auf einmal, und es wurde hell in der Höhle. „Das ist mein Licht", meinte Prinz stolz, und die Prinzessin war begeistert. Es lagen aber auch Teile einer Pferdekutsche, ein alter Herd und ein paar vom Wind entwurzelte Bäume auf dem Boden. „Morgen räumen wir auf", sagte Sommerwind und setzte sich auf die

Kutschbank, dann holte sie den Kuchen aus ihrer Tasche und brach sich ein kleines Stückchen ab. Den Rest bekam Prinz. Er nahm den Kuchen auf einmal in das Maul, dann verharrte er einen Moment, und dann schluckte er. „Danke, ich habe den Kuchen sehr genossen. Bist du auch müde?", fragte er das Mädchen. „Ja, ich habe mir eine Decke mitgebracht. Ich schlafe hier auf der Bank." „Ach, ich mache es warm", sagte Prinz und eine Feuerwand entzündete einen der auf dem Boden liegenden Bäume. „Das reicht bis morgen früh. Gute Nacht, Prinzessin." „Gute Nacht, Prinz."

Am anderen Morgen erwachte Sommerwind von einem lauten Grollen. Sie musste lächeln, als sie bemerkte, dass es das Schnarchen des Drachens war. Leise fing sie an zu räumen und sammelte alle kleinen Teile auf, die Prinz wahrscheinlich sowieso nicht bemerkt hätte. Sie hatte sich genau umgesehen und schon einen Plan gemacht, was bleiben durfte und was weg musste, um mehr Platz für Prinz zu bekommen. Als er wach wurde, war er begeistert von Sommerwinds Ideen. Fleißig räumten die beiden auf. Ein Haufen von Sachen, die der Drache in den kommenden Wochen wieder zurückbringen würde, blieb übrig. Aber Prinz versprach alles genau so zu machen, wie die Prinzessin ihm das vorgeschlagen hatte. Ganz vorsichtig kletterte Sommerwind wieder auf den Hals des Drachens,und es ging ganz langsam und mit vielen zusätzlichen Kreisen zurück zur Burg. Als die Burg ganz klein in Sichtweite kam, beschlossen sie ganz vorsichtig zu schauen, ob die Ritter zu sehen waren. Sehr zur Überraschung der beiden Reisenden war kein einziger Mensch zu sehen. Sogar das Fenster von Prinzessin Sommerwinds Turmzimmer stand immer noch weit offen. Sie wunderten sich darüber, aber so konnte das Menschenkind ganz leicht wieder durch das offene Fenster zurück. Sie vereinbarten, dass der kleine große Drache erst dann wiederkommen werde, wenn Sommerwind eine Kerze in ihr Fenster stellen würde. Anderenfalls wäre es eventuell zu gefährlich für Prinz. Er flog wieder weg, drehte sich aber noch ein paarmal um, und grüßte mit einem kleinen Feuergruß. Sommerwind stand noch ein paar Minuten am offenen Fenster, als er schon nicht mehr zu sehen war. Die Prinzessin war etwas enttäuscht darüber, dass es offenbar niemand bemerkt habe, dass sie gar nicht zu Hause gewesen sei. Dann klopfte es an der Tür, und ihr Vater , der König, kam herein. „Oh, es ist eiskalt hier, warum hast du denn niemandem Bescheid gesagt? Stattdessen sitzt du hier in Stiefeln und Mantel. Das Mittagessen ist fertig, hast du denn gar keinen Hunger?" „Und ob ich Hunger habe", dachte die Prinzessin und zog sich den Mantel aus und ging mit ihrem Vater zusammen zum Essen. Sie erzählte nichts von ihrem Ausflug. „Wer weiß", dachte sie, „vielleicht werden meine Eltern ja eines Tages Prinz kennenlernen, irgendwann bestimmt", dachte sie, aber noch nicht jetzt.

Traumbody

Als sie den Hörer auflegte, grübelte Michaela noch eine Weile über ihre Vergangenheit nach. Wie schön war es damals doch, als sie noch keine Verpflichtungen, insbesondere keine Kinder hatte. Kaum hatte sie diesen Gedanken zu Ende gedacht, zweifelte die Fünfzigjährige auch schon wieder und bekam ein schlechtes Gewissen. So erging es ihr in letzter Zeit häufiger. Die Liebe zu ihren Kindern war unendlich groß, sowie auch die Bereitschaft, immer für sie da zu sein. Ihr Mann Rainer war bodenständig, meistens zuverlässig und nett, teilweise ein wenig langweilig geworden, aber das schien ihr normal zu sein, nach fast dreißig Ehejahren.

Ihre Kinder waren inzwischen auch schon Mitte und Ende Zwanzig, eigentlich erwachsene Menschen. Jannik studierte Medizin in Kiel und Sarah jobbte mal hier, mal da. Ihre Kleine war noch auf der Suche nach der ganz großen Liebe. Das Telefonat, das Michala eben beendet hatte, machte sie nervös. Oder sollte sie Suse doch zusagen? Ihre Gedanken sprangen von einem Extrem ins nächste.

Susanne Meier war seit über vierzig Jahren Michaelas beste Freundin. Leider war sie 1993 der Liebe wegen in die Nähe von Frankfurt am Main gezogen. Sie telefonierten nicht häufig, aber regelmäßig. Als langjährige Freundinnen sahen sie sich viel zu selten, und doch waren sie meistens auf einer Wellenlänge. Es kam des Öfteren vor, dass eine von ihnen einen Satz anfing und die andere ihn richtig beendete, ohne dass beide vorher über das Thema gesprochen hatten. Sie hörten einander zu. Diesmal hatte Suse sie um ein Alibi der besonderen Art gebeten. Michaela sollte Suse auf einen einwöchigen Kurztrip nach Mallorca begleiten. Allerdings wollte sie auch ihren neuen Freund . . . „Unglaublich", dachte Michaela laut, „das ist total daneben. Carsten ist mein Kumpel. Kann ich ihm das antun?" Suses Bitte stellte sie vor ein großes Problem. Sie kam in einen Gewissenskonflikt mit dieser Situation. Susanne und Carsten waren seit fast zweiundzwanzig Jahren verheiratet und hatten drei Kinder. Ole, der jüngste von ihnen, ging noch zur Schule.

Sie müsse sich innerhalb der nächsten zwei Stunden entscheiden, hatte Suse gemeint. Ela könne ein Einzelzimmer vier Sterne All Inclusive für acht Tage bekommen zu dreihundertachtundzwanzig Euro. Flug ab Hamburg, Helmut Schmidt Airport, Samstag 8.35 Uhr, Abflugterminal 2.

Michaela setzte sich an ihren Computer und googelte erst einmal das angegebene Hotel. Auf den ersten Blick sehr gut, dachte sie. Eine große Poollandschaft mit Blick auf das Mittelmeer, in unmittelbarer Nähe zur Steilküste. Vom Pool aus konnte man direkt auf das Meer schauen. Eigentlich genau so, wie sie sich ihren Urlaub immer vorgestellt hatte. Allerdings fehlte ihr noch ein gepflegter, fröhlicher und unternehmungslustiger Rainer an ihrer Seite. Das konnte sie wohl sowieso vergessen, dachte sie. Rainer war das Geld für Urlaub schon immer zu schade, auch wollte er ungern in anderen Betten schlafen. Kurzentschlossen rief Michaela ihre Chefin Renate an und fragte, ob sie nach Mallorca fliegen und kurzfristig

Urlaub nehmen dürfe. Renate sagte unter der Bedingung zu, dass Ela am Freitag noch bis Ladenschluss arbeiten würde.

Daraufhin rief sie sehr aufgeregt bei Suse zurück und hatte Carsten am Apparat. „Hallo Carsten, ich wollte eigentlich Suse sprechen. Ist sie da?" „Hallo Ela, Suse wartet schon auf deinen Anruf, damit ihr endlich buchen könnt. Ich stelle dich mal durch und wünsche euch einen tollen Urlaub." „Danke, Carsten, tschüss". Jetzt hatte Michaela schon wieder dieses schlechte Gewissen. „Hallo Ela, du hast dich für unseren Trip entschieden, ja?" „Ja. Wie funktioniert das denn jetzt?" „Ich buche für dich und regle alles. Du musst nur mindestens eine Stunde vor Abflug in Terminal 1 deine Reiseunterlagen bei SUPER-TOURS abholen. Ich lege das Geld aus, das kannst du mir bei Gelegenheit überweisen. Super, dass du mitkommst, vielen Dank." „Okay, ich bin dann am Samstag spätestens halb acht auf dem Flughafen. Muss ich irgendetwas mitnehmen?" „Sonnenöl und gute Laune, wir freuen uns schon sehr. Wir landen eine Dreiviertelstunde eher als du und warten am Flughafen auf dich. Küsschen und tschüss, ich muss buchen." Ungefähr zwanzig Minuten später kam eine WhatsApp-Nachricht von Suse, dass alles geklappt hätte und sie sich sehr auf den Urlaub freue. Fünf Smileys mit Küsschen und Umarmung inklusive.

Michaela hörte den Schlüssel in der Haustür klicken und ihr wurde bewusst, dass sie in der ganzen Hektik vergessen hatte, mit Rainer zu sprechen, bevor sie zugesagt hatte. „Hallo Schatz, ich bin zuhause", hörte sie Rainer rufen. Michaela eilte in die untere

Etage ihres Hauses und begrüßte ihren Mann mit einem dicken Schmatzer. „Was gibt es denn zu essen?", fragte er, mit der rechten Hand auf seinem Bauch kreisend. „Ich lade dich heute zum Griechen ein, ich habe dir etwas zu erzählen."

Nur eine halbe Stunde später saßen sie gemütlich bei Kerzenschein und aßen Hirtenspieße und Gyros in Metaxasauce. „Was gibt es denn so Wichtiges?", fragte ihr Ehemann. Michaela riss sich zusammen und holte tief Luft, bevor sie antwortete. „Suse hat vorhin angerufen und mir einen Last-Minute-Urlaub nach Mallorca angeboten. Ich habe zugesagt. Samstagmorgen müsstest du mich zum Flughafen fahren". „Was? Das finde ich jetzt aber . . . Hmm, damit habe ich nicht gerechnet. Du hättest mich ja mal fragen können, vielleicht wäre ich auch mitgekommen." „Wärst du nicht. Und es ist sehr preiswert. Es sind ja nur acht Tage. Ich musste mich ganz schnell entscheiden und habe einfach ja gesagt." „Okay, das Essen wird kalt. Lass uns weiter essen. Ich gönne es euch ja, ihr seht euch so selten. Viel Spaß, aber brav sein, dass mir da keine Klagen kommen". Wenn du wüsstest, dachte Michaela. Rainer konnte – in seiner Art - auch mit fast fünfundfünfzig Jahren immer noch so süß sein, wenn er denn wollte. Schon länger hatten sie keinen Sex mehr. Heute Abend wäre ein guter Zeitpunkt, etwas nachzuholen, dachte Michaela und trank seinen Ouzo auch noch.

Tatsächlich hatten Ela und Rainer die nächsten drei Nächte vor ihrem Abflug aufregende und befriedigende Stunden. „Schade, dass du nicht mitkommen kannst", sagte sie zu Ihrem Mann, als er sie am

Terminal verabschiedete und Ela mit ihrem Handgepäck in die Wartezone verschwand.

Als der Flieger auf Mallorca zur Landung ansetzte, war Michaela mehr als aufgeregt. Sie hatte immer ein bisschen Angst vorm Fliegen und dann war da auch noch die Neugier auf Suses Affäre. Sie sah sie schon von weitem, alle drei. Suse in der Mitte, links von ihr ein älterer Herr und rechts von ihr ein junger Schönling. So gingen sie aufeinander zu und die beiden Freundinnen fielen sich um den Hals. Dann folgte das Vorstellen. Der ältere, etwa sechzigjährige Mann war Peter, begleitet wurde er von seinem Sohn Nikolas.

Michaela fragte sich, was noch so alles kommen würde und was sie von den bisherigen Gegebenheiten halten sollte. Nikolas gab den Chauffeur und fuhr den Mietwagen. Es war eine Mittelklasse Limousine. Nach dreieinhalb Stunden trafen sie am Hotel ein. Die Zimmer waren beeindruckend. Die Suite von Suse und Peter befand sich im Westflügel der großen Anlage, während die Einzelzimmer von seinem Sohn und Ela sich im zweiten Obergeschoss des Haupthauses befanden.

Nach etwa zehn Minuten klopfte es bei Michaela an der Zimmertür, es war Nikolas. Er fragte, ob sie nicht Lust hätte, eine Kleinigkeit mit ihm Essen zu gehen. Er denke, dass Susanne und sein Vater wohl noch eine Weile auf dem Zimmer bleiben würden. „Wie peinlich", dachte Michaela. Da sie tatsächlich auch Hunger hatte, willigte sie ein und erkundete mit ihrer jungen Begleitung das Hotel. An verschiedenen Stellen gab es sogenannte Food Points. Sie entschieden sich für die Dachterrasse des Haupthauses. Von hier aus hatte man einen fantastischen Blick auf das Mittelmeer. Ein kleines Italienisches Buffet stand bereit, um genossen zu werden. Beide stürzten sich zuerst auf die Antipasti. Er bat sie, nicht immer Nikolas zu sagen, das würde so hart klingen, Lasse wäre ihm lieber. Sie unterhielten sich gut, zumindest Lasse plauderte munter drauf los. Seine Eltern wären schon länger getrennt, aber immer noch verheiratet. Um die Mutter zu schonen, begleitete er seinen Vater. Susanne und Peter hätten schon seit über einem Jahr ein Verhältnis. Zwar würde er das nicht gut finden, aber es hätte schlimmer kommen können.

Michaela erzählte von ihren Kindern und von Rainer und Lasse bemerkte kurz an, dass es aber sehr schade sei, dass sie einen so langweiligen Ehemann hätte. Schließlich verabredeten sie sich zu um sechzehn Uhr am Pool. Leicht verwirrt legte Michaela sich für ein Stündchen hin. Später verließ sie frisch geduscht und hübsch zurecht gemacht das Hotelzimmer. Sie trug über ihrem schwarzen Badeanzug ein luftiges, leicht durchsichtiges Sommerkleid. Als sie am Pool ankam, wartete Lasse in einer neongrünen Badeshorts auf sie. „Man, das haut mich um", dachte sie. Lasse stand am hinteren Ende des Pools und winkte. Wie er so da stand, registrierte sie ein leichtes Ziehen in ihrer Unterleibsgegend. „Nein, bitte nicht, er könnte dein Sohn sein." Michaelas Gedanken waren nicht da, wo sie sein sollten. Nikolas hatte einen Traumbody, bemerkte sie. Sixpack, vorgebräunt und ca. 1,90m groß, seine blauen Augen und blonden Haare wirkten wahnsinnig anziehend. Sie schätzte ihn auf höchstens Mitte dreißig.

Er kam ihr ein paar Schritte entgegen und bemerkte freudig: „Ich habe dir schon eine Liege reserviert und verteidigt." „Oh, vielen Dank." „Es waren schon ein paar Mädels hier, aber ich habe gesagt, dass meine Freundin gleich kommt." „Was hast du? Das geht doch nicht. Du könntest hier bestimmt eine nette Freundin finden." „Schauen wir mal. Kann ich dich zu einem Drink überreden, Ela?" „Nur Wasser, mit Kohlensäure bitte." Ein paar Minuten später gesellten sich auch Suse und Peter zu ihnen. Sie sahen allerdings etwas zerzaust aus und Lasse grinste seinen Vater an. Peter errötete leicht und Suse kam ins Stottern. Beide hatten einen Mordshunger und Nikolas verstärkte den Hunger noch, indem er von dem italienischen Buffet erzählte. Es wurde dann ein sehr lustiger Nachmittag. Um Zwanzig Uhr sollte das große Grillfest auf der Außenterrasse des Frühstücksraums starten. Darauf freuten sie sich alle gleichermaßen.

Diesmal holten Peter und Suse die Urlauber aus dem zweiten Stock ab, um gemeinsam zum großen Fest zu gehen. Alle vier hatten sich attraktiv herausgeputzt, die Damen mit Party-Makeup und die Herren mit akkurat gebügelten Kurzarmoberhemden. Im Hintergrund spielte eine Liveband Musik der 70er Jahre. Es war auch um einundzwanzig Uhr noch vierundzwanzig Grad warm. Ela erschrak, denn ihr fiel plötzlich ein, dass sie ganz vergessen hatte, sich bei Rainer zu melden. Wie unangenehm, dachte sie, holte ihr Handy aus der Tasche und wollte schnell eine Nachricht an ihren Mann schreiben. Sie musste entdecken, dass Rainer schon drei Nachrichten geschrieben hatte. Also ging sie kurz auf ihr Zimmer, um Rainer

anzurufen. Er war beunruhigt, aber sie konnte ihn be-
sänftigen und gab vor, dass ihr Handy-Akku leer gewesen war. Nach dem Telefonat fühlte sie sich ein
bisschen schuldig. Vielleicht sollte sie für heute einfach auf dem Zimmer bleiben und nicht wieder nach
unten zu der großen Verlockung gehen. Während sie
grübelte, klopfte es an ihrer Tür. Suse war ihr gefolgt
und die beiden Frauen setzten sich auf den kleinen
Zimmerbalkon und unterhielten sich von Frau zu
Frau.

Etwa nach einer Stunde ging Suse allein wieder
nach unten und Ela legte sich schlafen. Eine halbe
Stunde später klopfte es erneut an ihrer Tür. Dieses
Mal öffnete sie nicht, denn sie wusste genau, wer da
klopfte und welche Absicht er hegte.

Nach einer unruhigen Nacht mit wilden Träumen
beschloss Michaela den Urlaub abzubrechen. Zu groß
schien ihr die Verlockung. Sie traute sich selbst und
vor allem ihrem Körper nicht. Die Angst schwach zu
werden, ließ sie diese schnelle Entscheidung treffen.
Gegen zehn Uhr sollte eine Informationsveranstal-
tung des Reiseunternehmens in der Hotellobby statt-
finden. Sie wollte hingehen und nach dem schnellst-
möglichen Rückflug fragen. Vorher würde sie aber
Rainer anrufen und ihn vorwarnen, dass er sie früher
vom Flughafen abholen müsse.

„Hallo mein Schatz, na, hast du Sehnsucht nach
mir?", fragte ihr Ehemann gut gelaunt. „Ja." Ela nahm
ihren Mut zusammen und berichtete: „Rainer, ich will
den Urlaub abbrechen. Hier ist ein junger Mann, der
mir starke Avancen macht und es tut mir sehr leid,
aber ich habe Angst schwach zu werden." „WAAAS?

Reiß dich doch zusammen, Ela. Das kann ja wohl nicht wahr sein. Überleg mal, wie alt du bist. Du könntest wahrscheinlich seine Mutter sein. Wir haben doch selber einen Sohn. Nein, du bleibst da und bleibst gefälligst standhaft. Genießt deinen lang ersehnten Urlaub. Du bist doch kein Teenie mehr". „Ach Raini, ich liebe dich." „Ich dich doch auch und schon deswegen schaffst du das auch. Aber bitte, keinen Alkohol. Wir wissen, was dann passieren kann."

Ela konnte sein Grinsen förmlich hören. „Aber Rainer, stell dir doch mal vor, auf deinen Tagungen würde eine vollbusige Schönheit im Minirock vor dir stehen und dir zuzwinkern." „Ja und? Dann gehe ich immer auf die Toilette und . . . äh, und erleichtere mich. Hinterher ist alles gut und ich bin dir treu geblieben." „Du schockst mich, Schatz." „Was hast du denn gedacht? Du hast doch einen attraktiven Ehemann. Glaubst du etwa, dass ich nicht in solche Situationen gerate?" Ela seufzte und er sprach weiter. „Nun mach dir nicht so viele Gedanken. Ruf mich bitte jeden Morgen an und berichte mir ehrlich, damit ich hier beruhigt bin." Sie verabschiedeten sich mit ein paar Küsschen. Fast schon so, wie in ihrer Anfangszeit, dachte Ela und musste grinsen.

Erleichtert verließ sie das Zimmer. Sie hatte großen Hunger und genoss das herrliche Frühstück. Zum Nachtisch aß sie noch einen Teller Obstsalat. Absichtlich hatte sie sich nur ganz dezent geschminkt. Lasse lächelte sie trotzdem verräterisch an. Ela wendete sich Suse zu, die beiden Frauen wollten den Nachmittag zum ausgiebigen Shoppen nutzen. Daraus wurde nur leider nichts. Etwa neunzig Minuten später kam

Michaela nicht mehr aus dem kleinen Waschraum ihres Zimmers heraus. Sie musste sich mehrfach übergeben und nicht nur das. Per WhatsApp informierte sie Suse und fragte nach Magen-und-Darm-Medikamenten. Ihre Freundin versprach, sich sofort darum zu kümmern. Ela nahm dann gleich mehrere verschiedene Tabletten. Sie wollte, dass dieser fürchterliche Zustand, in dem sie sich befand, möglichst schnell endete.

Später lag sie schlapp auf ihrem Bett und ruhte sich aus. Es kam eine Nachricht von Rainer: *Hallo Schatz, ich will nicht den Scheidungsanwalt anrufen müssen. Aber wenn es dir doch passieren sollte, benutze bitte ein Kondom. LG Rainer* (rotes Herz und Zwinker-Smiley*)*. Ela war total geschockt von dieser Nachricht. Anscheinend kannte sie ihn doch nicht so gut, wie sie dreißig Jahre lang gedacht hatte. Sie schrieb zurück: *Blödmann, habe Magen und Darm. Trotzdem LG, bis morgen früh.*(Kuss-Smiley)

Gegen Abend schien es Ela tatsächlich wieder besser zu gehen und sie ging zum großen Buffet. Nikolas, Peter und Suse waren überrascht, aber erfreut sie zu sehen. Ela hatte Bärenhunger und füllte sich den Teller randvoll. Suse schlug vor, dass sie die Oliven besser noch nicht essen sollte, was Ela daraufhin auch nicht tat. Nach dem Abendessen wollte sie aber vorsichtshalber doch auf ihrem Zimmer bleiben und verabschiedete sich. Lasse bestand darauf, sie zu begleiten - falls es ihr wieder schlechter gehen würde. Im zweiten Stock angekommen, fragte er dann, ob er nicht auf ein Glas Wein mit zu ihr kommen dürfe. Ela schlug die Dachterrasse des Haupthauses vor, denn dort befand sich eine kleine Bar. Sie dachte, dass sie ihm dann endgültig klar machen könne, dass sie glücklich verheiratet wäre und außerdem viel zu alt für so einen attraktiven, jungen Mann.

Sie ergatterten einen tollen Platz mit Blick auf die wunderschön beleuchtete Poollandschaft. Nikolas ging die Getränke holen und kam mit einem kleinen Tablett zurück. Als er Ela ein Glas Sekt hinstellte, wies sie ihn darauf hin, dass sie um ein Glas Wasser gebeten hatte. Lasse stellte ein Glas Wasser direkt neben ihren Sekt und zwinkerte ihr zu. Auf die Mitte des kleinen Tischchens platzierte er noch ein Glas mit Salzstangen. So hatte Michaela sich das nicht vorgestellt. Sie hätte lügen müssen, wenn sie behauptete, dass es ihr nicht ein klein wenig gefalle, so charmant angeflirtet zu werden. Lasse hatte inzwischen einen weiteren Knopf seines eng anliegenden Oberhemdes geöffnet. Den darunter befindlichen Traumbody konnte man deutlich erahnen. Es war ihr bewusst, dass sie ihn nun enttäuschen musste, bevor sie eines Tages enttäuscht zurückbleiben würde.

„Lasse, ich fühle mich sehr geschmeichelt, aber du musst dir eine andere Freundin suchen. Ich könnte deine Mutter sein. Und ich bin glücklich verheiratet."
„Ach wirklich? Das ist aber sehr schade, wir könnten viel Spaß miteinander haben." Er wollte mit ihr anstoßen, doch sie nahm nicht das ihr entgegen gestreckte Sektglas, sondern das Wasserglas. „Ich habe bemerkt, dass du hier eine Menge Chancen hast, bei jung und alt. Mein Okay zu einer anderen Freundin hast du. Sei mir nicht böse, aber ich bin aus dem Rennen. Trotzdem ist es schön, dich kennengelernt zu haben. Lass

uns noch ein paar Minuten hier sitzen und dann verabschiede ich mich für heute." Nikolas war in diesem Moment sichtlich enttäuscht, akzeptierte aber ihre Entscheidung. Er fragte sogar noch einmal zaghaft nach, ob es für sie wirklich in Ordnung sei, wenn er sich hier eine Urlaubsbekanntschaft zulegen würde. Sie nickte glücklich.

Als Ela am anderen Morgen wieder mit Rainer telefonierte, erzählte sie ihm stolz von dem Gespräch mit Nikolas. Rainer schien besonders gut gelaunt zu sein. „Na siehst du, ich wusste doch, dass auf dich Verlass ist. Ach übrigens, Jannik kommt für ein paar Tage vorbei, um an seinem Motorrad zu schrauben." „Oh, grüß ihn schön. Wenn er Samstag noch da ist, können wir ja gemeinsam Essen gehen." „Nein, ist er nicht. Ich habe ihm gesagt, dass wir das Wochenende für uns haben möchten, wenn du verstehst, was ich meine." „Rainer!" Mit dieser neuen, offensiven Art ihres Mannes musste Michaela erst klarkommen. Rainer meldete sich erneut zu Wort: „Ach, da ist noch etwas. Du kannst dich freuen, ich habe etwas im Sexshop gekauft." „WO WARST DU?" „Nein, online. Ich habe im Onlineshop bestellt. Du wirst dich freuen, ich habe für dich…" „Rainer, bitte nicht am Telefon." Michaela war leicht geschockt, aber doch etwas neugierig, was Rainer ihr beim nächsten Telefonat noch so alles offenbaren würde.

Für den heutigen Tag suchte sie sich ein schattiges Plätzchen am hinteren Ende des Swimmingpools. Im hoteleigenen Laden hatte sie sich vorher ein paar deutsche Zeitungen und zwanzig Postkarten gekauft. Endlich konnte sie Freunden und Verwandten auch einmal eine Karte aus dem Urlaub schreiben. Sie war den ganzen Nachmittag damit beschäftigt.

An diesem Abend holten Suse und Peter sie alleine zum Essen ab. Nikolas wäre mit ein paar neuen Freunden ausgegangen. Ela war zufrieden. Die Hotelanlage war wunderschön und der Cappuccino schmeckte sehr gut. Zudem waren die Temperaturen traumhaft, nicht zu heiß und doch angenehm warm.

Am nächsten Morgen fieberte sie schon darauf, mit Rainer zu telefonieren. Er hatte ihr gestern Abend vor dem Einschlafen noch zwei süße WhatsApp-Mitteilungen geschickt. „Moin Ela, ich habe dir etwas Lustiges zu erzählen. Stell dir vor, Jannik hat das falsche Paket geöffnet. Nicht seine Ersatzteile, sondern unseres." „Grausam, wie soll ich ihm denn je wieder unter die Augen treten?" „Nu' mach aber mal 'nen Punkt, Ela. Du warst doch sonst nicht so verklemmt. Jannik weiß auch, wo er herkommt. Außerdem hat er gesagt, dass er das Paket gleich wieder zugemacht hat, als er den Irrtum bemerkte." „Ach Schatz, du schaffst mich." „Ich werde mir Mühe geben, Ela."

Die letzten zwei Tage auf Mallorca versuchte Michaela, noch ein wenig Bräune zu bekommen. Abends genoss sie ein, zwei Cappuccini auf der Dachterrasse. Sie freute sich sehr auf ihren Mann und war unglaublich stolz darüber, diesem Traumbody von Nikolas widerstanden zu haben. Sie war sich sicher, dass sie nach ihrer Rückkehr zu ihrem geliebten Ehemann ein ganz neues Verhältnis aufbauen könne. Die Luft knisterte förmlich zwischen den beiden. Sie fühlte sich dreißig Jahre jünger und war sehr glücklich darüber.

Tobias, seine Mama
und sein Geburtstagsgeschenk

Der Mitte dreißigjährige Versicherungsunterneh-
mer Tobias Meier wohnte in dem kleinen aber wunderschönen Ort Dönskop in Schleswig-Holstein. Er
leitete eine Agentur mit siebzehn Mitarbeitern in
Hamburg Rothenburgsort. Das Bürogebäude war ein
architektonisch ansprechender Neubau mit großer
Glasfront. Die Agentur von Tobias Meier befand sich
im dritten Obergeschoss. Um 9.30 Uhr gab es werk-
tags die tägliche Besprechung der Führungskräfte.
Von Zeit zu Zeit fanden auch Seminare oder Schulun-
gen zu neuen Produkten und wirtschaftlich relevan-
ten Erkenntnissen statt.

So auch an diesem Dienstag im Mai, als Elisabeth
Meier, die Mutter von Tobias, ihm wieder einmal einen unangekündigten Besuch abstattete. Es war kurz
vor Elf, als Frau Meier mit zwei schönen, bunten
Stoffbeuteln im Gepäck die gläserne Empfangshalle
des Bürokomplexes betrat. Sie war für ihr Alter immer noch eine hübsche Erscheinung, stets gut frisiert
und gestylt. Fast immer trug sie farblich zur Kleidung
passende Schuhe und eine ebensolche Handtasche.
Ihre Accessoires hatte die Mutter des erfolgreichen
Unternehmers in einem zirka 20 m² großen Areal ihrer 5-Zimmer-Altbauwohnung akkurat platziert. Für
Ihren Sohn hatte sie dauerhaft eine kleine Kammer
liebevoll eingerichtet, sogar ein Fernseher und eine
Spielekonsole standen für ihn bereit. Es kam häufig
vor, dass Tobias nach einem Zwölf-Stunden-Tag lieber bei seiner Mutter übernachtete, als den weiten

Weg nach Dönskop anzutreten. So war er morgens dann auch schneller im Büro, mal abgesehen von dem guten Rührei und den hervorragenden Pausenbroten seiner Mutter.

Während Frau Meier nun also die Rezeption der gläsernen Halle erreichte, fand an diesem Dienstag ein großes Mitarbeiter-Seminar statt. Die Damen am Empfang waren für insgesamt zweiundzwanzig Büroeinheiten zuständig, immer freundlich, kompetent und hilfsbereit. Frau Meier wurde mit ihrem Namen angesprochen und erhielt die Auskunft, dass sich ihr Sohn in einer wichtigen Besprechung befände und im Moment nicht gestört werden wolle. Gestört, das war nicht das Wort, welches Frau Meier hören wollte: „Ich störe doch nicht, ich bringe meinem Sohn lediglich sein Mittagessen vorbei. Bitte teilen Sie ihm mit, dass ich nach oben komme." Frau Brinkmann, die ältere der beiden Rezeptionistinnen, redete sogleich beruhigend auf die leicht verärgerte Mutter ein. Sie wolle kurz persönlich mit Herrn Meier sprechen, bevor seine Mutter den Weg in den dritten Stock antreten könne. Frau Meier möge bitte Verständnis dafür haben, da die Rezeptionistinnen sonst Ärger bekommen könnten. Frau Meier nickte, natürlich hatte sie Verständnis dafür. Wenn ihr Sohn erst wissen würde, dass die Mama mit dem Essen da wäre, würde er sie sowieso umgehend empfangen.

Oben angekommen, klopfte Frau Brinkmann etwas zaghaft an die Tür des großen, gläsernen Konferenzraums. Gesehen hatte man sie sowieso schon. Tobias Meier kam mit einem nicht ganz glücklich wirkenden Gesichtsausdruck zur Tür, öffnete diese und fragte seine Mitarbeiterin leise, nach dem Grund Ihrer Störung. Zwei, drei Worte reichten aus und Tobias Meier bat Frau Brinkmann, seine Mutter hinauf in sein Büro zu bringen. Wieder den Teilnehmern des Seminars zugewandt verlautete er: "Wir machen eine Kaffeepause, in genau 30 Minuten geht es hier weiter, vielen Dank."

Angekommen im Chefbüro fand eine herzliche Begrüßung von Mutter und Sohn statt. In Windeseile holte Elisabeth Meier den guten Porzellanteller, Besteck und zwei Schüsselchen heraus, gefüllt mit leckerem Kartoffelsalat, wie ihn nur die Mama macht, sowie ihren ebenso berühmten Frikadellen. Als der Tobias kaum laufen konnte, war er schon ganz wild nach ihren Frikadellen. So zumindest erzählte es die Mama immer mal wieder gerne.

Während der Junge aß, nutzte die Mutter die Gelegenheit, Tobias von seinem Geburtstagsgeschenk zu erzählen. Es seien zwar noch drei Wochen hin, aber er dürfe sich nichts anderes vornehmen. Tante Erika, wäre dann schließlich gerade zu Besuch aus den USA. Gemeinsam wollten die Schwestern einen Ausflug mit Tobias machen. Frau Meier erzählte ihrem Sohn, dass es mit dem Bus auf Kaffeefahrt in die Lüneburger Heide gehen würde.

„Oh, mein Gott" entfuhr es Tobias. „Mama, das geht nicht. Ich habe schon eine Verabredung an meinem Geburtstag."

„Privat oder geschäftlich", wollte die Mutter wissen. Natürlich privat. Der junge, erfolgreiche Unternehmer hatte offenbar keine Chance sich der Ausfahrt zu entziehen. Seine Mutter redete dermaßen überzeugend und dominant auf ihn ein, dass ihm nichts anderes übrigblieb, als sich auf die Kaffeefahrt einzulassen. Zum Mittagessen würde es Schnitzel mit Pommes und Salat geben, danach eine kurze, unverbindliche Warenpräsentation von hochwertigen Bettwaren und zum Kaffee Apfelkuchen, Butterkuchen und Kaffee satt. Alles wäre schon bezahlt und Tante Erika würde sich doch auch schon so auf ihre gemeinsame Ausfahrt freuen.

Glücklich und zufrieden machte sich Frau Meier wieder auf den Nachhauseweg, während Tobias den Gedanken an seinen nahenden Geburtstag und eventuelle damit verbundene negative Aspekte zu verdrängen suchte, um sich erst einmal voller Elan dem zweiten Teil seines Seminares widmen zu können.

In den nächsten Wochen scheiterten alle Versuche, den kommenden Ausflug zu boykottieren kläglich. Tante Erika Matthews war inzwischen aus Amerika eingetroffen und hatte mehrfach betont, wie sehr sie sich auf die Lüneburger Heide freuen würde. Früher habe sie sich jedes Jahr ein Heidekörbchen von einem Straßenhändler gekauft. Wenn es diese Heidekörbchen noch geben würde, nähme sie eines mit über den großen Teich. Auf Tobias Frage, ob das überhaupt erlaubt wäre, erwiderte sie nur, dass sie vorsichtshalber erst gar nicht fragen würde. Unverkennbar, dass Tante Erika und Mama Schwestern sind, dachte Tobias.

Was für ein Glück, dass Elisabeth Meier neben der Kammer für ihren Sohn noch ein Gästezimmer für Tante Erika hatte. So konnte Tobias in der Nacht vor seinem Geburtstag ebenfalls bei seiner Mutter übernachten. Die Busfahrt startete schon um 7.30 Uhr ab ZOB Hauptbahnhof.

Mama und Tante Erika sangen Happy Birthday zweistimmig. Sogar ein Geburtstagskuchen stand auf dem Tisch. Selbstgestrickte Socken und eine große Tüte Mangostreifen in Zartbitterschokolade hatte er zusätzlich zu der Kaffeefahrt auch noch geschenkt bekommen. Tante Erika steckte Tobias ein kleines Scheinchen zu, so wie früher auch schon.

Pünktlich fuhr der Bus vor. Auf der rechten Seite passten pro Reihe immer drei Fahrgäste nebeneinander. Tobias durfte in der Mitte sitzen. Tante Erika saß am Fenster und Mama Elisabeth am Gang. Kurz vor dem Einsteigen in den Bus hatte Tobias Meier noch einmal bei seinem ältesten Mitarbeiter und guten Freund, Thomas Korn, angerufen und sich nach dem Tagesplan erkundigt, sowie letzte Anweisungen erteilt. Auf dessen Nachfrage hatte Tobias noch einmal deutlich betont, dass er sich keinesfalls Rheuma-Bettwäsche zulegen wolle.

Der Ausflug war dann doch interessanter, als zuvor gedacht. Auf der Rückfahrt ließ der junge Unternehmer noch einmal alles Revue passieren. Das Schnitzel hatte ihm richtig gut geschmeckt, sogar ein paar Geschäftskontakte hatte er knüpfen können. Irgendwie hatten ihn einige älteren Damen sogar richtig angehimmelt. Einmal musste ihm seine Mutter zur Hilfe kommen, als eine Dame mittleren Alters ihm auf den Pelz rücken wollte. Das war gerade noch einmal gutgegangen, obwohl, ein bisschen peinlich war es schon, erinnerte sich Tobias. Der Kaffee hätte etwas stärker sein dürfen, dafür war der

Butterkuchen sehr lecker, der Apfelkuchen hingegen nicht. Mit Mama und Tante Erika, die übrigens ihr Heidekörbchen bekommen hatte, hatte er sich prächtig verstanden. Nun saß Tobias im eigenen Auto auf der Fahrt nach Dönskop, seinem Zuhause. Am nächsten Tag würde er sich wieder als Geschäftsmann um seine Kunden und Mitarbeiter kümmern können.

Ach ja, da lag doch noch etwas auf seiner Rückbank. Eine Heizdecke. Eigentlich wollte er doch schon immer mal eine haben und so teuer war sie nun auch nicht gewesen. Man muss schließlich auch die gute Qualität der Decke berücksichtigen, dachte Tobias. Er lächelte und freute sich auf einen entspannten Abend.

Raunispulata Hefezopf

Die Einkaufsreise

Es war einmal vor gar nicht allzu langer Zeit, als sich ein kleines Mäuschen, namens Raunispulata Hefezopf, unfreiwillig auf die Reise machte. Sie lebte in der kleinen Stadt Honigshofen in Deutschland. Als ganz fleißige Mama von dreizehn zuckersüßen Minimäuschen ging sie jeden Morgen in die Stadt, um das Essen für ihre Kinder zu besorgen. Währenddessen blieb ihr Ehemann, Humperding Konsalius Hefezopf, bei den Kleinen, um mit ihnen zu spielen. Meistens waren die Kinder danach total aufgedreht, wenn Mama Raunispulata mit dem Einkauf nach Hause kam. Papa Humperding musste sich nach dem ganzen Spielen immer ausruhen, und oft fiel sein Kopf dabei einfach nach vorne über auf den großen Tisch, und er begann zu schnarchen. Mama und die Kinder kicherten, und Papa schnarchte weiter. Die Einkäufe wurden untersucht, und die Kleinen setzten sich brav an den Tisch und warteten darauf, dass das Mittagessen fertig wurde. Die Menschen um sie herum waren immer sehr großzügig mit dem, was sie wegschmissen. Es waren oft ganze Brotscheiben, die nur unter großer Kraftanstrengung der Mama nach Hause transportiert werden konnten. Diesmal gab es Grießbrei mit dreierlei Käsesorten. Pünktlich zum Essen verstummten dann auch die Schnarchgeräusche, und der Papa erwachte. Es duftete herrlich, und alle saßen erwartungsvoll um den großen Tisch mit den zwanzig Stühlen herum. Die Familie Hefezopf war sehr gastfreundlich, und da Mäusesippen meistens aus vielen Familienmitgliedern bestehen, musste man auch einen großen Tisch mit vielen Stühlen haben. Deshalb waren viele Mäuseväter auch Tischler von Beruf, denn es gab immer etwas zu bauen. Jedes Kind brauchte sein eigenes Bettchen und vor dem großen Eingangsloch benötigte man eine runde Holzscheibe als Tür, um die Wohnung von innen sicher vor ungebetenen Eindringlingen verschließen zu können. Mäusefamilien lebten gerne im Verborgenen bei den Menschen. Oft befanden sich ihre Wohnungen in den Wänden. Es war sehr anstrengend so eine Wohnung zu bauen, doch wenn sie erst einmal fertig waren, konnte es ein richtiges Paradies für die Mäusesippen sein. Familie Hefezopf hatte Glück, denn sie lebten schon seit Jahren ungestört in dem Haus eines älteren Ehepaars. Oma und Opa, wie sie sich selbst nannten, erlaubten den Mäusen, bei ihnen wohnen zu bleiben. Manchmal hatte es den Anschein, als würden sie sogar absichtlich ein kleines Stückchen Brot oder Käse fallen lassen. Trotzdem ging Raunispulata regelmäßig in die Stadt, um einen Essensvorrat für ihre große Familie zu besorgen. Papa Humperding hatte extra einen Vorratsschrank gebaut, damit sie für den kalten Winter genug zu essen haben würden.

Am anderen Morgen nahm Raunispulata wieder einmal das Babytragetuch mit für ihre Besorgungen, dort passten eine Menge Vorräte hinein, und sie konnte es sich auch als Rucksack umwickeln. An diesem Morgen wollte sie zur Bäckerei gehen. Dazu musste sie zweimal die Straßenseite wechseln, das war gefährlich, und sie passte ganz genau auf, dass auch ja kein Auto kam. Eine entfernte Bekannte, Florilina Buttermilch, wurde einmal von einem Fahrrad erwischt. Ganz gefährlich waren diese Fahrräder, denn man konnte sie kaum hören, wenn sie sich näherten. Besonders vorsichtig und aufmerksam erreichte Mama Maus dann das Bäckergeschäft. Jetzt musste sie sich nur noch ein gutes Versteck suchen und darauf warten, dass jemand etwas fallen ließ. Bei kleinen Menschen in ihren Kinderkarren passierte das häufiger, und die Mütter fuhren meistens schnell weiter und ließen alles auf dem Boden liegen, sehr zur Freude der Mäuse. An diesem frühen Morgen schien Raunispulata die einzige Maus weit und breit zu sein. Sie schaute sich um und entdeckte links neben der Eingangstür des Bäckers ein paar abgestellte Säcke, dahinter konnte sie sich perfekt verstecken. Als sie nun in ihrem Versteck wartete, roch sie diesen süßlichen und verführerischen Geruch von Zucker und Mehl. Jetzt wünschte sich die Mäusemama riesengroß zu sein, damit sie diese Säcke mit nach Hause nehmen könne. Doch wenn sie es geschickt anstellen würde, dachte Raunispulata, könne sie ein kleines Loch in die Säcke hinein knabbern. Danach könne sie etwas Zucker und Mehl in ihren Rucksack abfüllen. Sie überlegte einen Moment und entschloss sich dann nach oben auf einen der Säcke zu klettern, in der Höhe würden die Menschen es nicht so schnell bemerken. Würde sie das Loch unten hinein knabbern, würde der Inhalt des Sacks auslaufen, und man könne das Mehl auf dem Straßenboden sehen. Als Maus musste man schwindelfrei sein, trotzdem hatte Raunispulata ein mulmiges Gefühl, als sie nach oben schaute.

Immerhin war der Sack zirka zwanzig Mal so hoch wie sie selbst. Sie dachte an ihre Familie und nahm ihren Mut zusammen und kletterte auf den hinten stehenden Mehlsack. Zum Glück war er nicht zu fest zugebunden, so konnte sie gut stehen und dabei knabbern. Als das Loch groß genug war, wollte sich die Maus einen Überblick verschaffen, wie sie am Besten an das Mehl kommen würde und schaute in das Loch hinein. Sie musste sich wohl ein bisschen zu weit nach vorne gebeugt haben, der Rucksack auf ihrem Rücken musste sie nach unten gezogen haben, und sie purzelte kopfüber in den Mehlsack. Aus Versehen quiekte sie laut los. Das Mehl staubte alles ein, und Raunispulata musste niesen und husten zugleich, sie sah jetzt ganz weiß aus wie ein Albino Mäuschen. Als sie sich sauber machen wollte, fing der ganze Sack plötzlich an zu wackeln, und sie bekam Angst, verschüttet zu werden. Damit das nicht passieren konnte, krallte sie sich mit aller Kraft an dem Jutesack fest. Die Luft hielt sie auch an, damit sie nicht wieder Mehlstaub einatmen musste. Raunispulata Hefezopf war für mehrere Minuten wie versteinert und hatte Angst, sich zu bewegen. Auf gar keinen Fall durfte sie von einem Menschen bemerkt werden. Sie schaute sich vorsichtig um und konnte das Knabberloch sehen. Den Himmel konnte sie dadurch aber nicht erkennen. Dann hörte sie die Schritte eines Menschen, und kurze Zeit später wurde es dunkel und eng in ihrem Mehlsack. Jemand musste einen schweren Karton auf den Sack gestellt haben. Mama Hefezopf musste jetzt stark sein und nachdenken. Sie suchte nach einer Lösung, wie sie nun schnell wieder aus dem Sack heraus kommen könne. Sie musste ein neues Loch in den Sack knabbern, um wieder heraus zu kommen. Alles fing an zu wackeln, und sie hörte Motorengeräusche. Gehört hatte sie davon schon von anderen Mäusesippen, die mit dem Zug oder dem Lastkraftwagen in die Stadt gekommen waren. Deshalb hatte sie eine schlimme Ahnung und befürchtete, dass sie sich auf dem Weg heraus aus der Stadt befand. Sie knabberte, so schnell sie konnte, doch es war so anstrengend. Kurz bevor die Öffnung so groß war, dass sie durchgepasst hätte, musste sie eingeschlafen sein. Das Knabbern war zu anstrengend gewesen. Als sie endlich wieder aufwachte, schien es draußen schon dunkel geworden zu sein. Es war November und wurde immer früher dunkel. Raunispulata brauchte nicht mehr lange, und das Loch im Mehlsack war groß genug, dass sie hindurch passte. Bevor sie durchkletterte, füllte sie ihren Rucksack noch mit Mehl, denn sie konnte ja nicht wissen, wie lange sie brauchen würde, bis sie wieder zu Hause ankäme. Sicherlich würde es ein langer Fußmarsch werden, vielleicht sogar mehrere Tage dauern, bis sie wieder zu Hause wäre. Nach kurzer Zeit hörte das Wackeln auf und die Mäusemama versteckte sich vorsichtshalber wieder hinter dem Sack auf dem Fußboden. Kurz danach hörte sie Menschenstimmen, und es wurde wieder heller. Offenbar befand sie sich auf einem kleinen Anhänger. Die Menschen entluden die Säcke und brachten sie weg. Raunispulata schloss kurz ihre Augen und sprang beherzt aus der Ladeluke auf die Straße. Da es draußen schon dunkel war und nur eine Straßenlaterne leuchtete, konnte sie nicht viel erkennen. Ein Wohnhaus, indem die Menschen verschwanden und eine offene Stalltür waren zu sehen. Schnell flitzte die Maus durch die offene Tür in einen angenehm warmen Stall hinein. Sie erschrak, so etwas hatte sie noch nie gesehen, komische, gefleckte Monster reckten ihr die Riesenköpfe entgegen. Dann hörte sie zehnmal „Grützi" und einmal „Moin". Das Moin kam von einem schwarz-weißen Ungeheuer, die anderen waren braun-weiß. Offenbar merkten die Monster, dass Raunispulata große Angst hatte, und eines sprach zu ihr: „Du brauchscht keine Angst zu haben, wir san hier in der Schwiz, wir san Kühee. Ich bin die Heidi. Du bist wohl mit dem Transporter aus der Stadt gekommen", sie bemühte sich, jetzt deutlich zu sprechen. Die Mäusemama war nicht in der Lage etwas zu sagen und nickte nur. Die Kuh sprach weiter: „Du kannst bei uns übernachten, hier ist es warm. Wir sind echte Schweizer Milchkühe, bis auf die Helena, die kommt von der Nordsee, die ist auch neu hier." Helena sprach zu Raunispulata: „Weil ich hier neu bin, geben sie mir meistens ein Stückchen Brot zusätzlich, ich werde dir ab jetzt immer etwas davon abgeben, kleines Mäuschen." Die anderen Kühe fingen an zu lachen, und die Heidi erklärte weiter. „Das ist so, da wo die Helena herkommt, gibt es keine Berge, und es ist dort überwiegend plattes Land. Jetzt ist sie schon zwei Mal den kleinen Hügel hinter der Scheune hinunter gepurzelt. Und obwohl es für sie schmerzhaft ist, müssen wir halt immer lachen, weil es so lustig aussieht. Sie muss erst lernen, das Gleichgewicht auf unseren Weiden halten zu können." „Ich danke euch. Ich heiße Raunispulata Hefezopf und komme aus Honigshofen in Deutschland. Es ist einfach so passiert, dass ich mit einem Mal auf dem Transporter war, dabei wollte ich nur Essen für meine Familie holen." Die Heidi erzählte der kleinen Maus, dass der Transporter leider nur einmal in der Woche zum Einkaufen fuhr und Raunispulata wohl eine ganze Woche bei ihnen bleiben müsse, bis sie wieder zurück fahren könne. Der Weg nach Honigshofen sei viel zu weit und zu anstrengend zu Fuß. Daraufhin halfen die Kühe dem Mäuschen auf einen kleinen Absatz zu gelangen, damit sie dort oben ein sicher gelegenes Bettchen aus Stroh und Heu habe. Helena machte das Nasentaxi, erst hatte Raunispulata Angst, auf die Nase der Kuh zu klettern, dann traute sie sich aber doch. Dummerweise verlor sie dabei etwas Mehl aus ihrem Rucksack. Ausgerechnet in das Nasenloch der Kuh fielen einige Gramm, und Helena musste niesen. Um ein Haar wäre die Maus dabei heruntergefallen. Nach dieser ganzen Aufregung kuschelte sich Raunispulata in das Heu und schlief ganz schnell ein.

Zu Hause in Honigshofen machte sich die Mäusefamilie Hefezopf sehr große Sorgen um ihre verschwundene Mama. Der Papa Humperding Konsalius besuchte alle in der Nähe wohnenden Mäusefamilien und fragte nach, ob jemand seine Frau Raunispulata gesehen habe. Keiner hatte sie gesehen, doch jeder gab ihm etwas zu essen für die große Familie mit. Oft roch es so lecker, dass er einfach probieren musste. Am dritten Tag passierte es dann, als er nach Hause kam und durch das Mauseloch in seine Wohnung wollte, blieb er stecken. Er hatte zum einen die Taschen voller Lebensmittel, und zum anderen war er wohl durch das ganze Essen etwas dicker geworden. Nun steckte er im Eingang fest und kam weder vor noch zurück. Die Kinder zogen von innen an seinen Armen, aber er bewegte sich keinen Millimeter weiter. Humperding steckte fest. Es blieb ihnen nichts anderes übrig, als nach den Nachbarn zu rufen. Dazu klopften die Kinder mit einer Bratpfanne an das Heizungsrohr, um die Familie Papperlapapp aus dem ersten Stockwerk zu rufen. Viel Kontakt hatten die Hefezopfs zu den Papperlapapps nicht, aber wenn einer Hilfe brauchte, waren sie gute Nachbarn. So kam nun Papa Alonsius Hugenottius Papperlapapp angerannt und sah schon von weitem den im Mauseloch feststeckenden Humperding. Von weitem schrie er: „Weg da, Kinder, der Papa kommt gleich!" Alonsius bremste gar nicht erst ab und prallte mit solcher Wucht gegen Humperding, dass gleich beide Mäuseväter auf einmal durch das Mäuseloch plumpsten. Nachdem Papa Hefezopf seine Taschen entleert hatte, passte er auch wieder durch das Mäuseloch. Trotzdem verordneten ihm die Kinder eine strenge Diät und Sport. Für die Sportübungen musste Humperding die Kinder abwechselnd auf seinem Rücken sitzend eine Runde um den Esstisch tragen. Nach dem zehnten Kind gab er auf und schlief auf dem Boden liegend ein. Sie vermissten ihre Mama sehr und hofften jeden Tag darauf, dass sie einfach wieder zur Tür herein käme.

Raunispulata hatte viel Spaß mit ihren neuen Freundinnen, den Kühen. Sie hatten zu ihr gesagt, dass sie unbedingt Schweizer Schoki für ihre Kinder mitnehmen solle, das sei die beste Schokolade der

Welt. Die Kühe schmiedeten einen gemeinen Plan, aber nur so könne die Mäusemama an die Schoki kommen. Die Tochter des Bauern kam ab und zu mit einer Tafel Schokolade in den Stall. Die Heidi bekam dann meistens einen Riegel ab, und während das kleine Menschenkind ihr die Schoki reichte, sollte Helena ihr die Tafel Schokolade aus der anderen Hand wegnehmen und durchbeißen. Dann könne Raunispulata sich ein Stückchen klauen, und den Rest würde Helena wieder zurückgeben. Ob der Plan klappen würde, wussten sie nicht und warteten gespannt darauf, dass die Bauerstochter in den Stall kommen würde. Am letzten Nachmittag vor der geplanten Abreise der Mäusemama kam das kleine Menschenkind dann doch in den Stall. Eine wunderschöne Tafel Schokolade hatte sie dabei, und die Kühe muhten vor Freude. Das Mädchen streckte Heidi ihre Hand mit der Schokolade entgegen. Helena war jedoch nicht schnell genug und das Menschenkind machte einen kleinen Hüpfer rückwärts. „Magst du auch Schoki, Helena?", fragte das Mädchen und hielt der neuen Kuh auch ein kleines Stückchen Schokolade hin. Sie nahm die Schokolade und ließ sie absichtlich ins Stroh fallen für ihre neue Mäusefreundin. Helena bekam sogar ein neues Stückchen Schokolade und freute sich darüber. Der kleine Mensch verteilte die ganze Tafel an die Kühe, und jede von ihnen bekam ein Stückchen ab. Raunispulata strahlte, denn nun konnte sie mit einem Rucksack voller Schweizer Schokolade zurückfahren. Jetzt musste es nur noch klappen, dass sie wieder auf den Transporter kam. Die Kühe wussten genau, wo der Wagen parkte. Sie schlugen dem Mäuschen vor, besser schon jetzt am Abend vor der Abreise einzusteigen, damit sie die Abfahrt am nächsten Morgen nicht verschlafen würde. So verabschiedete sie sich von ihren neuen Freundinnen und versprach, eine Postkarte zu Weihnachten zu schicken. Die Beschreibung von Heidi stimmte, und der Transporter stand an der richtigen Stelle. Raunispulata konnte in aller Ruhe einsteigen und sich hinter einem Ölkanister verstecken. Zum Glück hatte sie ein bisschen Heu mitgenommen, damit sie bequem schlafen könne. Mama Hefezopf wurde erst wieder wach, als es schaukelte und sie sich auf dem Nachhauseweg nach Honigshofen befand. Sie freute sich schon sehr darauf, ihre Familie wieder zu sehen. Als der Transporter endlich in Honigshofen ankam, pirschte sie sich langsam zur Ladeluke und wartete auf den perfekten Moment, um heraus zu springen. Sie vergaß auch nicht nach links und rechts zu schauen, dass ja kein Auto kam. Danach rannte sie, so schnell sie konnte, nach Hause. Alle freuten sich ganz doll, dass die Mama wieder zu Hause war und futterten gemeinsam Schoki. Nur Papa Humperding bekam nur einen winzigen Krümel ab. Raunispulata hatte sich fest vorgenommen, dieses Jahr zu Weihnachten eine besonders schöne Weihnachtskarte zu ihren lieben Freundinnen in die Schweiz zu schicken. Wer weiß, vielleicht würde sie Heidi und Helena sogar eines Tages noch einmal besuchen fahren.

Experiment der Liebe

Wieder einer dieser trostlosen Regentage. Aus dem Radio dröhnte „Highway To Hell" von ACDC. Sie hatte die Lautstärke voll aufgedreht und sang ziemlich schräg mit. Drei ganze Wochen Urlaub lagen vor ihr, und die Wetterprognose war niederschmetternd, und das Geld für einen Kurztrip in die Sonne war leider nicht vorhanden. Jessica saß am Küchenfenster ihrer kleinen Zweizimmerwohnung und schaute auf das Treiben der vierspurigen Straße unter sich. Die Autos fuhren langsam, und das Wasser spritzte in alle Richtungen. Der Himmel war von dunklen Regenwolken überzogen, dabei hatte sie sich doch so viel in ihrem Urlaub vorgenommen. Jetzt war es, als hätte Jemand den Stecker gezogen, und ihre ganze Energie war wie ausgelöscht.

Noch vor drei Monaten hatte Alexander sie gefragt, ob sie nicht mit ihm nach Köln ziehen wolle. Jessica hatte „Nein" gesagt und sich von ihm getrennt. Sie hatte ihrem damaligen Freund nicht verziehen, dass er den Arbeitsvertrag einfach unterschrieben hatte, ohne vorher mit ihr zu sprechen. Auf so einen Mann kann sie verzichten, dachte Jessi noch Ende März. Sie war gekränkt und verärgert. Mit etwas Abstand zweifelte sie ihre drastische Entscheidung immer häufiger an. Alexander hingegen packte damals stillschweigend seine wenigen Sachen und verschwand, ohne sich groß zu verabschieden. Er schaute ihr mit einem Hauch von Verachtung in die Augen, bevor er die Tür leise hinter sich zuzog. Ihren zweiten

Haustürschlüssel fand sie später im Briefkasten. Es war so eindeutig endgültig.

Normalerweise saß Jessi gerne in ihrer Küche, schaute aus dem Fenster und träumte vor sich hin. Dieses düstere Regenwetter machte ihr allerdings schwer zu schaffen. Im Radio unterhielt sich mittlerweile ein Fotokünstler mit dem Moderator über eine Ausstellung im Kulturzentrum Ost. „Experiment der Liebe", dieser Titel ließ sie hellhörig werden. Das ist ein schönes Motto, dachte Jessica und beschloss, das KUZU Ost am nächsten Vormittag zu besuchen. Wohlwollend bemerkte sie, dass der Künstler eine sehr weiche, anziehende Stimme mit einem englischen Akzent hatte. John?, den Nachnamen hatte sie nicht verstanden. In Windeseile hatte sie den Stecker ihres Notebooks angeschlossen und wartete darauf, dass Google sich öffnete. Es dauerte zum Glück nicht lange, und sie war auf der Homepage des Kulturzentrums. John James und Irina H. aus Liverpool. Jessi las nicht weiter, die Enttäuschung war zu groß. Eben noch war sie diesem John mit der sexy Stimme in ihrem Kopf schon ein Stück nähergekommen, und einen Moment später war er unerreichbar weit entfernt. Sie machte sich eine heiße Schokolade ohne Sahne, dafür aber mit einem Stückchen Vollmilchschokolade als Zugabe. Nach Adam Ant und David Bowie hörte sie wieder Johns verführerischer Stimme zu. Sie wusste nicht, was es war, aber es war ihr unheimlich. Sie fühlte sich stark angezogen von dieser Stimme aus dem Radio. Er suchte freiwillige Helfer für ein Experiment der Liebe. Interessierte sollten sich innerhalb der nächsten Stunde per Email beim Sender melden.

Jessi war sofort begeistert und loggte sich auf der Homepage ihres Lieblingssenders ein. Sie hinterließ ihre Kontaktdaten und den starken Wunsch, an dem Experiment mitzuwirken.

Zwei Stunden hatte sie auf eine Reaktion per Mail gewartet, doch nichts hatte sich getan. Enttäuscht, aber nicht ohne die Hoffnung auf eine rechtzeitige Nachricht schlief Jessi auf dem Sofa ein. Nachts um halb fünf wechselte sie in ihr 1,40 Meter breites Bett und kuschelte sich gemütlich ein. Als sie um kurz vor zehn Uhr morgens auf den Wecker schaute, ärgerte sie sich, und ihr Herz fing an bedrohlich schnell zu schlagen. Sie hatte vergessen, den Klingelton zuzuschalten. Sie stolperte noch etwas schlaftrunken in Richtung Notebook. Es kam ihr vor, als würde es doppelt so lange dauern, bis sich die einzelnen Internetseiten öffnen ließen. Da war tatsächlich eine Nachricht vom Sender:

„Herzlichen Glückwunsch, Sie dürfen helfen. Wir bitten alle Helfer für das Projekt „Experiment der Liebe", sich um 11.30 Uhr in Raum 14, 1.OG KUZU Ost, Adenauer Allee 6 – 10 einzufinden. Unter der Leitung von John James und Irina H. werden sie einen aufregenden Tag verbringen. Gegen 15.00 Uhr wird ein kleiner Imbiss gereicht. Das Projekt wird voraussichtlich gegen 18.30 Uhr für den heutigen Tag beendet sein. Vielen Dank und viele Grüße – Ihr Fred Naumann, KUZU Ost"

Jessica entspannte sich, die Fahrt mit der Straßenbahn würde etwa zwanzig Minuten dauern. Diese Tatsache bedeutete, dass sie vorher noch genug Zeit hatte, sich anzuziehen und zu schminken.

Vorausgesetzt natürlich, dass sich in dem vollgestopf-
ten Kleiderschrank etwas Passendes zum Anziehen
finden würde. Nach langem Hin und Her entschied
sich die junge Frau dann doch für ihre Lieblingsjeans
und ein enganliegendes T-Shirt. Da es glücklicher-
weise nicht regnete, zog sich Jessi die Jeansjacke und
ihre schwarzen Sneaker an. Was sie genau erwarten
würde, wusste sie nicht. Sie hoffte jedoch sehr, einen
attraktiven John James näher kennen zu lernen.

Kurz vor halb zwölf betrat sie zusammen mit einigen anderen, ebenfalls gut gelaunten Menschen das
Kulturzentrum. In Raum Vierzehn warteten dann sieben gleichgesinnte Personen. Der Raum war sehr
groß. An den weißen Wänden hingen immer drei
gleichgroße, beeindruckend voluminöse Bilderrahmen nebeneinander. Nach einem deutlichen Abstand
folgten erneut drei Rahmen. Alle vier Wände waren
gleich strukturiert. In den jeweils linken Rahmen jeder Trilogie befand sich ein Schwarzweißfoto von Ge-
bäuden, Plätzen, Wegen oder Gärten. Es war ganz
eindeutig, dass die verschiedenen Szenarien in unterschiedlichen Ländern und zu unterschiedlichen Jah-
reszeiten aufgenommen worden waren. Die mittleren
und rechten Bilderrahmen waren leer. Auf jedem
Foto der sich in dem linken Rahmen befindlichen Szenarien war ein dunkler, großer Hocker zu sehen. Eben
dieser Hocker stand jetzt mitten in Raum 14 des KU-
ZUs. Während Jessi noch ungläubig auf die leeren
Rahmen starrte, öffnete sich die Tür und eine wunderschöne Frau betrat strahlend den Raum. Die etwa
Dreißigjährige stellte sich als Irina Honor vor und bedankte sich in gebrochenem Deutsch bei den

Anwesenden für ihre Hilfe. Hinter ihr hörte Jessi diese erotische Stimme, welche ihr am Tag zuvor die Sinne geraubt hatte. Ruckartig drehte sie sich um und blickte auf einen etwa 1,65 Meter großen, hageren Mann. Den etwa Fünfzigjährigen umgab eine fast magische Aura. Durch seine sexy Stimme und seine funkelnden Augen zog er alle Anwesenden in seinen Bann. Er rollte einen großen Lastenwagen hinter sich her. Sie packten einen Paravent, einen Koffer, einen Klappstuhl, zwei Leitern, eine große Kabeltrommel, mehrere Stative und diverses Fotoequipment aus. Auch ein Laubsauger und ein Kinderplanschbecken sowie zwei Gießkannen kamen zum Vorschein. Irina baute den Paravent in einer der hinteren Ecken auf. Sie nahm den Stuhl, und Jessi brachte ihr den Koffer. Irina lächelte ihr zu. John hatte vor dem Bild der alten Burgruine den Hocker aus dem Raum so platziert, dass er mit dem Hocker auf dem Bild nahezu verschmolz. Danach baute er Stative für die Lichter auf. Jeder fasste mit an und half. Jessi hielt eine große reflektierende Plastikscheibe. John machte ein paar Probeaufnahmen, vermutlich um die Lichtverhältnisse zu prüfen. Dann erschien Irina in einem alten Leinenkleid, die Haare offen und lockig. Sie stieg auf den Hocker und streckte ihre Arme nach oben, den Kopf weit nach hinten gebeugt. John gab Anweisungen an die Helfer, sodass sich die Stative und Reflektoren änderten, während er ein Foto nach dem nächsten machte. Irina änderte ihre Position nur geringfügig. Es machte den Anschein, als sei jede Bewegung und jede Einstellung vorher genau geplant und berechnet worden. Nach ungefähr zwanzig Minuten verschwand Irina wieder hinter ihrem Paravent, und John wechselte zum nächsten Bild. Eine Szene auf einer Brücke in Paris, den Eiffelturm konnte man im Hintergrund erkennen. Wieder wurde der Hocker unsichtbar platziert und das Licht vorbereitet. Irina ließ noch ein paar Minuten auf sich warten, und Jessica nahm ihren Mut zusammen und sprach John an. Sie fragte ihn ein paar banale Dinge, und er antwortete ihr sehr freundlich. Dann erschien Irina und John sprintete mit der Kamera in der Hand auf sie zu und knipste ein Foto nach dem nächsten. Immer wieder hörte man ihn „I love you Babe" sagen. Sie war umwerfend geschminkt und trug ein tief ausgeschnittenes knallrotes Kleid. Alle Augen ruhten auf der bezaubernden Irina. Spätestens jetzt wurde Jessi endgültig klar, dass das Experiment der Liebe nicht sie, sondern einzig und allein Irina und John betraf. Die beiden waren so nett und liebenswert. Ein beneidenswertes Paar, dachte Jessi und seufzte kurz. Es ist trotzdem schön, dass ich hier sein darf, dabei sein darf, dachte sie und lächelte. Irina setzte sich auf den Hocker. Aus ein paar Metern Entfernung wirkte es so, als würde sie auf dem Brückengeländer sitzen, mitten in Paris. Bei diesem Bild nahmen sie eine zweite Einstellung vor, bei der der Hocker um gut einen Meter weiter vom Bild entfernt wurde. So wirkte die Frau im Bild größer und dominierte die Szene. Dieses Mal stand Irina und streckte ihre rechte Hand mit gespreizten Fingern zur Seite.

Die nächste Szene zeigte eine Arena, vermutlich in Spanien. Hier erschien die junge Frau in einem weißen Hochzeitskleid mit einer Flasche Ketchup in der

Hand. Einer der Helfer nahm ihr die Flasche ab, und sie kniete sich auf den Hocker. Maren, ebenfalls Helfer, drapierte den langen Schleier um Irina herum, und John nahm die Flasche und verteilte den roten Ketchup in ihrer Herzgegend und darunter. In Windeseile wich er ein paar Meter zurück und fotografierte. Die Helfer redeten nicht viel. Die meisten waren beeindruckt von dem Szenario. Dann war da auch noch die Unsicherheit, wie es wohl weiter gehen würde? Das darauf folgende Bild war eine Herbstlandschaft. Wo genau, konnte Jessica nicht erkennen, vielleicht Kanada oder Russland. Eine Waldlichtung, offenbar bei Sturm fotografiert. Die Baumkronen bogen sich nach links und überall flogen Blätter herum. Irina kam in einem seidenen Bademantel verhüllt hinter dem Paravent hervor. In der rechten Hand trug sie eine durchsichtige mit bunten Blättern gefüllte Plastiktasche. John bat Mirko den Laubsauger anzuschließen und vorsichtig mit Umkehrschub zu testen, sie bräuchten einen Laubpuster. Jessi kletterte auf die Leiter. Der Dicke, sie vergaß immer wieder seinen Namen, sicherte die Leiter. John verteilte ein paar Blätter auf dem Hocker und platzierte ihn so unauffällig wie möglich. Fred Naumann öffnete die Tür und gab John ein Zeichen, daraufhin bat er zwei Helfer mit Fred zu gehen und widmete sich wieder Irina. Sie zwinkerte ihm zu und stellte sich auf den Hocker. John nahm seine Kamera und stellte das Objektiv ein. Irina ließ den Bademantel fallen und stand nackt und wunderschön da. Mirko startete auf Johns Zeichen den Puster, und Jessi ließ die Blätter über Irina rieseln. John stoppte das Szenario. Sie mussten eine Lösung finden, die Blätter in der Luft zu halten. Sobald Mirco den Laubsauger startete, verschwanden die Blätter aus dem Bild und verteilten sich im ganzen Raum. Mirko legte sich flach auf den Fußboden. Der Puster sollte jetzt senkrecht von unten nach oben die Luft bewegen. John arbeitete an den Kamera- und Lichteinstellungen. Der zweite Versuch gelang offenbar sehr gut. John strahlte, er legte die Kamera weg und reichte Irina ihren Mantel. Er drückte sie ganz fest und wandte sich danach den Helfern zu und bat alle gemeinsam, die Blätter wieder einzufangen. Sie würden noch einmal gebraucht, zwar nicht heute, dafür aber in einer Woche. Für heute wollten sie eine Pause machen, es würde gleich ein kleiner Snack gereicht. Es war schon fast 16 Uhr, sie waren mit dem Zeitplan leicht hinterher. Fred Naumann und die beiden Helfer kamen mit zwei großen Rolltischen, auf denen sich belegte Brötchen und kleine gemischte Salate befanden, zurück. Das Picknick, wie John es nannte, dauerte eine gute Stunde. Mirko verabschiedete sich, es tat ihm leid aber er hatte noch Bereitschaft, verkündete er. John fragte ihn, ob er nicht in einer Woche, zur nächsten Runde, wiederkommen möchte. Mirko sagte zu. Alle anderen Helfer blieben, die Stimmung war sehr gut, sie hatten nur noch zwei Szenarien vor sich.

Das nächste Foto zeigte eine leere Autobahn, schätzungsweise in Skandinavien. Am hinteren Bildrand erkannte man bei genauerem Hinsehen ein Elch-Warnschild. Bei diesem Bild ging der Blick in die Tiefe, es war kein Auto und kein Haus, nur Straße und ein paar Bäume und Wiesen zu erkennen.

Natürlich stand der Hocker am vorderen Straßenrand. John tauschte die Scheinwerfer für dieses Bild und benutzte andere Reflektoren. Auch ein ganz besonders großes Objektiv holte er aus einem mit schwarzem Schaumstoff ausgepolsterten Aktenkoffer. Irina kam im Joggingoutfit, bauchfrei mit Stirnband. Sie stellte sich mit dem Rücken zu John auf den linken Rand des Hockers. Ihre rechte Hand ließ sie nach unten baumeln, während sie mit dem linken angewinkelten Arm schnelle Bewegungen vor und zurück machte. Das eine Bein hatte sie vorgestellt, offenbar sollte es eine Laufposition darstellen. Jessi wunderte sich jedoch über den herunterhängenden rechten Arm. Nach ganz kurzer Zeit rief John „First Take – Perfect, Darling".

Erst klopfte es, und dann standen zwei Männer in der Tür. Einer von ihnen hatte ebenfalls eine Profikamera um den Hals hängen. John und Irina begrüßten den Fotografen freudig. Der andere Mann machte sich Notizen, es schien sich um einen Reporter zu handeln. Sie wechselten zwei, drei Sätze untereinander und wandten sich danach den Helfern zu. Bereitwillig gaben alle Auskunft über die Gründe ihrer Anwesenheit und erzählten von ihrer Faszination für die einzelnen Szenarien. Das Experiment der Liebe sollte auf die Seite drei des folgenden Tages kommen. Das letzte Foto der Ausstellung zeigte eine Unterwasseraufnahme eines großen Swimmingpools. Man konnte deutlich die unterschiedlichen Schattierungen der Bodenkacheln erkennen. Der Hocker stand auf dem Beckenboden. John erklärte, dass sie für dieses Experiment den Hocker mit alten Gewichten beschweren mussten. Beim letzten Szenario blieben die Pressevertreter anwesend und wollten ihrerseits Aufnahmen und Eindrücke der Gesamtsituation festhalten in Bild und Text. Jessi und Maren halfen Irinas Haare zu fixieren. Zwei Flaschen Haarlack ließen ihre Haare gegen die Schwerkraft in die Luft wachsen und gleichzeitig die Luft im Raum deutlich verschlechtern. Der Reporter fing an zu husten, und Irina reichte ihm ein Glas Wasser. Außer einer langen dünnen, weißen Bluse trug sie offenbar nichts weiter. Der Reporter errötete leicht. Das kleine Kinderplanschbecken wurde neben dem Bild aufgebaut und mit Hilfe der Gießkannen voll Wasser gefüllt. Vorsichtig setzte Irina sich in das kalte Wasser. Sie schrie kurz auf, als ihr die Temperatur des Wassers bewusst wurde, lächelte daraufhin jedoch nach einem Bruchteil einer Sekunde schon wieder professionell dem Reporter zu, während sie ihren Körper, so gut es ging, mit Wasser bedeckte. Dann folgte der Blick zu John und dessen Kopfnicken. Irina stand vorsichtig auf, um nicht auszurutschen. Danach begab sie sich schnellstmöglich auf den Hocker, und John ließ sie mit dem Bild verschmelzen. Unglaublich, dachte Jessi, es sieht tatsächlich so aus, als würde sich Irina unter Wasser befinden. Das mit den Haaren hatten sie auch richtig gut hinbekommen. Der fremde Fotograf kriegte sich gar nicht wieder ein vor Lob für Irina, er war total begeistert. John stoppte die Szene, reichte seiner Freundin ein großes Badetuch, und sie verschwand hinter ihrem Paravent. Die beiden Pressevertreter versprachen, in einer Woche wieder zu kommen und verabschiedeten sich. Irina streckte eine winkende Hand über den Paravent und rief laut: „See you, Marc – Bye-Bye"

Ein wenig später halfen alle, den Raum zu säubern und die Utensilien auf dem Lastenwagen zu verstauen. Maren, Jessi und Dominik versprachen in genau einer Woche wieder als Helfer dabei zu sein, dann würde das Experiment in die Phase zwei starten. Irina und John bedankten sich für die Hilfe bei ihren Helfern mit einer herzlichen Umarmung.

Es war später geworden als geplant. Jessi fiel an diesem Abend glücklich in ihr Bett und schlief umgehend ein. Am nächsten Morgen wollte sie zu allererst eine Tageszeitung kaufen und den Bericht des Reporters lesen. Sie konnte es kaum erwarten, das Experiment fortzusetzen, und fragte sich, ob es Maren wohl genauso gehen würde. Leider hatten sie keine Handynummern ausgetauscht. Jessi ging runter zum Kiosk und kaufte außer einer Tageszeitung auch noch zwei Schokoriegel zum Frühstück. Als sie ihre Wohnung wieder betrat, hörte sie schon im Flur das laute Blubbern ihrer alten Kaffeemaschine und freute sich darauf, gleich genüsslich zu frühstücken. Sie schenkte sich einen großen Milchkaffee ein und machte es sich in der Küche bequem. Sie musste ja nur ein Blatt aufschlagen, um auf die Seite drei zu gelangen, und ihr Herz schlug etwas schneller als normal. Tatsächlich, der Bericht war über eine halbe Seite groß. Da war Jessi, sie erkannte sich auf einem der drei Fotos. Das größte Foto zeigte die fast nackte Irina vor dem Unterwasserbild. Der Text war sehr interessant und neugierig machend auf die Ausstellung. Selbst Jessi überlegte, ob sie nicht zwischendurch noch einmal privat die Ausstellung besuchen sollte. Nur montags war Ruhetag oder besser gesagt Helfertag. Jessi fuhr Freitagmorgen mit der Bahn zum KUZU Ost. Zwei Euro Eintritt waren wirklich nicht viel, dachte sie. Die Tür von Raum 14 stand diesmal weit offen. Sie hörte schon ein paar Stimmen, bevor sie den Raum betrat. Dominik rief laut ihren Namen und kam herbeigeeilt. Jessi begrüßte ihn freudig, inzwischen konnte sie sich auch seinen Namen merken. Im nächsten Moment stand sie sprachlos vor den Szenarien. Alle mittleren Rahmen hatten ihr Bild bekommen. Unglaublich, dachte sie, es sieht aus wie echt und nicht wie vor ein paar Tagen hier im Raum aufgenommen. Total gefesselt schaute sie sich alle Bilder an, und Dominik blieb dabei an ihrer Seite, sagte aber nichts. Die Ruine… Irina stand als Burgfräulein oder besser Magd mit ihrem Leinensack mitten im Bild. Sie war in Farbe, der Rest schwarz-weiß. Beim nächsten Bild konnte sie nicht anders und sagte laut: „Wow! Ist das toll". Sie standen vor der Brücke in Paris. Eine Schönheit in Rot saß auf dem Brückengeländer. „Thank You, Jessy" kam von der Seite. Sie drehte sich um und umarmte Irina. So schnell wie Johns Freundin vorbeigeschaut hatte, so schnell begrüßte sie auch schon die nächsten Besucher der Ausstellung. Dominik und Jessica hielten vor dem dritten Szenario inne. „Das ist so traurig", meinte Dominik. Sie schauten auf die offenbar blutende Irina im Hochzeitskleid inmitten der Stierkampfarena.

John kam zu den beiden und fragte, wie sie die Fotografien finden. „Amazing", sagte Jessi und himmelte ihn kurz an. John warf ihr daraufhin einen

Handkuss zu und verschwand hinter ein paar Interessierten. Der Saal hatte sich gefüllt. Jessi bemerkte, dass es selten so voll war im KUZU.

Das nächste Bild war das mit den vielen Blättern. Auch dieses Werk war perfekt gelungen, stellten Dominik und Jessica fest. Der ganze Aufwand hatte sich gelohnt, wie gut, dass Mirko sich mit dem Laubpuster auf den Boden gelegt hatte. Die bunten Blätter wirbelten offensichtlich durch den schwarz-weißen Sturm, und die nackte Irina verschmolz mit dem Bild. Das Bild mit der Autobahn gefiel Jessi nicht ganz so gut. Allerdings konnte man deutlich erkennen, dass die Läuferin inmitten des Bildes in Bewegung war. Diese Tatsache faszinierte Dominik ganz besonders, es musste die Einstellung der Belichtung gewesen sein, merkte er an. Jessi kannte sich fototechnisch leider nicht gut aus. Sie hatte nur ihr Handy.

Das letzte Bild ließ die beiden den Atem anhalten. Dominik und Jessi waren sich einig, dass John ein wahrer Künstler war. „Kaum zu glauben, dass diese Fotografie hier entstanden ist", flüsterte er ihr ins Ohr. Zu sehen war die wunderschöne Irina unter Wasser. Beide konnten sich noch gut daran erinnern, wie Maren mit Irinas Haaren gekämpft hatte. Sie freuten sich sehr darauf, in ein paar Tagen wieder als Helfer dabei sein zu dürfen. Sie gingen hinunter in das Erdgeschoss, um im Bistro noch einen Drink zu sich zu nehmen. Danach trat jeder für sich die Heimreise an.

Einen Tag bevor das Experiment weiterging, klingelte das Telefon. Es war Alexander, der da störte. Jessi wunderte sich über sich selbst. Sie hatte gar keine

Lust mit Alex zu quatschen, ihr Puls hatte nahezu den Normalzustand. In den letzten Tagen waren ihre Gedanken mehr bei der Ausstellung als bei allem Anderen. Sie riss sich zusammen und fragte ihn, was denn der Grund seines Anrufs sei? Er antwortete, dass er bei seinen Eltern zu Besuch wäre und ob Jessi nicht Lust habe, etwas mit ihm zu unternehmen. Ein klares Nein wäre jetzt wohl das Beste, dachte sie. Er tat ihr leid. Sie hatten eine schöne Zeit zusammen gehabt, doch es war vorbei. „Besser nicht, Alex. Du bist in Köln, und ich will da nicht hin. Ich wünsche dir und deinen Eltern alles Gute." Er wünschte ihr auch alles Gute und legte auf.

Lange bevor der Wecker hätte klingeln sollen wachte sie auf. Jessi freute sich sehr auf die nächste Phase des Experiments. Was sollte sie nur bis 11.30 Uhr alles machen, fragte sie sich. Fünf Stunden Zeit noch. Sie ging unter die Dusche und wusch sich die Haare. Mit einem Handtuch auf dem Kopf setzte sie sich in ihre Küche und schaute raus. Es nieselte etwas, was sie an diesem Tag jedoch nicht störte. Sie schlürfte den noch zu heißen Kaffee und träumte vor sich hin.

Gegen 10.30 Uhr, gut eine Stunde zu früh kam Jessica am Kulturzentrum Ost an. Sie ging direkt ins Bistro und bestellte sich ein Buttercroissant und einen Milchkaffee. Zehn Minuten später kam Maren zur Tür herein, und die beiden Frauen plauderten gleich aufgeregt drauf los. Auch Maren war in der letzten Woche in der Ausstellung gewesen. Ebenfalls total begeistert schwärmte sie von den Bildern. Das „Experiment der Liebe" war offensichtlich ein großer Erfolg für Irina und John. Auch das KUZU profitierte von dem regen Zulauf. Gegen Viertel nach elf kam Dominik vorbei und holte die beiden Damen ab. John und Irina seien schon oben wie auch Mirko und Dennis.

Nach einer überschwänglichen Begrüßung aller Anwesenden schaute Jessi sich um. Damit hatte sie nicht gerechnet, John und Irina hatten offenbar die Rollen getauscht. Irina prüfte das Licht und platzierte den Hocker. Die Haare trug sie zu einem Dutt gebunden mittig auf dem Kopf. Mit Jeans und Turnschuhen sah sie fast ein Bisschen unscheinbar aus. John verschwand hinter dem schon aufgebauten Paravent, während Irina eine Kamera aus dem Aktenkoffer nahm und ein großes Objektiv daran montierte. Sie machte ein paar Probeaufnahmen. Ist das John, fragte sich Jessica. Er war gekleidet wie Errol Flynn in „Robin Hood". Sogar eine Armbrust hatte er über der Schulter hängen. John stellte sich so auf den Hocker, dass er die Irina auf dem Foto so wenig wie möglich verdeckte. Er platzierte seine Hände um ihre Taille, so zumindest schien es zu wirken. Irina gab mit der rechten Hand Zeichen an John, und er veränderte daraufhin seine Position. Die beiden zwinkerten sich zu. John entspannte seine Position und verließ den Hocker. Er verschwand wieder hinter dem Paravent.

Er erschien für das nächste Szenario in einer enganliegenden schwarzen Lederhose und einem weißen Hemd mit goldenen Manschettenknöpfen. Dazu trug er ein rotes Halstuch. Auf dem Hocker platzierte er sich so, dass es aussah, als würde sein Kopf nach rechts gedreht auf Irinas Schoß liegen. Das Experiment der Liebe entwickelte sich. Die Helfer waren sprachlos vor Begeisterung und Faszination. Dominik war gespannt auf das Arenabild und flüsterte Jessi ins Ohr, dass er vermutete, dass John als Torrero antreten würde. So war es aber nicht, stattdessen erschien John als Bräutigam mit Blumenstrauß. Er stand auf dem Hocker und schaute auf die blutende Irina herab. Die Arme weit von sich gestreckt schmiss er den Brautstrauß in die Luft. Zweimal musste er den Wurf wiederholen, dann schrie Irina; „Yeah, Darling! We got it!" Die beiden fielen sich um den Hals und küssten sich.

Ach wie schön, dachte Jessi und freute sich schon auf die Nummer mit den Blättern. Ob John wohl auch die Hüllen fallen lassen würde? Irina platzierte diesmal die Leiter rechts vom Bild, und Mirko testete den Laubpuster. Jessi stieg mitsamt der Blättertüte hoch auf die Leiter, und Dominik sicherte sie. John erschien mit stark zerzausten Haaren. Seine Kleidung bestand aus einem Lendenschurz aus Leder. Von Hinten wirkte es wie ein Stringtanga. Ganz schön knackig, stellte Jessi in ihren Gedanken fest. Jetzt bloß nicht von der Leiter fallen, das wäre zu peinlich, dachte sie. Diesmal legte sich Mirko gleich auf den Boden und pustete die Luft senkrecht in die Höhe. Jessi ließ die Blätter fliegen, und John spannte seine Muskeln an. Dann verdrehte er den Oberkörper in Richtung der abgebildeten Irina. Wahnsinn, welche Ausstrahlung seine Körperspannung darstellte. Jessi war total begeistert und kippte den Rest der Blätter mit einer schnellen Bewegung aus. „Vorsicht", rief Dominik, der alle Hände voll damit zu tun hatte, die Leiter fest auf dem Boden zu halten. „Okay, Thank You", rief Irina und verstaute die Kamera im Koffer.

Jessi hatte gar nicht bemerkt, dass offenbar mehrere Pressevertreter den Raum betreten hatten. Es wurden Fotos gemacht und kurze Interviews gegeben. Dominik und Jessi wurden auch nach Ihren Eindrücken befragt. Als die Presse wieder gegangen war, erklärte John, dass sie diesmal vorhatten, alle Einstellungen zu beenden und im direkten Anschluss alle gemeinsam einen Imbiss unten im Bistro des KUZUs nehmen würden.

Das vorletzte Szenario war das mit der joggenden Irina auf der langen Straße. John erschien im engen Sportdress. Unter der Kleidung zeichneten sich seine Muskeln deutlich ab. Er hüpfte auf den Hocker und kam ins Straucheln. Irina zog die Augenbrauen hoch und schüttelte den Kopf. John musste den Hocker wieder verlassen und ihn neu ausrichten, bevor er sich langsam und vorsichtig erneut auf den Hocker begab. Danach streckte er seine linke Hand so aus, dass es aussah, als würde er die rechte Pobacke von Irina fest umklammern. Außerdem verlagerte er sein Gewicht auf sein linkes Bein und ließ das rechte Bein deutlich sichtbar vor und zurück schnellen. Irina schien lange nicht zufrieden mit dem Ergebnis zu sein. Sie änderte die Objektive und ließ John richtig schwitzen, bevor sie endlich das Okay gab. John humpelte hinter seinen Paravent. Die Helfer bauten für die letzte Einstellung das Planschbecken wieder auf. Maren hatte das Haarspray in der Hand und wartete auf John. Er erschien in einer weißen, leicht durchscheinenden Badeshorts. Seine Beine und seinen

Oberkörper hatte er offenbar eingeölt. Maren sorgte dafür, dass seine Haare nach oben und zur Seite zeigten. Er bat Maren dann auch noch seinen Rücken einzuölen. Auf diese Tätigkeit war Jessi etwas neidisch, versuchte aber, sich nichts anmerken zu lassen. John setzte sich in den Pool. Als er wieder aufstand, wirkte es sehr verführerisch und Irina pfiff ihm hinterher, während er auf den Hocker stieg. John veränderte seine Position mehrfach und Irina schien unendlich viele Fotos zu knipsen. John drehte sich nach einer Weile fragend um und sie nickte ihm zu. „Thank you all, we´re finished", verkündete John und begab sich in Richtung seines Paravents. Die Helfer brauchten mehr Zeit als geplant, die Ölflecken vom Fußboden zu schrubben und die restlichen Blätter rückstandslos einzusammeln. Die Requisiten und das Fotoequipment wurden in dem Lastenrollwagen verstaut.

Eine gute halbe Stunde später als die Helfer trafen auch Irina und John im Bistro ein. Sie wirkten entspannt und lächelten. Es wurde ein langer und lustiger Abend. Maren, Dominik und Jessi verabredeten sich für Freitagvormittag zur Pre-Opening-Vernissage. John hatte jedem der Helfer eine persönliche Einladung überreicht. Zum Abschied steckte Dominik Jessi noch einen Zettel mit seiner Telefonnummer zu. Er erwähnte, dass er diese Woche auch Urlaub habe und sich wirklich freuen würde, wenn sie ihn vor Freitag mal anrufen würde. Jessi nickte und steckte den Zettel in ihre Hosentasche. Zu Hause angekommen schmiss sie sich auf das Sofa und zappte noch ein wenig in den Programmen. Sie konnte sich nicht auf das Fernsehen konzentrieren, zu präsent waren die Ereignisse des Tages.

Dienstagmittag stellte sie eine Maschine Wäsche an. In der Hosentasche ihrer Lieblingsjeans entdeckte sie den Zettel mit Dominiks Telefonnummer. Jessi überlegte nicht lange und rief ihn an. „Dominik Zeidler" hörte sie eine Stimme sagen. Er freute sich sehr über ihren Anruf. Sie verabredeten sich noch für denselben Abend, um ins Kino zu gehen. Sie suchten sich einen lustigen Film aus. Beide hatten einen sehr schönen Abend zusammen und lachten viel. Sie freuten sich sehr auf den kommenden Freitag. Um zehn Uhr sollte die Vernissage beginnen. Dominik und Jessica verabredeten sich zu um neun Uhr im Bistro des Kulturzentrums.

Freitag früh war Jessi unglaublich nervös, bevor sie das Haus verließ. Dominik wartete schon im Bistro auf sie. Kaum saßen sie gemeinsam am Tisch, redeten sie aufgeregt durcheinander. Sie waren beide sehr gespannt auf die dritten Bilder. Eine Minute nach Zehn erhoben sie sich und begaben sich in Raum 14, 1.OG. Dominik wie auch Jessica waren überwältigt von den Ergebnissen der letzten Woche. Bilder Nummer drei zeigten das „Experiment der Liebe" in Vollendung. Der Saal war gut gefüllt. Unter den anwesenden Personen mussten sich viele Pressevertreter befinden. Mindestens ein Kamerateam war zu erkennen. John und Irina standen im Mittelpunkt des Interesses. John fiel vor Irina auf die Knie und streckte ihr eine kleine Schachtel entgegen. Alle anwesenden Fotografen knipsten in Windeseile mehrere Bilder. Unbewusst hielt sich Jessi an Dominiks linkem Arm fest. Man hörte Irina laut und deutlich „Yes, I do" sagen. Die nächste halbe Stunde verbrachten die Künstler damit, Glückwünsche entgegen zu nehmen. Auch Jessi und Dominik gratulierten. Nicht nur zur bevorstehenden Hochzeit, sondern auch zu fantastisch gelungenen Bildreihen. An diesem Tag stand in der Mitte des großen Raumes eine Art Verkaufstresen. Dort gab es neben kleinen Postkarten auch große Poster und original Fotoabzüge der Szenarien zu erwerben. Hier auf der Vernissage hatte man das Privileg, sich die Fotos signieren zu lassen. Jessi entschied sich für die Unterwasser Trilogie in DIN A4, und Dominik bevorzugte das dritte Bild der Arena in A2. Irina sowie John signierten ihnen ihre Bilder mit einer zusätzlichen Freundschaftsbekundung. Die Verabschiedung von den beiden Künstlern war herzlich und aufrichtig.

Dominik und Jessi verabredeten sich für den nächsten Tag, um Rahmen für ihre neuen Bilder zu kaufen. Sie wollten sich anschließend gegenseitig besuchen und bei der Platzierung ihrer neuen Kunstwerke behilflich sein. Jessi sprach sogar davon, eventuell eine Wand türkis zu streichen, damit die Unterwasserbilder besser wirken könnten. Dominik bot seine Hilfe für die Renovierung an. Bei der Verabschiedung lächelten sie sich vielversprechend an. Als Jessi abends allein auf ihrem Sofa saß, vermisste sie Dominik. Kurze Zeit später klingelte ihr Handy. Ihr neuer Freund und sie telefonierten fast zwei Stunden, bevor der Akku ihres Handys aufgab. Draußen regnete es, aber drinnen sah alles rosig aus sowie auch ihre gemeinsame Zukunft mit Dominik.

Gustav und der andere Hund

Hallo, ich bin es, Gustav, der kleine Bernhardiner. Ich bin ziemlich groß und stark. Manchmal sehe ich allerdings einen, der mir richtig unheimlich ist. Auf dem Bauernhof, auf dem ich lebe, gibt es drei Kinder. Die spielen viel mit mir. Meistens macht es mir Spaß, aber manchmal ist es auch sehr anstrengend. Am liebsten ruhe ich mich aus und träume von zwei Meter langen Stöckchen, Pfannkuchen und meinem Quietscheigel. Im Sommer habe ich viel Durst. Manchmal binden die Menschen mich im Garten an, und ich chille da dann so vor mich her. Ach ja, der große fiese Bernhardiner, der mir immer solche Furcht macht, der ist in einer Wasserwanne versteckt. Von wegen der kleinere Sohn meiner Familie hat es ja nur gut gemeint. Natürlich habe ich im Hochsommer viel Durst, aber ich trinke doch nicht aus einer großen Wanne, in der sich ein anderer Rüde versteckt. Da bringt der Junge mir eine Wanne voller Wasser raus, und als ich mich darauf stürzen will, um meinen Durst zu löschen, guckt mich doch ein anderer Hund an. Rückwärts in die Hecke bin ich geflüchtet. Immer dichter kam er mit der Wanne, und ich bekam großen Respekt vor dem anderen Rüden. Der Junge hat gelacht. „Gustav, das ist dein Spiegelbild. Du brauchst doch keine Angst haben." Also Angst habe ich sowieso nicht, denn ich bin groß und stark. Aber da verdurste ich lieber, bevor ich mir mit dem Spiegelbild-Hund das Wasser teile.

Tschüss, euer Gustav

Feen an Bord

Drei Schwestern mit dem gleichen, zweiten Vornamen. Was hatten sich ihre Eltern wohl dabei gedacht? Die Älteste, Lola–Fee, war schon neununddreißig Jahre alt, die mittlere, Marisa–Fee, vierunddreißig, und die jüngste der drei Schwestern, Anni–Fee, war erst neunzehn Jahre alt.

Sie hatten eine ganz außergewöhnliche Passion, welcher die Frauen seit einigen Jahren treu verbunden waren. Die drei Schwestern waren blinde Passagiere auf Kreuzfahrtschiffen, Autofähren und zuweilen auch großen Club–Schiffen oder sogar Jachten. Immer wieder schafften sie es, sich unbemerkt an Bord zu schmuggeln. Einmal kamen sie mit dem Reinigungspersonal auf das Schiff, ein anderes Mal als Crewmitglieder oder auch als ganz normale Passagiere. Im Laufe der Jahre eigneten sich die drei jungen Frauen immer mehr Tricks an, um unbemerkt von allen anderen das Leben an Bord genießen zu können.

Marisa-Fee, gelernte Systemanwenderin, war für eventuelle Bordkarten und Zugangsausweise zuständig. Bei einigen Reedereien war es inzwischen ein Kinderspiel, sich fast offiziell auf dem Schiff zu bewegen. Wenn sie sich das erste Mal auf einem ihnen unbekannten Schiff befanden, spionierten die Schwestern beim Einchecken die Anmeldung zu dritt aus. In dem in diesen Momenten herrschenden Trubel war es ein Leichtes für Marisa-Fee, sich einen ersten EDV-Überblick zu verschaffen. Während alle anderen Passagiere damit beschäftigt waren, in ihre Zimmer einzuchecken und die Anmeldung für einen Moment unbeaufsichtigt blieb, nutzten die drei Schwestern die Gunst der oft nur wenigen Minuten, selber einzuchecken. Anni-Fee und Lola-Fee bewachten die Umgebung, während Marisa-Fee für einen Moment in eine andere Welt schlüpfte und alle freien Zimmer prüfte.

Vorzugsweise suchte sie ein eher unauffälliges Zimmer in der Mitte des Schiffes, Innenkabine, vier

Schlafplätze, einfach gehalten. „Nur nicht auffallen" lautete immer wieder das Motto der drei Schwestern. Zumindest Lola-Fee hielt sich sehr streng daran nicht aufzufallen. Auch ihre Kleider hatten die drei mit Bedacht gewählt, gedeckte Töne, schlicht aber ordentlich und sauber. Selbstverständlich durfte die schwarze Hose zum Galadinner nicht fehlen sowie dezente Schminke. Die Haare waren stets zum Zopf gebunden oder hochgesteckt, niemals offen, obwohl alle Drei wunderschöne und lange Haare hatten.

Die bevorstehende Tour startete von Hamburg aus. Danach führte die Reise sie rund um Großbritannien. Weiter würden die drei Schwestern auf dieser Route höchstwahrscheinlich nicht mitfahren können, da Marisa-Fee ein Zimmer ausgewählt hatte, das in Southampton generalüberholt werden sollte. So stand es zumindest in dem Protokoll, welches Marisa-Fee gerade studierte. Das war das optimale Zimmer für die Schwestern. Kein Mensch würde sich vor ihrer Ankunft in Southampton um dieses Zimmer kümmern. Marisa-Fee liebte diese nahezu perfekten Unterkünfte. Das Risiko entdeckt zu werden war verschwindend gering, zumindest solange sie im Zimmer blieben. Waschräume gab es mehr als genug auf diesem Schiff, nicht zu vergessen das

Duschparadies mit Whirlpool im Spa Bereich. Den Jacuzzi auf dem Oberdeck würden sie allerdings meiden. Der war viel zu auffällig, zumindest tagsüber, dachte Marisa-Fee. Lola-Fee wollte schon lange einmal nach Southampton, um dort das Modern Museum off Titanic Arts zu besuchen. Wie es von Southampton aus weiter gehen sollte, darüber machten sich die Schwestern keine Gedanken. Die dortige Ankunft war schließlich noch eine ganze Ewigkeit entfernt, so ungefähr fünf Tage und acht Stunden.

Anni-Fee war sehr sensibel und spürte die Sorgen und Nöte der Menschen in ihrer unmittelbaren Nähe, als wäre es ihr eigenes Leid. Darüber machten sich ihre älteren Geschwister große Sorgen. Immer wieder kam es vor, dass Anni-Fee diese wunderschönen Seereisen mit ihrem Eingreifen und ihren unverzeihlichen Eskapaden gefährdete.

Es war der einer der besonderen Abende, mit Galadinner und großer Bühnenshow. Auf diese Ereignisse freuten sich die drei Schwestern immer ganz besonders. Eingetaucht in eine fremde Welt genossen sie die Musik und den Tanz mit wunderschönen Tänzern und Tänzerinnen in ebenso prachtvollen Kleidern. Lola-Fee freute sich auf die große Kabarett-Show. Anni-Fee schaute mehr nach den Leuten. Manche waren so nichtssagend, dass sie glatt durch sie hindurch sah, andere hatten so viel mehr zu bieten. Eine junge Frau war ihr aufgefallen, wunderschön und doch so verletzlich. Marisa-Fee bemerkte diese durchdringenden Blicke ihrer kleinen Schwester und war darüber alles andere als amüsiert. Diese Reise sollte schließlich bis nach Southampton gehen und nicht fluchtartig im nächsten Hafen enden.

Anni-Fee konnte nicht anders, als ständig ihren Blick nach links an den Nachbartisch zu richten. Diese junge Frau saß dort offenbar mit ihrer Mutter. Je später der Abend wurde, um so trauriger wurden die Augen der fremden, jungen Frau. Die Menge applaudierte, und die Stimmung war auf ihrem Höhepunkt. Ihre Schwestern bemerkten nicht, dass sich Anni-Fee lautlos zum Heckausgang auf die obere Aussichtsplattform bewegte. Sie war der jungen Frau gefolgt, die sich unbemerkt von ihrer Mutter entfernt hatte. Anni-Fee wusste schon seit Stunden, dass sie heute das Leben dieser wunderschönen Erscheinung retten musste. Ihre Schwestern würden wieder einmal ganz fürchterlich ungehalten und erbost werden, doch Anni-Fee musste das einfach tun. Diese traurige Person sollte eine zweite Chance zu leben bekommen. Egal was bisher geschehen war. Diese Frau hatte eine Zukunft, eine Hoffnung auf neues Glück und auf Leben. Als die junge Schönheit über die Reling klettern wollte, stellte sich Anni-Fee vor sie und blies ihr so viel Wind entgegen, wie sie nur konnte. In diesem Moment waren auch schon ihre beiden Schwestern an ihrer Seite und unterstützten sie tatkräftig.

Die drei Feen bliesen eine so starke Windböe in die Richtung der jungen Frau, dass diese sich keinen Millimeter weiter in Richtung der rauen See bewegen konnte. Die Mutter der jungen Frau schrie und kam den drei jungen, unsichtbaren und über der rauen See schwebenden Feen zu Hilfe und nahm ihre Tochter in den Arm.

Wieder einmal hatte Anni-Fee die ungeschriebenen Gesetze gebrochen. Sie hatte das Leben dieser wunderschönen, jungen Frau gerettet. Sie sollte nicht ertrinken, so wie Anni-Fee selbst damals mit ihren beiden Schwestern von der tobenden See in die Tiefen des Meeres gezogen wurden, und dort für immer gefangen zu sein schienen.

Olaf, Jan und Björn

Oma Hedwig hatte ein ganz besonderes und inniges Verhältnis zu den beiden Jungs. Auch heute noch, mit fast achtundzwanzig Jahren, besuchten die Zwillinge ihre Großmutter nahezu jeden Samstag zum Mittagessen. Als die beiden noch klein waren, blieben Jan und Olaf meistens das ganze Wochenende bei Oma Hedwig. Mutter und Vater waren damals oft mit der älteren Schwester Annika unterwegs. Die Eltern, früher selbst unter den Top 100 der Tennis-Weltrangliste, reisten von einem Tennisturnier zum nächsten und begleiteten Annika, die es ihrerseits bis auf Platz siebenundzwanzig geschafft hatte. Jan hatte ebenfalls ein großes Talent zum Tennisspielen, ihm fehlte jedoch der Ehrgeiz. Olaf hingegen war nahezu talentfrei, wie die Familie einstimmig des Öfteren feststellte. Olaf hatte als einziger Locken, auch sonst war er vom Wesen her anders. In seiner Freizeit spielte er Gitarre in einer echten Hardrock Band. Oma Hedwig hatte schon früher behauptet, dass er eigentlich gar nicht zur Familie gehören könne, der freche Lockenschopf.

Die Jahre vergingen wie im Flug, und vieles änderte sich im Leben der mehr oder weniger erwachsen gewordenen Kinder.

Olaf hatte an einem Freitagabend ein Konzert im Logo, einem Lifeclub in Hamburg. Annika und Jan standen auf der Gästeliste. Als sie am Eingang angekommen waren und erwähnten, dass sie auf der Liste standen, wurde Jan gefragt, wieso er denn vorhin schon einmal bezahlt habe? Ungläubig dreinschauend gingen die Geschwister in das gut gefüllte Lokal. Kurze Zeit später traute Annika ihren Augen nicht. Ein junger Mann stand neben ihr, der fast genauso aussah wie ihr Bruder Jan. Er hatte einen Dreitagesbart, und die Haare waren ein Bisschen länger als die von Jan, aber ansonsten war die Ähnlichkeit frappierend. Die Band kam auf die Bühne, und Annika war für einen Moment abgelenkt. Ihr Bruder Olaf stand auf der Bühne hinter einem Pfeiler, so dass sie ihn nicht so gut sehen konnte. Dieser dicke, schwarze Pfeiler gehörte im Logo einfach dazu. Er störte zwar, aber ein Logo ohne ihn ging irgendwie auch nicht. Der Blick wanderte wieder zu dem zweiten Jan, der inzwischen anfing, mit ihr zu flirten. Offenbar hatte er ihre Blicke missverstanden. Die Band hatte angefangen zu spielen. Eine Unterhaltung war bei dieser Geräuschkulisse nicht mehr möglich. Da kam der echte Jan auch schon mit den Drinks. Annika nahm sich ein Herz und zupfte dem falschen Jan zu ihrer Linken an der Jacke. Er drehte sich um und sah, wie durch sie hindurch, dem echten Jan direkt in die Augen. Die beiden jungen Männer starrten sich an. Was sie da sahen, war jeweils ein Abbild ihrer selbst. Jan, wie auch Annika war zu diesem Zeitpunkt schon klar, dass es sich um Jans eineiigen Zwillingsbruder handeln musste, von dessen Existenz bis zu jenem Zeitpunkt niemand etwas wusste, nicht einmal der Doppelgänger selbst. Da eine Unterhaltung nicht möglich war, solange die Band musizierte, gingen die Geschwister nach draußen, um sich auf dem Bürgersteig der Grindelallee unterhalten zu können.

Es stellte sich heraus, dass beide jungen Männer am 13. März 1989 im Harburger Krankenhaus „Marita Half" geboren waren. Björn wuchs in Seevetal als Einzelkind eines Lehrerehepaars auf. Er spielte ebenfalls Gitarre in einer Hamburger Band. Außerdem war er Vizemeister im Badminton. Die Nachricht, die sein bisheriges Leben praktisch von einer Minute auf die andere total aus der Bahn warf, konnte und wollte er nicht akzeptieren. Das war alles zu viel für ihn. Er ließ sich die Adresse seiner Erzeuger geben und verschwand in Richtung Dammtor Bahnhof.

Annika und Jan standen immer noch draußen vor dem Logo und schwiegen, als Olaf plötzlich auftauchte. Entsetzt schaute er seine Geschwister an. „Was ist passiert? Ist etwas mit Oma Hedwig? Oder Mama oder Papa?" Annika hatte Probleme zu antworten, sie schüttelte nur den Kopf. Jan fragte, ob sie sich irgendwo hinsetzen könnten, um ungestört zu reden. Olaf verneinte das. Er hatte aber den Schlüssel von dem Bandbus in der Tasche. Der Bus stand keine fünfzig Meter entfernt. Sie setzten sich in den Bus, und Jan erzählte seinem Zwillingsbruder von der unglaublichen Begegnung. Olaf fing an zu weinen. Jan nahm ihn in den Arm und bekundete, dass er für immer sein Bruder bleiben würde. Er schlug vor, auf der Stelle eine Blutsbrüderschaft einzugehen, und holte sein kleines Schweizer Taschenmesser heraus. Schwester Annika hielt die beiden Jungs dann doch von ihrem Vorhaben ab und wies auf eventuelle Risiken durch Infektionen hin. Olaf musste wieder zurück auf die Bühne, das zweite Set wartete darauf gespielt zu werden. Er wollte sich für die nächsten fünfundvierzig Minuten ganz auf die Musik konzentrieren. Seine Geschwister standen diesmal direkt vor der Bühne, sodass er sie auch ohne Brille gut sehen konnte.

Am nächsten Mittag begleitete Annika die beiden Jungs zu Oma Hedwig. Es sollte Zigeunerschnitzel geben. Oma Hedwig hatte sich sehr darüber aufgeregt, dass es jetzt nicht mehr Zigeunerschnitzel heißen dürfe. Sie meinte, dass man es jetzt Schnitzel nach Zigeuner Art oder Schnitzel mit würziger Paprikasauce nennen solle, das ärgerte die alte Frau sehr. Für ihre Jungs kochte sie besonders gerne. Immer mit viel Liebe und guter Butter.

Die Freude war anfänglich riesengroß, als auch Annika vor Oma Hedwigs Tür stand. Sie merkte jedoch ziemlich schnell, dass irgendetwas nicht stimmte. Nach dem Essen kochte sie einen anständigen Bohnenkaffee für ihre Enkel. Olaf fing an zu reden, weit kam er nicht, dann versagte ihm die Stimme. Annika, als Älteste, übernahm das Wort und erzählte Oma Hedwig, was passiert war. „Ach", sagte sie. „Das habe ich doch schon immer vermutet. Aber mir hat ja damals keiner zugehört. Das macht für mich keinen Unterschied, Olaf. Du bist und bleibst mein Enkel und wenn da jetzt noch einer mehr kommt, dann kriegen wir den auch noch satt." Oma Hedwig umarmte erst ihren Olaf, dann Jan und zum Schluss Annika.

Im Anschluss hatten sich die drei Kinder mit ihren Eltern verabredet. Mama wollte zwei Erdbeerböden backen. Einen für die Jungs und einen für die Eltern und Annika. Das Gespräch mit ihren Eltern verlief nicht so reibungslos. Papa regte sich im ersten

Moment fürchterlich auf, und Mama fing bitterlich an zu weinen. Sie fasste sich an ihren Bauch und schluchzte: „Ihr seid Wunschkinder, ich habe so gebetet, dass ihr überlebt und nicht zu früh geboren werdet. Niemals hätte ich gedacht, dass einer von euch nicht mein Baby sein könne." Olaf traf diese Aussage seiner Mutter schmerzhaft. Er zuckte richtig zusammen. Vater Klaus ging auf seinen Sohn zu und umarmte ihn. Er drückte ihn ganz fest und fragte ihn, ob er schon Pläne habe, etwas zu unternehmen? Olaf schüttelte den Kopf und verließ den Raum. Annika folgte ihm, doch er verschwand in Windeseile im Gästebad. Annika hörte den Schlüssel klicken und setzte sich auf die kleine Bank neben dem Telefontischchchen. Sie fühlte sich, als hätte sie gerade ein dreistündiges Tennismatch verloren. Ihre Energie war weg, ihr Akku leer, und Olaf tat ihr so unendlich leid. Über ihre Mutter war sie ein wenig erbost, nur an sich zu denken und nicht an Olaf, der nun wirklich gar nichts für diese fürchterliche Situation konnte. In diesem Moment kam Jan aus der Wohnzimmertür und fragte nach Olaf. Seine Schwester deutete auf das WC. Jan zwängte sich neben Annika auf die kleine Bank. Sie warteten gemeinsam auf ihren geliebten Bruder.

In Seevetal war das Drama nicht weniger brisant, nachdem Björn von seinem gestrigen Erlebnis erzählt hatte. Sein Vater war dem Herzinfarkt nahe und seine Mutter hatte ihre Handtasche schon in der Hand. Sie war bereit, der anderen Familie gegenüber zu treten, und drängte ihren Mann wie auch ihren Sohn, umgehend nach Hamburg Niendorf aufzubrechen und sich der Situation zu stellen. Vater Michael war zu aufgeregt, um Auto zu fahren. Der Sohn nahm den großen Jeep und fuhr mit Hilfe des Navis auf dem direkten Weg zu der anderen Familie.

Kaum stand das Auto, sprang Björn auch schon heraus und lief zur Tür. Seine Eltern folgten ihm schnellstmöglich. Als sie die Tür erreichten, war der Klingelknopf bereits gedrückt. Während es klingelte, saßen Annika und Jan immer noch auf der Bank. Er erhob sich und trottete auf die Tür zu. Öffnete diese und staunte nicht schlecht. Im ersten Moment war er versucht, die Tür wieder zuzuschlagen, tat es dann aber nicht und bat die Gäste herein. Björns Mutter schaute ihn mit groß aufgerissenen Augen an. Björn selbst ging auf seinen Zwillingsbruder zu und umarmte ihn. In diesem Moment hörte man die Klospülung rauschen, und kurz darauf erschien Olaf im Flur. Seine leibliche Mutter kam auf ihn zu und nahm ihn in die Arme. Ihre Handtasche hatte sie einfach fallen lassen. Sie drückte ihren Sohn und weinte nun ebenfalls wie auch Annika. Familie Martens kam aus dem Wohnzimmer, um zu schauen, was eigentlich los war. Ein wildes Durcheinander überforderte alle Anwesende, und Vater Klaus Martens bat alle ins Wohnzimmer an den großen Esstisch. Er holte Schnapsgläser und eine Flasche Apfelkorn aus der Hausbar. Er bestand darauf, dass sie alle gemeinsam anstoßen sollten auf eine glückliche und aufrichtige Zukunft. Sie saßen über zwei Stunden am Wohnzimmertisch und lernten sich kennen. Unter anderem sprachen sie über den Tag der Geburt der drei Jungen und das damit verbundene Glück. Es waren alle drei Wunschkinder, die in Geborgenheit in glücklichen Familien aufwuchsen. Dieses Wissen darüber entspannte jeden einzelnen von ihnen. Sie tauschten Adressen und Handynummern aus. Am darauffolgenden Samstag sollte Björn auch Oma Hedwig und ihren Mittagstisch kennen lernen. Sie beschlossen, zukünftig alle Geburtstage und andere Familienfeiern in großer Runde zu feiern. Ansonsten sollte alles beim Alten bleiben. Sogar Olaf strahlte wieder. Er fühlte sich nicht mehr am falschen Platz, als er abends in der gemeinsamen Drei - Zimmerwohnung mit seinem Zwillingsbruder Jan vorm Fernseher saß und via Sky den ersten FC St. Pauli anfeuerte. Im Gegenteil, die Brüder hatten eine Menge Spaß an diesem wunderschönen Abend.

In Seevetal angekommen, betonte Vater Michael noch einmal, wie glücklich und erleichtert er war. Das Treffen mit der Familie Martens und den neuen Söhnen habe ihn tief bewegt. Er freute sich sehr auf die neue, große Familie. Björn drückte seinen Vater, danach ging er auf sein Zimmer, um ein neues Lied zu komponieren. „Die Riffs schwirren nur so in der Luft", rief er seiner Mama zu. Sie wünschte ihm viel Erfolg und ging völlig erledigt gegen neun Uhr abends schlafen. Björn hingegen blieb noch sehr lange wach. Er schrieb in dieser Nacht einen richtigen Hit: „Brothers In Love".

Auf schmalem Grad

Doppelleben kann so schön sein, wenn man es richtig plant, dachte Christina, während sie ihre roten Pumps und ein paar ausgewählte Dessous in ihre Aktentasche stopfte. Es war Freitagvormittag, sie hatte nur noch eine einzige geschäftliche Angelegenheit zu erledigen und würde danach in ihr wohlverdientes Wochenende starten. Auf den bevorstehenden Termin freute sie sich ganz besonders, denn die zu erwartende Provision würde auch dieses Mal wieder eine Monatsrate ihres Kredits tilgen, da war sich Christina sicher.

Sie war im Begriff, sich wieder einmal Hals über Kopf zu verlieben. Ein einziger Termin lag an diesem Tag noch zwischen ihr und ihrer großen Versuchung. Auf die Minute pünktlich betrat sie das Büro des Geschäftsinhabers der Handelskette Leutmark. Sven Ole Weilers, Anfang fünfzig, erhob sich umgehend von seinem Platz und begrüßte die ersehnte Außendienstmitarbeiterin Christina Claas-Jensen . Seit zirka drei Jahren standen die beiden in geschäftlichen Beziehungen. Zum ersten Mal nahm Marcel Weilers, Sohn und Betriebswirtschaftsstudent, an einem Geschäftstermin mit Christina teil. Souverän beteiligte der Mitte zwanzigjährige sich an dem Gespräch und den damit einhergehenden Preisverhandlungen. Zur Dokumentation wollte Christina ihre Pressemappe aus der Tasche ziehen, als sie bemerkte, dass sich offenbar ein BH-Träger darin verfangen hatte. Für den Bruchteil einer Sekunde konnte man einen etwa drei Zentimeter langen Abschnitt roter Spitze erkennen. Sie nahm blitzschnell die linke Hand zur Hilfe und hoffte, dass keiner der beiden etwas bemerkt hatte. Da weder Blicke noch Gesten der Herren Weilers darauf hindeuteten, dass sie diese berüchtigten drei Zentimeter entdeckt haben könnten, führte sie unbeirrt ihren Termin mit Bravour zum Abschluss.

Marcel Weilers folgte ihr in den Fahrstuhl. Er drückte auf den Knopf mit dem großen P für Parkdeck. Offenbar begann jetzt auch für ihn das Wochenende. Er wandte sich ihr zu und fragte etwas unbeholfen, ob sie nicht Lust hätte, mit ihm ins Kino zu gehen. „Oh, äh", darauf war Christina jetzt so gar nicht vorbereitet. „Ich habe leider keine Zeit, aber vielen Dank für die Einladung, vielleicht ja ein anderes Mal." Er nickte, drückte ihr seine Visitenkarte in die Hand und bat, ihn anzurufen, sobald sie Zeit habe.

Als Christina im Auto saß, verharrte sie für einen kurzen Moment und dachte nach. Konnte es wirklich sein, dass ein so junger und attraktiver Mann sich für sie interessieren könnte? Sie verspürte eine leichte Erregung, welche sie kurz erröten ließ. Das konnte sie nicht auch noch ernsthaft in Betracht ziehen. Zwei Liebhaber waren schon eine wahre Herausforderung, einen dritten … . Sie verwarf umgehend alle Gedanken an den sportlichen, offenbar gut trainierten Marcel, schließlich war sie auf dem Weg zu ihrem neuen Liebhaber.

Die Autofahrt von Hamburg nach Timmendorf würde am heutigen Freitag ca. zweieinhalb bis drei Stunden dauern, bedauerte die junge Frau. Freitagnachmittags in den Sommermonaten die A7 nordwärts fahren, das geht eigentlich gar nicht, dachte sie.

Wenigstens habe sie ein wenig Zeit über die Liebe nachzudenken. Was gibt es schon Wichtigeres als die Liebe? In diesem Moment kamen ihr die Augenblicke in den Sinn, als sie damals vor fast siebzehn Jahren ihren Thomas kennen und lieben gelernt hatte. Jetzt waren sie schon vierzehn Jahre verheiratet. Ein gutes Team, das waren sie. Der Sex war eher selten geworden, trotzdem machte es auch mit Thomas noch Spaß. Ob er wohl auch fremdging? Diese Frage stellte sie sich häufig, sie konnte sie nur nicht eindeutig beantworten. So wie ihr Ehemann redete, meinte er, dass es wohl den meisten Beziehungen gut täte, frischen Wind zu atmen. Christina war nie näher auf diese versteckten Andeutungen eingegangen. Im Gegenteil, sie war dieser Art der Auseinandersetzung immer aus dem Weg gegangen. Ihr Mann befand sich an diesem vielversprechenden Wochenende auf einer Weiterbildung in der Lüneburger Heide, also weit weg und gut beschäftigt. Und sie war nun auf dem Weg in ein wunderschönes Strandhotel an der Ostsee, dort wartete ihr neuer Schwarm. Sie hatte ihn beim Chatten im Internet kennengelernt. Es war das zweite Mal, dass sie sich zu einem aufregenden Treffen verabredet hatten. Ihr war schon klar, dass sie wahrscheinlich nicht die einzige Frau sein würde für ihren Romeo. Er behauptete, dass dieser Name ganz besonders gut zu ihm passen würde. Das konnte Christina nur bestätigen, er gab den Ton an. Sie schätzte ihn auf Mitte bis Ende vierzig. Er schrieb ihr kleine Textnachrichten mit Vorschlägen und sie suchte sich das passende heraus. Für dieses Wochenende hieß es „2xÜF, Timmendorf, 4*,Business Look, nur Aktentasche, Sex".

108

Sie kannte ihren Romeo ja schon von dem ersten, grandiosen Treffen. Christina freute sich sehr auf das, was sie dieses Wochenende alles geboten bekommen würde. Eine hervorragende Abwechslung zum Alltagstrott wartete auf sie. Fast hätte sie die Autobahnabfahrt verpasst, jetzt war sie nicht mehr weit entfernt davon, ihre nächtlichen Träume wahr werden zu lassen.

An der Rezeption erhielt sie ihre Zimmerkarte zusammen mit den besten Wünschen für ein wunderschönes Wochenende. Zaghaft öffnete sie die Tür, ihr Herz klopfte viel schneller als noch ein paar Minuten zuvor. Rote Rosen standen auf dem kleinen Tischchen, daneben ein gefüllter Sektkühler. Ein paar Rosenblätter und eine handgeschriebene Nachricht lagen auf dem Bett: „Guten Tag, Traumfrau, schön, dass du hier bist. Ich werde mich später um dich kümmern. Bitte entspanne dich bei einer Dusche oder einem Bad, ich bin in einer halben Stunde in voller Pracht für dich da."

Er hatte nicht zu viel versprochen. Das Wochenende war erfüllt von vielen Höhepunkten und interessanten Abwechslungen. Tief befriedigt und herrlich entspannt fuhr sie wieder nach Hause. Dort angekommen, bereitete sie alles für die Ankunft ihres Ehemannes vor. Bei dem Gedanken an Thomas entflammte ihre Lust erneut. Als er ihre gemeinsame Eigentumswohnung in Hamburg Alsterdorf betrat, fiel sie ihm um den Hals und küsste ihn. Ein sehr intensiver und langer Kuss veranlasste die beiden dazu, an Ort und Stelle über einander herzufallen.

Ende der nächsten Woche klingelte ihr Geschäftshandy zu einem unpassenden Zeitpunkt. Es sei die Firma Leutmark, bemerkte sie kurz, ihrem Mann zugewandt. Sie nahm das Gespräch an und begab sich in ihr Homeoffice. Marcel Weilers war in der Leitung. „Oh, Sie habe ich ganz vergessen", sprudelte es aus Christina heraus. Ein „Schade!" war am anderen Ende zu hören. „Ich würde mich wirklich sehr freuen, wenn wir heute oder möglichst bald ins Kino gehen können. Sie dürfen auch den Film aussuchen." „Heute geht nicht, Montag wäre gut, siebzehn Uhr am Cinema Center?", fragte sie. Er hatte sie völlig überrumpelt, und sie war darauf eingegangen. „Klar, bis Montag, Tschüss!" Da hatte er auch schon aufgelegt. Christina ärgerte sich über sich selbst. Jetzt hatte sie einen Privattermin mit einem Jüngling, der obendrein auch noch der Sohn eines Geschäftspartners war.

Abgehetzt kam sie kurz nach siebzehn Uhr am Cinema Center an. Marcel strahlte ihr etwas zu auffällig. Sie entschieden sich für den neuen Tom-Cruise-Film, „Mission Impossible" Nummer sechs. Viel Action, wenig Gefühl, dachte sie mit ihren achtunddreißig Jahren. Es musste sich erst noch herausstellen, welche Absichten Marcel wirklich hegte. Er führte sie zu einer hoch gelegenen Loge. Von hier aus hatten sie die beste Sicht. Es gab Cola, Popcorn und Eiskonfekt. Das amüsierte Christina, irgendwie versprühte ihr Begleiter auch einen Hauch von jugendlicher Leichtigkeit. Sie hätte lügen müssen, wenn sie behauptete, die Situation wäre ihr unangenehm. In den spannenden Szenen rückte er etwas näher an sie heran. Jeden

Millimeter spürte sie deutlich. Auf der Armlehne berührte sich die Haut ihrer Unterarme. Sie wurde nervös und spürte gleichzeitig, wie aufgeregt und unsicher er war. Sie ergriff die Initiative und flüsterte ihm ins Ohr: „Du weißt schon, dass ich verheiratet bin?" Sie schaute ihm in die Augen. Er strahlte. „Das ist mir egal," antwortete er. „Ich möchte dein Verhältnis sein, für möglichst lange." Sie antwortete nicht und wandte sich vorerst wieder der Action auf der Leinwand zu, um ihre Gedanken zu sortieren. Sachlich betrachtet, war das ein super Angebot. Er würde sicherlich diskret vorgehen. Vielleicht war er schon ein guter Liebhaber, falls nicht, könnte sie ihm dazu verhelfen, einer zu werden. Sie hatte sich entschieden ihm eine Chance zu geben und küsste ihn auf den Hals.

Die nächsten Monate wurden sehr aufregend und intensiv. Christina gab sich größte Mühe, ihren drei Männern sowie sich selbst gerecht zu werden.

Friedolin das Nilpferd - Vorlesegeschichte

Friedolin trifft Bellissima

In einem kleinen Urwalddorf am Rande des großen Flusses lebten viele Tierfamilien mit ihren Kindern. Friedolin, ein Nilpferd im Teenageralter, lebte mit seinen zwei jüngeren Brüdern und seinen Eltern in einer Wellblechhütte in Ufernähe. Papa Herkules Nilpferd war von mächtiger Erscheinung, wenn er rannte, bebte der ganze Boden bis ins Dorf hinein. Herkules war der einzige Fährmann weit und breit. Auf seinem breiten Rücken konnten ganze Affen-Familien Platz finden. Mama Graziella Nilpferd stand fast den ganzen Tag in der Küche, um für die Verpflegung der Reisenden zu sorgen. Es kam oft vor, dass sie ihren ältesten Sohn Friedolin ins Dorf schickte, um ein paar Kräuter oder ein paar Bananen zu besorgen. Seit kurzem kam er ab und zu wieder, ohne die Einkäufe erledigt zu haben, weil er vergessen hatte, was er mitbringen sollte. Dann kam er zurück, fragte seine Mutter erneut und rannte danach wieder ins Dorf. Ganz klein war er auch nicht mehr, und die Dorfbewohner erkannten ihn schon am Schritt. „Noch nicht ganz so kräftig, wie der Huftritt von Herkules, aber lange dauert es nicht mehr, bis auch bei Friedolin alles wackelt, wenn er ins Dorf kommt", meinten sie. Mama Graziella machte sich langsam Sorgen um ihren Sohn, weil er immer so viel vergaß. Vor ein paar Tagen kam er mit einer großen Beule an der Stirn nach Hause und wollte nicht sagen, woher er die Blessur hatte. Seine Mutter befürchtete, dass er sich vielleicht

mit dem jungen Elefantenbullen um die Bananen geprügelt hätte, doch Friedolin verneinte das. Mama
Nilpferd sollte auf keinen Fall wissen, dass das passierte, weil er sich nach einem Nilpferd-Mädchen um-
gedreht hatte. Im Dorf gab es eine neue Familie, und
die hatte eine Tochter, Bellissima Nilpferd. „Wunderschön", dachte Friedolin und drehte sich in vollem
Lauf nach ihr um. Dabei verpasste er leider die Ab-
biegung zum Kräutergarten und prallte mit Wucht
gegen einen Mammutbaum. Ab und zu trug Bellissima eine pinkfarbene Schleife um den Kopf. Für Friedolin reichte es, diese Schleife aus der Ferne zu sehen,
und schon hatte er wieder vergessen, was er seiner
Mutter diesmal mitbringen sollte. Eines Tages, nachdem Friedolin zweimal hintereinander vergessen
hatte, was er mitbringen sollte, ging Graziella selbst
ins Dorf, um ihre Einkäufe zu tätigen. Ihr Sohn
musste dafür Bananenbrot backen, seine kleineren
Geschwister pellten die Bananen, und Friedolin
würde die Brote backen, dachte Mama Nilpferd. Bei
ihrem Einkaufsbummel kam sie an dem großen
Lehmhaus von Herrn Professor Doktor Albert Giraffe
vorbei. Sie zögerte einen Moment, doch dann klopfte
sie an und trat ein. Sie musste kurz warten. Danach
kam der Herr Professor Doktor und begleitete sie in
das Sprechzimmer. Sie erzählte ihm von der Vergess-
lichkeit Friedolins und ihren Sorgen darüber. „Ach
nennen Sie mich doch Albert", hatte er zu ihr gesagt,
und Friedolin bekam einen Termin zur Untersuchung
für den kommenden Vormittag. Beschwingt lief Graziella wieder nach Hause, doch anstatt eines großen
Berges Bananenbrot lag da ein kleiner Haufen

Bananenschale und sonst nichts. „Was ist denn hier passiert?", fragte sie ihre drei Söhne. Zur Antwort bekam sie, dass ihre Kinder jetzt satt seien und sie kein Abendessen mehr kochen müsse. „Zwei große Brote hat Papa gegessen", meinte Friedolin entschuldigend.

Am anderen Morgen schickte Graziella ihren ältesten Sohn pünktlich zu Herrn Professor Doktor Albert Giraffe. Dann fiel ihr wieder ein, dass er ihr ja das Du angeboten hatte, und sie lächelte. Es dauerte eine ganze Weile bis Friedolin zurück zur Hütte kam. „Was hat denn der Doktor gesagt, mein Kleiner?", fragte sie ihn, und ihre Jüngsten kicherten. „Mama, es ist alles in Ordnung, aber du sollst mal hingehen, hat der Herr Professor Doktor gesagt". Die Nilpferd-Mutter streifte ihre Schürze ab und rannte gleich los. Sie klopfte, und Albert öffnete die Tür nur einen kleinen Spalt weit. „Ich darf Ihnen ja nichts verraten wegen der Schweigepflicht", sagte er und zwinkerte ihr zu. „Gehen Sie mal ans Fenster außen, ich male von innen etwas. Verwundert ging Graziella zum Fenster und wurde wütend. „So etwas, das ist ja unverschämt. Jetzt malt er da lauter Herzchen an die Scheibe", dachte sie. Mittlerweile tanzte Albert Giraffe und warf ihr ein paar Küsschen zu. Graziella schnaubte vor Wut, „Unverschämtheit", dachte sie. „Er weiß doch, dass ich verheiratet bin. Das muss ich sofort Herkules erzählen."

Zu Hause angekommen, ging sie umgehend zu ihrem Mann und erzählte ihm alles: „Albert hat mir Herzchen an die Scheibe gemalt und mir Küsschen zugeworfen." „Was, welcher Albert denn?", fragte ihr Ehemann wütend, seine Nasenlöcher schnaubten schon. „Na der Herr Professor Doktor Albert Giraffe. Ich wollte doch nur wissen, was mit Friedolin los ist." „Na, dann werde ich deinem Giraffen-Schlakshannes Albert mal einen Besuch abstatten. Der kann was erleben", schrie er und rannte los. Herkules schrie so laut, als er vor der Tür des Professors stand, dass das ganze Dorf ihn hören konnte. „Mach sofort die Tür auf! Ich habe etwas mit dir zu klären! Lass meine Frau in Ruhe!" Erschrocken öffnete der Arzt vorsichtig die Tür, und Herkules stürmte hinein. Dabei bemerkte er nicht, dass er den Türgriff noch in der Hand hielt, als die beiden Herren sich unterhielten. „Herr Nilpferd, das ist doch ganz anders als Sie denken. Niemals würde ich mich an ihre Frau heran machen. Nein." „Und was ist das?", schnaubte Herkules und zeigte auf die gemalten Herzchen, welche man noch deutlich erkennen konnte auf der Fensterscheibe. „Ach, das war doch nur wegen Friedolin", sagte Albert Giraffe. „Das ist ja noch schlimmer, lassen Sie meinen Sohn in Ruhe", schrie der Nilpferd Vater. „Oh, mein Gott, nein, setzen Sie sich bitte, Herr Nilpferd, ich erkläre Ihnen alles, das ist ein Missverständnis." Der Professor Doktor holte etwas zu trinken und zwei Gläser. Danach erzählte er Herkules, dass er herausgefunden hatte, dass Friedolin nur deshalb so viel vergessen würde, da er verliebt sei. Eigentlich hätte er das ja gar nicht Frau Nilpferd erzählen dürfen, wegen der Schweigepflicht, und so wollte er das mit den Herzchen deutlich machen, was mit Friedolin los sei. Das musste Frau Graziella Nilpferd falsch verstanden haben, meinte der Arzt. „Hmmm" Herkules überlegte einen Moment. „Dann war es nur eine

Verwechslung, ein Missverständnis." „Ja, das sagte ich ja bereits. Das tut mir leid", sagte der Professor. Man sah ihm an, dass er sehr erleichtert darüber war, dass Herkules Nilpferd sich wieder beruhigt hatte. „Sagen Sie, Herr Professor Doktor, in wen ist mein Sohn denn nun verliebt?", fragte Friedolins Vater. „Na, in Bellissima Nilpferd, die kleine mit der rosa Schleife, die Tochter von den Neuen im Dorf". Hinter ihnen ging ein Raunen durch die Gesellschaft. Die beiden hatten gar nicht bemerkt, dass inzwischen über das halbe Dorf hinter ihnen stand und gespannt zugehört hatte. Auch Friedolin und Bellissima standen in der Menge. Da sowieso schon fast alle versammelt waren, feierte man an diesem Abend ein großes Fest zusammen, und alle hatten eine Menge Spaß. Friedolin und Bellissima unterhielten sich zum ersten Mal, und sie mussten viel lachen, ganz besonders über die immer noch deutlich sichtbare Beule an Friedolins Stirn.

Wenn ich das gewusst hätte…

Warum haben wir uns nicht getraut, einander zu finden, fragte sich Martin, als er fünfundzwanzig Jahre später erfuhr, dass seine Jugendliebe Juliane ihn genauso sehr vermisst hatte wie er sie. Sie hatte sich als Sechzehnjährige nichts sehnlicher gewünscht, als seine feste Freundin zu werden. Er hingegen war davon ausgegangen, dass sie nichts mehr mit ihm zu tun haben wolle.

Enttäuscht und traurig blickte Martin zurück. Er war erst achtzehn Jahre alt, als seine Oma ihm den alten Ford Taunus geschenkt hatte. Man konnte den Sprit noch bezahlen und fuhr nur so zum Spaß durch die Gegend. Auch gab es noch kein Internet für Jedermann und keine Handys, stattdessen hatte man Freunde und feierte Partys. Echte Freunde, auf die man sich verlassen konnte und die sich für einen geprügelt haben, wenn es mal sein musste. Die großen Gasthöfe der einzelnen Dörfer feierten regelmäßig Discos, auf denen viel getrunken und geknutscht wurde.

Auf einer dieser Dorfdiscopartys war er Juliane damals nähergekommen, das war sehr aufregend für ihn. Martin konnte sich noch sehr gut daran erinnern, so als wäre es gestern gewesen. Ihre weichen Lippen und die festen, kleinen Brüste, sogar seine Hand hatte er unter ihr T-Shirt stecken dürfen. Er hatte vorher noch nicht viel Erfahrung mit Mädchen und war daher unsicher, wie er sich genau verhalten solle. Sie konnte gut küssen, das wusste er noch. Er hatte sich nie getraut, sie anzurufen oder ihr einen Liebesbrief zu schreiben. In den Wochen danach hatte sich das nicht ergeben, sie zu treffen, obwohl er in seinen Gedanken jede Minute bei ihr war. Es bot sich keine erneute Gelegenheit, ihr näher zu kommen. Erst acht Wochen später, auf einer Party, hatte er sie kurz gesehen. An diesen Augenblick konnte er sich ebenfalls noch Jahre danach erinnern, und jedes Mal tat es weh, wenn er daran dachte, wie sich ihre Augen trafen und sein Herz fast stehen geblieben wäre. Es gab damals viele Gelegenheiten im Sommer zu feiern. Er war seit sechsundfünfzig Tagen Sehnsucht nach Juliane fast wahnsinnig geworden und ging auf jede Party, jeden Rummel und jedes Fest, immer auf der Suche nach ihr.

Als er an diesem verhängnisvollen Abend mit seinem Kumpel Lars unterwegs war und beide Jungs auf einer Geburtstagsparty eintrafen, sah er sie wieder. Fast wäre ihm das Mitbringsel, die Buddel Rum, aus seiner Hand gerutscht, als er Juliane mit einem anderen Jungen sah. Sie war gerade im Begriff zu gehen, Hand in Hand mit einem Typen aus dem Nachbarort. Ihre Blicke trafen sich, als Martin zur Tür herein kam. Er hatte sie so sehr vermisst, und was tat sie? Diese schwere Enttäuschung machte ihm sehr lange zu schaffen. Es dauerte fast ein ganzes Jahr, bis er sich wieder neu verlieben konnte, aber das war dann irgendwie anders. Sein Herz schlug auch schneller, aber es raste nicht, wie es das bei Juliane tat.

Nach weiteren drei Jahren lernte er seine erste Ehefrau kennen. Eigentlich war Martin noch nicht bereit, mit mittlerweile fünfundzwanzig Jahren den Bund der Ehe einzugehen, doch Miriam wollte unbedingt heiraten. Sie war drei Jahre älter als er und konnte super kochen, daran erinnerte er sich gern zurück. Doch die Heirat an sich bereute er später, denn nun war er nicht mehr frei für die große Liebe, sondern immer belastet durch diese erste Ehe. Dass diese Gedanken Quatsch waren, merkte er erst viel später. Nach ein paar Jahren spielt das gar keine Rolle mehr, wurde ihm damals klar. Solche Wunden heilt tatsächlich die Zeit. Später erfuhr er, dass Miriam nicht so leicht über die Scheidung weggekommen war und es einige Zeit dauerte, bis sie sich wieder gefangen hatte. Martin machte sich Vorwürfe, er hätte die Trennung von ihr nicht so knallhart und direkt vollziehen sollen. Zum Glück war sie inzwischen auch wieder neu verheiratet, und diese Ehe blieb nicht kinderlos. Er traf sie einmal durch Zufall auf dem Kinderspielplatz. Sie unterhielten sich kurz, und waren beide sehr erleichtert darüber, dass es dem Anderen gut gehe. Damit war für Martin dann das Kapitel „Miriam" auch endgültig und sauber abgeschlossen. Mit seiner zweiten Exfrau, Biggi, hatte er zwei Kinder. Bei dem Gedanken an seine zweite Exehefrau regte sich Martin regelmäßig sehr auf. Zum Wohle der Kinder vermied er längere Unterhaltungen mit Birgit. Spätestens nach drei Sätzen machte sie ihm Vorhaltungen und Vorwürfe. Es fiel ihm dann sehr schwer, sich nicht zu verteidigen und zum Gegenangriff überzugehen. Mit diesen Worten beschrieb er es regelmäßig seiner Mutter. Inzwischen waren Mama und er richtig gute Freunde geworden, und sie unterstützte ihn, wo sie konnte. Sonntags, am Jungs-Wochenende, waren sie regelmäßig bei seinen Eltern zum Essen eingeladen.

Manchmal übernachteten Ben und Tom auch bei den Großeltern. Da das Verhältnis zu Birgit schwierig war, umgingen die beiden Elternteile den Kontakt so gut es ging. Tom, sein Jüngster, kam in die Schule, und für Martin selbstverständlich wollte er, bei so einem wichtigen Tag, auch anwesend sein. Er fuhr separat zu der Veranstaltung, hatte sich aber bereit erklärt, anschließend die Familie samt seinen Eltern und Schwiegereltern zum Essen einzuladen. Er hatte einen Tisch für acht Personen reserviert. Während der Einschulung in der Aula saß er rechts neben seinen Eltern, aber an seiner linken Seite, da saß seine große Jugendliebe, und dabei hatte er sie erst gar nicht erkannt. Sie hatte ihm am Ärmel gezupft und „Hallo, Martin" gesagt. Zum Glück hatten die Schüler der vierten Klasse genau in diesem Moment angefangen zu singen, so hatte er Zeit, darüber nachzudenken, was er sagen solle. Auch wenn es schon so lange her war, hatte er wieder dieses starke Herzklopfen, so als wäre er immer noch in sie verliebt. Sie war eine erwachsene Frau, wahrscheinlich sogar eine Mutter. Ihm fiel nichts Passendes ein, was er sagen konnte außer „Hallo, Juliane."

Dann passierte etwas, womit er nicht gerechnet hatte. Sie steckte ihm eine Visitenkarte zu und meinte, dass sie ja mal einen Kaffee zusammen trinken können. Er nickte, und die Kinder wurden wieder zum Mittelpunkt des Tages.

Drei Tage dachte er an nichts anderes als an diesen ausstehenden Anruf bei Juliane. Er fühlte sich wieder achtzehn Jahre alt und ganz und gar nicht wie dreiundvierzig. Im Berufsleben war Martin mittlerweile

Abteilungsleiter und hatte seine mehr oder weniger strengen Grundsätze. Alle vierzehn Tage kamen seine beiden sechs und acht Jahre alten Jungs über das Wochenende zu ihm. Kommenden Samstag oder Sonntag hätte er Zeit, sich mit Juliane zu treffen. Wollte er das wirklich? Seine Gedanken fuhren Achterbahn. Sollte er, oder sollte er es lieber nicht tun? Martin schnappte sich den Hörer und tippte, so schnell er konnte, ihre Nummer ein. Als es klingelte, holte er tief Luft. Danach war er von seinem Platz aufgestanden, um sich besser auf das Telefonat konzentrieren zu können. Es meldete sich ein kleines Mädchen, mit dem Namen Luna Bongartz. Er fragte nach ihrer Mama, und sie legte einfach auf. Martin überlegte einen Moment und war sich nicht sicher, was er danach tun solle. Als er sich gerade dazu entschlossen hatte, erneut anzurufen, fing sein Telefon auch schon an zu klingeln. Es war Juliane, sie hatte auf die Rückruftaste ihres Telefons gedrückt. Man konnte in ihrer Stimme deutlich hören, dass sie sich darüber freute, nach so langer Zeit endlich mit Martin sprechen zu können. Sie meinte, dass sie jetzt nicht so gut reden könne, sich aber sehr gerne mit ihm auf einen Kaffee treffen wolle, um über die alten Zeiten zu reden. Martin war unsicher, was eher selten vorkam, doch in dieser Situation fühlte er sich leicht überfordert. Juliane schien das zu merken und schlug ein Date vor. So verabredeten sie sich für den kommenden Samstagnachmittag im Café Hofer.

Martin war am nächsten Morgen nach dem Telefonat mit Juliane sehr unkonzentriert in der Firma. Aus Versehen siezte er seine langjährige Kollegin Petra.

Sie machte ihn dann weniger dezent darauf aufmerksam, dass sie sich seit fast zwei Jahren duzen würden. Zur Entschuldigung brachte er ihr mittags einen Milchkaffee aus der Kantine mit. Zu allem Überfluss vergaß er auch noch, bei Tom anzurufen, um ihn zu fragen, wie seine ersten drei Schultage gelaufen waren. Abends um halbzehn fiel es ihm erst wieder ein, morgens hatte er noch an seinen Jüngsten gedacht, aber das nützte ihm nun auch nichts mehr. Er schnappte sich das Telefon und rief bei Biggi an. Schon als er die ersten Töne ihres Namens hörte, wusste er, dass er besser nicht angerufen hätte. Es dauerte nicht lange, und sie beschimpfte ihn als Rabenvater, unverantwortlich und egoistisch. Bevor er antworten konnte, hatte sie ihm den Hörer aufgeknallt. Diese andauernden Beschimpfungen konnte er mittlerweile gut verkraften, doch dieses Mal tat es ihm wirklich sehr leid. Tom hatte das nicht verdient, und Martin beschloss am nächsten Morgen Birgit per SMS zu fragen, ob er Tom an diesem Tag von der Schule abholen könne. Kaum in der Firma angekommen, tat er das dann auch. Umgehend kam die Antwort, dass er zwei Söhne habe und Benn auch Beachtung verdiene. Sie einigten sich nach mehreren SMS und Martin durfte seine Jungs von der Schule abholen und mit ihnen zum Essen fahren. Danach sollte er die Kinder aber direkt wieder nach Hause bringen, da Birgits Eltern sich zum Kaffee angekündigt hatten. Eine Einladung für eine Tasse Kaffee bekam Martin nicht. Es war ihm auch egal, so gab es wenigstens keine weiteren Möglichkeiten, ihn zu beschimpfen. Erschrocken sah er auf, ganz im Gedanken versunken, hatte er auf seine Schreibtischunterlage unter anderem zwei Herzchen gemalt. In diesem Moment stand seine Kollegin mit einer Akte in der Hand neben ihm und schaute mit großen Augen auf das Gekritzel. Jetzt konnte er nur noch eines tun, denn aus dieser Nummer kam er nicht mehr heraus, und so grinste er sie an und fragte, ob er ihr helfen könne. Im Nachhinein war ihm das sehr unangenehm, und er erneuerte umgehend das bekritzelte Blatt. Vorsichtshalber steckte er es aber in seine Aktentasche und nicht in den Papierkorb.

Juliane hatte das Telefonat mit Martin auch sehr berührt. Der Gedanke an Martin hatte sie seit damals, vor fünfundzwanzig Jahren, immer leicht erregt. Sie war sich nicht sicher, ob es daran lag, dass nie mehr als Geknutsche vorgefallen sei und deshalb eine große Hoffnung auf mehr vorhanden sei. Andererseits war das Küssen sehr erotisch, und mit ganz großer Sicherheit hatten beide Teenager damals ähnliche Hoffnungen. Sie lächelte und dachte an ihre älteste Tochter, denn Jana war heute so alt wie sie damals. „Unglaublich", dachte Juliane. „Es ist nur gut, dass meine Tochter viel vernünftiger ist, als ich es damals war. Sagen werde ich ihr das aber nicht." Sie freute sich schon richtig auf das Date mit Martin. Wenn sie zurückblickte, hatte sich ihr Leben gut entwickelt. Sie war glücklich über ihre beiden gesunden Kinder. Mit ihrem Exmann verstand sie sich noch gut, und von Zeit zu Zeit kam es sogar vor, dass sie sich heimlich etwas näher kamen, als alle anderen wissen sollten. Einen anderen Mann gab es seit ihrer Trennung nicht mehr in ihrem Leben. Sie war immer noch flippig und lebenslustig, doch hatte sie überhaupt keine Lust dazu, auf Geplänkel und alles, was dazu gehört. Von ihren Freundinnen bekam sie manchmal mit, wie verkrampft und anstrengend, vor allem auch enttäuschend, deren Männersuche meistens endete. Damit wollte sie nichts zu tun haben. Wenn die Zeit kam, würde auch der Richtige in ihr Leben treten, das waren ihre Träume für die Zukunft. Je näher die Verabredung mit Martin rückte, desto nervöser wurde sie. Das war sie gar nicht mehr gewohnt, und Juliane wunderte sich über sich selbst. Sie hatte tatsächlich ein leichtes Herzrasen bei dem Gedanken an ihre unerfüllte Jugendliebe. Für Samstag hatten sie sich bei Hofer verabredet, aber irgendwie war ihr danach, vorher noch ihre ganze Wohnung zu putzen. Jana hatte sich über den plötzlichen Putzfimmel ihrer Mutter gewundert, und Juliane hatte das zum Anlass genommen, ihrer Tochter die Hausarbeit etwas näher zu bringen. Jana war nicht begeistert, denn sie musste lernen, die Fenster zu putzen. Das hatte sie sich deutlich einfacher vorgestellt. Zu allem Überfluss hatte ihre Mutter erwähnt, dass sie jetzt häufiger im Haushalt mithelfen solle, schließlich sei sie kein kleines Kind mehr wie ihre Schwester. Das hatte gesessen, für Jana war der Tag gelaufen. Zum Glück dürfe sie für das Wochenende bei einer Freundin übernachten und entkam somit dem eventuellen Putzfimmel ihrer Mutter. Für Luna war Papawochenende, und die Kleine hatte einen aufregenden Freizeitparkbesuch vor sich. Jana hätte sogar auch mitfahren können, zog den Besuch bei ihrer besten Freundin jedoch vor. Nachdem die Kinder außer Haus und die Wohnung in neuem Glanz erstrahlte, schaute Juliane seit langem mal wieder kritisch in den Spiegel. Kurzerhand beschloss sie daraufhin, dass unbedingt ein neues Outfit benötigt werde. Seit Luna mit drei Jahren in den Kindergarten kam, war sie halbtags wieder arbeiten gegangen. Sie hatte großes Glück, dass sie nach fast vier Jahren Pause wieder an ihren alten Arbeitsplatz zurück durfte. Gelernte Bürokauffrau war sie und arbeitete in einem mittelständischen Unternehmen in der Lebensmittelindustrie. Die familiär geführte Firma war sehr darauf bedacht, dass ein angenehmes Betriebsklima herrschte. Juliane ging sehr gerne zur Arbeit, und wenn es die Situation zuließ, machte sie auch mal Überstunden. Es gefiel ihr, mal mit ganz anderen Herausforderungen als denen eines Kleinkindes und eines Teenagers konfrontiert zu werden. Gut bezahlt wurde ihre Arbeit auch, sie hatte zwar schon lange keine Gehaltserhöhung mehr bekommen, aber sie kam gut klar. So konnte sie sich auch einen ausgiebigen Einkaufsbummel leisten.

Glücklich, gut gelaunt, aber total erledigt, saß Juliane am Freitagabend auf ihrer Bettkannte und bewunderte die neu erworbenen Schätze. An ihrem Kleiderschrank hingen drei Kleider, zwei Shirts und eine schicke Bluse. Turnschuhe, Sandalen und rote Pumps standen auf dem Fußboden. Sogar ein kleines Silberkettchen mit einer Gitarre als Anhänger hatte sie sich gegönnt. Noch wusste sie nicht genau, welches der drei Kleider am morgigen Samstag den Vorzug bekommen werde, auch war sie nicht sicher, ob es Sandalen oder doch die Pumps sein werden. Es blieb spannend, ein ganz neues Lebensgefühl kehrte zurück.

Das Café war auch nach Jahren immer noch sehr gemütlich und freundlich eingerichtet. Zur Begrüßung umarmten sie sich zwar förmlich, aber trotzdem herzlich. Beide waren ziemlich aufgeregt, und es dauerte eine Weile, bis sich die Unsicherheit in ihren Stimmen und in ihrem Verhalten legte. Juliane hatte sich für das geblümte Sommerkleid und die Sandalen entschieden, dem Anlass angemessen, in der Hoffnung, dass ihr schickes, enganliegendes Kleid und die dazu passenden roten Pumps in nicht allzu langer Zukunft doch noch zum Einsatz kommen würden. Nach der zweiten Tasse Kaffee bestellten sie sich jeder einen kleinen Eisbecher. Juliane sprach an, was Martin sich nicht traute auszusprechen. Beide hatten sich damals in einander verliebt, und beide hatten sich nicht getraut, sich bei dem anderen zu melden. Sie war an den nächsten beiden Wochenenden wieder in dieselbe Discothek gefahren, in welcher sie sich damals nähergekommen waren, während Martin extra in den Club gefahren war, der näher an Julianes Wohnort lag, um sie zu treffen. Sie hatte das erwähnt, dass sie am Wochenende meistens dort wäre. Das Eis war nebensächlich und verflüssigte sich zusehends. Martin und Juliane waren sich sicher, wenn sie damals die Chance genutzt hätten und von Anfang an ehrlich zueinander gewesen wären und vor allem sich getraut hätten, den anderen über die eigenen Gefühle in Kenntnis zu setzen, hätten sie ein glückliches Paar werden können.

Beide waren sehr angespannt und leicht verunsichert darüber, was diese Situation aus ihrem Verhalten machte. Juliane kam ins Stottern bei dem Versuch, ihre Lebensgeschichte leicht und unbeschwert zu erzählen. Martin hingegen verschluckte sich am Kaffee und kleckerte mit dem Eis auf sein frisch gebügeltes Hemd. Sie hätte ihn gerne mit zu sich eingeladen, damit er sich ihre Wohnung anschauen könne. Traute sich aber nicht etwas zu sagen, das hätte man auch falsch verstehen können. Bei dem Gedanken daran errötete sie sogar leicht und hoffte, dass er es nicht bemerke. Martin wollte nur noch weg aus dieser spannungsgeladenen Atmosphäre, er hatte angefangen zu schwitzen, obwohl es an diesem Tag nur knapp über zwanzig Grad Celsius warm war.

Sie tauschten die Handynummern aus und wollten sich in absehbarer Zeit noch einmal treffen. Sie waren nicht mehr sechzehn und achtzehn. Im Gegenteil, das Leben hatte ihnen viel Abwechslung zu bieten gehabt. Sie hatten ganz unterschiedliche Interessen entwickelt und das anfängliche Herzklopfen war einer leichten Verunsicherung gewichen. Dennoch, ein zweites Date ließ die Zukunft offen. Über dieses erste Treffen waren beide jedoch sehr erleichtert, schließlich hatten sie sich schon seit fünfundzwanzig Jahren danach gesehnt.

Zu Hause angekommen, ging Martin umgehend unter die Dusche, es war eine Ewigkeit her, dass er das letzte Mal solch einen Schweißausbruch bekommen hatte. Er musste lächeln, denn irgendetwas war passiert, was ihn glücklich machte. Sie gefiel ihm immer noch sehr gut, allerdings hatte ihre äußere

Erscheinung ihn vor fünfundzwanzig Jahren mehr fasziniert, als sie das heute getan hatte. Trotzdem, sie schien eine gute Mutter zu sein, und sie hatte keinen Streit mit ihrem Exmann, im Gegenteil, die beiden schienen sich sogar gut zu verstehen. Davon konnte Martin nur träumen. Der Gedanke an ein erneutes Treffen mit Juliane ließ ihn diese Nacht nicht gut schlafen, er machte sich schon Gedanken über eine eventuelle gemeinsame Zukunft und hatte Zweifel, wie das mit den vier Kindern klappen könne.

Juliane erging es ähnlich. Zu Hause angekommen setzte sie sich für einen Moment auf ihren liebevoll gestalteten Balkon und hielt das Gesicht in die Sonne. So ganz einschätzen konnte sie dieses Date mit Martin nicht. Einerseits hatten sie sich gut verstanden und lagen auf einer Wellenlänge, andererseits raste ihr Herz, während er ihr gegenüber saß, weniger schnell als erwartet. Auch Juliane konnte in dieser Nacht nicht gut schlafen, denn sie war verunsichert. Wie weit sollte sie mit Martin gehen? Immerhin hatte sie die Verantwortung für zwei Kinder. Sehr gespannt war sie darauf, ob und wenn ja, wann Martin sich wieder bei ihr melden würde.

Am nächsten Morgen klingelte früh das Telefon, Juliane lag zwar schon länger wach, hatte sich dennoch richtig eingekuschelt und genoss diese Zeit für sich. Sie erschrak sich, weil sie vermutete, dass der Anrufer Martin sein könne. War es dann aber nicht, Luna wollte wissen, ob sie bis Montag bei Papa bleiben dürfe. Er würde sie auch morgens zur Schule fahren, nur den Ranzen, müssen sie dann bald holen. „Bringt Brötchen mit", rutschte ihr so raus. „Was,

Mama, liegst du etwa noch im Bett?" Ihr Exehemann übernahm den Hörer und wollte etwas uncharmant wissen, ob sie allein sei. „Natürlich bin ich allein!" Juliane war entsetzt, wenn sie jedoch darüber nachdachte, hätte es tatsächlich auch anders sein können. Sie stand auf und kochte Kaffee. Kaum hatte sie sich fertig gemacht und ihr neues Sommerkleid übergeworfen, klingelte es auch schon an der Tür. Einen Schlüssel wollte sie Andi nicht geben, das wäre zu gefährlich. Auch wenn sie ihm manchmal noch etwas näher kam, wollte sie doch nur dann, wenn sie es auch wirklich wollte, und nicht, wenn er plötzlich in der Tür stehe. Luna kam angerannt und drückte sie, dann ging sie in ihr Zimmer, um ihre Schulsachen zu holen. „Vergiss deinen Zeichenblock nicht!", rief sie ihrer Tochter noch hinterher. Andreas begrüßte sie und packte dabei seine rechte Hand schwungvoll auf ihren Hintern. Normalerweise hätte sie jetzt mit ihm geflirtet, doch sie musste an Martin denken und bekam ein schlechtes Gewissen. Sie entfernte die immer noch auf ihrer Pobacke liegende Hand und bat ihn, das zukünftig zu unterlassen. Erschrocken schaute Andi zu ihr rüber: „Was, hast du etwa einen Anderen?" „Noch nicht, aber vielleicht bald", rutschte ihr raus. Luna kam aus ihrem Zimmer, und die drei setzten sich an den gedeckten Tisch. Andreas war der Appetit vergangen, und er nahm nur einen Kaffee. Luna strahlte und futterte ein Schokoladen-Croissant. Juliane hatte auch keinen großen Hunger und aß nur ein halbes Brötchen. Sie sah ihrem Exmann an, dass er jetzt liebend gerne mit ihr reden würde, und war froh, dass sich dazu keine Gelegenheit bot. Sie verabschiedete die beiden und war sichtlich erleichtert, nachdem sie die Tür wieder geschlossen hatte. Immerhin hatte sie mit ihrem Verhalten eventuell die Trennung von ihrem Exmann etwas endgültiger gemacht. Das war ein großer Schritt für sie, seit zwei Jahren hatte Juliane schon darüber nachgedacht, ihre körperliche Beziehung zu Andi ganz zu beenden. Warum genau es nie dazu gekommen ist, fragte sie sich des Öfteren. Ihre Freundinnen hatten dazu ziemlich unterschiedliche Meinungen, und Juliane gab irgendwie allen Dreien Recht. Manchmal war es ihr peinlich darüber zu reden, und ihre Freundinnen kicherten dann, sie waren schon eine lustige Truppe. Juliane seufzte, sie hatte ganz vergessen, die Anderen darüber zu informieren, dass sie Martin begegnet war, geschweige denn, dass sie schon ein Date hatte. Richtig unangenehm war es Juliane nun, dass sie ihre Freundinnen vergessen hatte zu informieren. Sie musste schnell handeln, bevor die Mädels noch dachten, sie würde ihnen bewusst etwas verheimlichen. Da Luna den Abend bei Andi verbringen würde, könne sie einen spontanen Infoabend veranstalten, dachte sie, und musste grinsen. Sie schrieb drei SMS: „Hallo Anna, ich habe etwas zu erzählen. Heute 18 Uhr bei mir, es gibt Lasagne." Und „Hallo Tina…" Und „Hallo Franzi…" Anscheinend hatten ihre Freundinnen schon auf ihre SMS gewartet, verblüffend schnell trudelten drei Zusagen bei ihr ein. Ein bisschen aufgeregt war Juliane dann doch, als sie es sich zu viert auf der Sofalandschaft bequem gemacht hatten und sechs Augen erwartungsvoll auf ihr ruhten. Aus der Küche strömte dieser herrliche Duft der

Lasagne zu ihnen herüber. Es gab ein Glas Sekt für alle, und Tina prustete los: „Also, schwanger bist du schon mal nicht. Was ist denn los? Ich bin ganz aufgeregt." „Ich habe Martin wieder getroffen. Den Martin von vor fünfundzwanzig Jahren. Und damit ihr das auch gleich noch wisst", sie holte tief Luft, „ich hatte schon ein Date mit ihm!" Die Geräuschkulisse war merklich angestiegen, und alle redeten durcheinander. Tausend Fragen prasselten ihr entgegen. Noch bevor sie etwas erzählen konnte, hörte man Janas Stimme aus dem Flur: „Mama, was ist denn hier los? Ist alles in Ordnung? Ich glaube, das Essen brennt gleich an." Juliane sprintete in die Küche, es sah schlimmer aus, als es war, und die Lasagne schmeckte perfekt. Jana hatte das erste Stück bekommen und ging lieber wieder auf ihr Zimmer. Juliane musste alles haarklein erzählen, wie sie Martin am Ärmel gezupft hatte, bis zu dem Moment, als sie Andis Hand von ihrer Pobacke entfernte. Ihre Freundinnen wussten über alles Bescheid, doch auf die Frage, was sie jetzt am besten machen solle, hatte keine eine wirkliche Antwort. Informiert werden wollten jedoch alle Drei, sobald es Neuigkeiten geben werde.

Juliane schaute am nächsten Morgen öfter als sonst auf ihr Handy, und ihre Chefin fragte, ob mit den Kindern alles in Ordnung wäre. „Ist das so offensichtlich, dass ich nervös bin?", dachte sie. Insgeheim wartete sie auf eine Nachricht von Martin, doch die blieb aus. Leicht enttäuscht informierte sie am Abend ihre Freundinnen, dass es immer noch nichts Neues in Sachen Martin gebe. Tina antwortete umgehend und schlug ihr vor, Martin einfach anzurufen, danach wisse sie, was Sache sei. Franzi meinte, dass sie ihn auf jeden Fall noch zappeln lassen solle und Anna favorisierte die SMS. Juliane entschied sich dazu, am nächsten Morgen wieder darüber nachzudenken und widmete sich dem aktuellen Wäscheberg. Bei der Bügelwäsche dachte sie einen Moment an ihre älteste Tochter. Jana sah den Blick ihrer Mutter und entgegnete ihr in Sekundenschnelle, dass sie in zwei Tagen eine wichtige Arbeit schreiben würde und sie dafür noch lernen müsse. Es war also wie immer, und sie schaute zusammen mit Luna noch eine kindgerechte Fernsehserie, während Mama dabei bügelte.

Martin freute sich schon auf sein Jungswochenende, das würde ihn etwas ablenken von den andauernden Gedanken an Juliane. Er fragte sich, was er jetzt tun solle. Wenn er sie anrufen würde, müsse er ja auch irgendetwas sagen. „Hallo Juliane" würde wohl dieses Mal nicht ausreichen. Und einen Vorschlag für ein zweites Date müsse er ihr auch machen. Stilecht wäre ja ein Discothekenbesuch, so wie damals, doch gab es überhaupt noch Discos? Martin grübelte weiter. Sie waren zu alt dafür, das fällt schon mal weg, dachte er und war schon fast verzweifelt, als ihm einfiel, dass seine Mutter zu ihm gesagt habe, dass er sich gerne melden könne, falls er mal einen Rat brauche. Könnte er tatsächlich seine Mutter fragen? Martin war verunsichert, bei Biggi hatte er nicht vorher mit seiner Mama gesprochen, und bei Miriam schon gar nicht. Sein Telefon klingelte, und seine Mutter war am Apparat, Martin freute sich sehr über ihren Anruf. Achtundfünfzig Minuten und zwölf Sekunden stand auf dem Display, als sie endlich auflegten. Es hatte eine Weile gedauert, bis Martin sich getraut hatte, von Juliane zu erzählen. Seine Mutter hatte ihm zugehört und ihre Bedenken zu der familiären Situation geäußert. „Zwei Mädchen, sechs und sechzehn Jahre, passen nicht gerade gut zu Ben und Tom. Die kleine vielleicht schon, noch ja", merkte sie an. Aber seine Mutter machte auch deutlich, dass auch die Liebe Berge versetzen könne, und dass sie es befürworte, wenn er Juliane noch etwas besser kennen lernen würde. Dann würde er wissen, ob er ihr die Chance geben wolle, die neue Frau in seinem Leben zu werden. Zum Glück hatte seine Mutter einen tollen Vorschlag für das zweite Date. „Geht doch in den „Lichtergarten, da ist es wunderschön. Papa und ich waren kurz nach der Eröffnung dort." Seine Mutter schwärmte weiter: „Die haben sieben Sorten Fassbier, zwei davon sogar antialkoholisch, und genauso sieben Cocktails und auch davon zwei antialkoholische. Die haben dort ein ganz tolles Konzept. Eigentlich ist es ein Biergarten, aber viel schöner, auch für Frauen schön." Martin wollte noch wissen, ob man dort auch etwas zu essen bestellen könne. Er bekam zur Antwort, dass es nur Pommes geben würde, sonst nichts, dafür seien es aber belgische Pommes, mit vielen verschiedenen Saucen. „Ach, Martin, da ist es wirklich schön, die haben bis dreiundzwanzig Uhr geöffnet, und wenn es dunkel wird, ist es ganz fantastisch beleuchtet. Da kannst du gut hingehen für dein zweites Date. Darf ich das Papa erzählen?", fragte sie ihren Sohn noch. Das durfte sie, und Martin freute sich darauf, Juliane einzuladen. Da es schon fast zehn

Uhr abends war, wollte er den Anruf bei seiner Jugendliebe auf den nächsten Tag verschieben.

Gut gelaunt wählte er in seiner Frühstückspause ihre Nummer, doch es meldete sich nur die Mailbox. Darauf sprechen wollte er nicht und steckte das Handy enttäuscht wieder in seine Aktentasche. Das hatte er sich jetzt anders vorgestellt. „Aber was man nicht ändern kann …", dachte er. Erst fiel es ihm schwer, sich wieder auf seine Arbeit zu konzentrieren, dann war er so sehr bei der Sache, dass er erst kurz vor Feierabend wieder an Juliane dachte. Er beschloss, sie am Abend anzurufen, wenn die Kleine im Bett war. Ben und Tom gingen unter der Woche auch so gegen halb Acht schlafen. Er würde es gegen acht Uhr noch einmal versuchen, sie zu erreichen.

Um kurz nach sieben Uhr stellte sich Martin den Kurzzeitwecker aus seiner Küche auf Viertel vor Acht. Auf gar keinen Fall wollte er den Anruf bei Juliane verpassen. Martin hoffte sehr, dass sie am nächsten Tag Zeit für ihn und einen Besuch im „Lichtergarten" haben werde. Als sein Wecker surrte, wurde er nervös. Er war so glücklich, dass seine Mutter ihm die Lokalität für sein Date vorgeschlagen hatte. „Hoffentlich gibt sie mir keinen Korb", dachte er und erhob sich, denn wichtige Telefonate erledigte er ja meistens im Stehen. Es klingelte, und diesmal ging sie auch selbst an den Apparat. „Bongartz", hörte er und begann zügig mit seiner Einladung. „Hallo, hier ist Martin, ich würde dich gerne morgen Abend in den „Lichtergarten" einladen. Kann ich dich gegen neunzehn Uhr abholen?" „Äh", hörte er, „ich glaube, ich hole mal meine Mutter, warte kurz, ich hole sie."

Martin war für den Moment etwas geschockt und setzte sich wieder hin. Es dauerte gute anderthalb Minuten, die ihm wie Stunden erschienen, bis er endlich Juliane in der Leitung hatte. „Hallo Martin, ich habe gehört, dass du mich in den neuen „Lichtergarten" ausführen möchtest? Das finde ich super… Bist du noch da?" „Ja, ich freue mich, kann ich dich um sieben Uhr morgen Abend abholen?" „Da hast du richtig Glück gehabt, dass du Jana am Apparat hattest, sie hat mir gleich angeboten, morgen auf Luna aufzupassen und sie auch ins Bett zu bringen." Juliane hatte nicht viel Zeit, da sie ihre kleinen Tochter gerade eine Geschichte vorgelesen hatte, als das Telefon klingelte, und noch nicht fertig damit war. Nachdem Martin den Hörer aufgelegt hatte, freute er sich. Er strahlte richtig und öffnete seinen Kleiderschrank. Seine alte Lederhose von damals war leider in der Kommode eingelaufen, so wie viele andere Kleidungsstücke aus alten Zeiten auch. Das meiste davon hatte er schon vor Jahren entsorgt. Dick war er nicht, im Gegenteil, aber früher war er eben sehr dünn. Für das kommende Date wolle er lieber ein bisschen cooler aussehen, dachte er. Die schwarzen Turnschuhe mit den weißen Streifen und die dunkle, enganliegende Jeans seien super, fand er, aber welches Oberteil es werden solle, wisse er noch nicht. Kurzerhand entschied er sich für das schwarze Rippenshirt, denn da würde man die Flecken nicht so deutlich sehen, falls er wieder kleckern würde. Außerdem könne Juliane dann auch erahnen, dass sein Körper noch ganz gut in Schuss sei. Obwohl Martin allein bei sich zu Hause war, errötete er leicht, denn seine Gedanken an verschiedene Körperformen, insbesondere die weiblichen, ließen ihn an einer ganz bestimmten Körperstelle stark reagieren.

Am anderen Morgen grinste ihn seine Kollegin Petra an und meinte, dass er sehr glücklich aussehe. In der Frühstückspause unterhielten sich die beiden über den neuen Biergarten in der Stadt. Petra schwärmte von der Chili-Cheese-Sauce zu den Pommes und den Strandkörben und Hollywoodschaukeln. Martin war überrascht, denn davon hatte ihm seine Mutter gar nichts erzählt.

Als er kurz vor neunzehn Uhr seinen Wagen an der Straße vor Julianes Wohnungseingang einparkte, kam sie auch schon aus der Haustür. Es verschlug ihm fast den Atem. „Wow", dachte er. Juliane hatte sich richtig schick gemacht und ihr neues, schwarzes Kleid angezogen mit einem breiten, roten Gürtel, passend zu den neuen Pumps. Sie hatte versucht, sich so wie damals zu schminken, doch die Haare wollte sie nicht toupieren. Früher hatte sie pro Wochenende fast eine ganze Dose Haarspray verbraucht, das war nicht gut für die Ozonschicht, und es tat ihr mittlerweile sehr leid, dass sie in ihrer Jugend so wenig auf die Umwelt geachtet hatte. Zum Glück waren ihre Mädchen jetzt schon wesentlich achtsamer mit der Natur und allem, was damit zusammenhing. Martin hatte sich eigentlich vorgenommen, zu klingeln und sie dann zum Auto zu begleiten sowie ihr die Wagentür ganz Gentlemanlike zu öffnen, doch er war wie versteinert, als er sie auf sich zukommen sah und einfach auf dem Fahrersitz sitzen blieb. Juliane öffnete die Tür: „Hi, wo ist denn dein alter Taunus hin?

Irgendwie hatte ich gehofft, dass du mich damit abholst. Aber dieser Wagen ist auch okay. Wie geht es dir?" „Gut, sogar sehr gut", er lächelte, und sie erwiderte seinen Augenaufschlag.

Martin versuchte sich auf die Autofahrt zu konzentrieren, denn er war leicht abgelenkt durch seine attraktive Beifahrerin. Es wäre ihm unendlich peinlich, wenn er jetzt einen Kantstein oder Ähnliches mitnehmen würde. Natürlich kamen sie sicher an, und er parkte den Wagen souverän ein. Überraschender Weise stand ein Türsteher vor dem „Lichtergarten" und fragte nach ihren Eintrittskarten. Er deutete danach auf ein kleines Kassenhäuschen, etwa zwanzig Meter links von ihnen, und Martin sprintete dorthin. Er erfuhr, dass es die Nacht der Tenöre sei. Ein italienisches Quartett, bestehend aus einem Pianisten, einem Violinisten und zwei Tenören würde den heutigen Abend bereichern. Im Eintrittspreis von 25,- Euro seien zwei Getränke sowie eine Portion belgische Pommes enthalten. Martin erwarb zwei Karten und setzte sich sportlich wieder in Bewegung. Er informierte Juliane über die Neuigkeiten, und beide waren gespannt darauf, was sie erwarten würde. Es waren an diesem lauen Sommerabend immer noch deutlich über zwanzig Grad Celsius, und die untergehende Sonne schien sich ganz langsam zu senken. Wunderbar romantisch, dachte Juliane, und schaute sich genauer um. Über dem großen Tresen hing eine Girlande aus bunten Glühbirnen. Der Garten war dabei, sich mit Menschen zu füllen, und sie schlug Martin eine Hollywoodschaukel im hinteren Teil des „Lichtergartens" vor, ringsherum waren einige

Laternen mit echten Kerzen. Auf dem Grasboden verteilt, befanden sich in Abständen von zirka fünf Metern elektrisch betriebene Gruppen von jeweils zwei bis vier leuchtenden Steinen, und dazwischen standen Stative mit darauf befindlichen Lautsprecherboxen. Martin war zum Tresen gegangen, er wollte sich um die Getränke kümmern. Juliane stieß sich etwas vom Boden ab und begann zu schaukeln. Sie freute sich schon darauf, ihren Freundinnen davon berichten zu können. Zeitgleich mit Martin näherte sich ein hübscher, junger Mann. Sie schätzte sein Alter auf höchstens fünfunddreißig Jahre. Eine leicht peinliche Situation entstand, als sich der fremde Verehrer ungefragt zu ihr auf die Schaukel setzte und Martin unmittelbar danach mit den Getränken vor ihnen stand. Der ungebetene Gast entschuldigte sich daraufhin und verschwand aus ihrer Sichtweite. Etwa eine Viertelstunde später sollten die Tenöre das erste Mal singen, so hatten sie nicht viel Zeit, sich zu unterhalten. Eine gute Gelegenheit, dachte Martin, um etwas näher zu rutschen, damit sie seine Worte hören könne, während das Quartett musizierte. Das funktionierte, und die beiden verstanden sich blendend. Er traute sich nicht, sie zu küssen, obwohl es mittlerweile draußen schon dunkel war und eine romantische, vertraute Stimmung aufkam. Juliane hingegen war davon überzeugt, dass sie ihm auf keinen Fall zu früh noch näherkommen dürfe, als sie es ohnehin schon tat. Sie brauche noch Zeit, um ganz in Ruhe darüber nachzudenken, ob sie die Beziehung zu Andreas nun tatsächlich endgültig beenden solle. Als er sie kurz vor Mitternacht zu Hause absetzte, öffnete er ihr die

Autotür, und sie verabschiedete sich mit einer kurzen Umarmung. Während sie sich schnellen Schrittes auf die Eingangstür bewegte, drehte sie sich noch einmal um und fragte ihn, ob er nicht Lust hätte, am Samstag mit den Jungs zum Mittagessen zu kommen, um danach gemeinsam in den „Aquarium Park" zu gehen. „Ich rufe dich morgen an", rief Martin ihr zu und setzte sich in den Wagen. Er startete erst, als sie im Haus verschwunden war. Bei sich zu Hause angekommen, hatte er eine Nachricht von seiner Mutter auf dem Anrufbeantworter, mit der Bitte, sich am kommenden Tag bei ihr zu melden. Martin wusste ganz genau, was seine Mutter wissen wolle, und schmunzelte. Er hatte sich verliebt, genau genommen hatte er ja nie aufgehört, Juliane zu lieben. Morgen würde er die Jungs fragen, ob sie Lust auf einen Besuch im „Aquarium Park" mit vorangegangenem Mittagessen bei einer Freundin hätten. Ben war ganz vernarrt in Meerestiere, und sicherlich hätten die Jungs Lust auf diesen Ausflug. Trotz aller Aufregung schlief Martin, nachdem er sich eingekuschelt hatte, umgehend ein.

Juliane lag noch eine Weile wach und grübelte über ihre Gegenwart und die nahe Zukunft als Großfamilie nach. Auch wenn es ihr schwerfallen würde, hatte sie sich fest vorgenommen, am nächsten Tag Andi darüber zu informieren, dass ihre körperliche Beziehung nun für immer beendet sei. Sie würde ihn auch bitten, alle verbalen Anspielungen zu unterlassen und sich zukünftig nur auf die Kinder zu beschränken. Ihre Gedanken kreisten wieder um die Eindrücke des Abends. Auf die nächsten Begegnungen mit Martin und seinen Kindern freute sie sich sehr. Es sei eine Herausforderung, eine echte Lebensaufgabe, hoffte sie.

Als Martin am nächsten Tag anrief, um zu zusagen, entgegnete sie ihm keck, dass sie davon ausgegangen sei und die Einkäufe für das morgige Mittagessen schon erledigt habe. Es würde ganz klassisch Spaghetti Bolognese geben.

Ben und Tom waren total neugierig auf Juliane, Luna und Jana und leider auch etwas aufgeregt. Es dauerte keine fünf Minuten, und Tom kippte aus Versehen sein Glas mit dem klebrigen Apfelsaft aus. Juliane gab Martin daraufhin umgehend ein Handzeichen, was bedeuten sollte, dass es nicht schlimm sei. Luna war sofort aufgesprungen und hatte in Windeseile einen Lappen geholt. Es machte den Anschein, als hätte sie das schon des Öfteren getan. Nach dem Essen führte sie die Jungs einmal durch die ganze Wohnung. Jana verabschiedete sich und ging zu Freunden. Kurze Zeit später fuhren Juliane und Martin mit den drei jüngeren Kindern in den „Aquarium Park" und hatten eine Menge Spaß. Faszinierend und wunderschön waren die einzelnen Aquarien. Sie hörten sich einen spannenden Vortrag eines Meeresbiologen an, und sogar die Kinder lauschten seinen Worten mucksmäuschenstill. Alles in allem war es ein sehr gelungener Tag mit der Aussicht auf weitere gemeinsame Treffen.

Als Martin abends die Jungs ins Bett gebracht hatte, rief Juliane bei ihm an und unterbreitete ihm ein unmoralisches und sehr verlockendes Angebot. Am darauffolgenden Wochenende wäre nicht nur Luna, sondern auch Jana bei ihrem Exehemann, denn ihre Schwiegermutter habe Geburtstag, und Andreas würde mit den Kindern zu seiner Mutter fahren in das über zweihundertfünfzig Kilometer entfernte Heidelberg. Da Juliane dann sturmfreie Bude habe, würde sie sich sehr freuen, wenn Martin sie für das Wochenende besuchen kommen würde, damit sie sich näher kennen lernen können. Martin sagte, ohne nachzudenken, sofort zu und versuchte dabei möglichst gelassen zu klingen, wobei sein Puls bedrohlich schnell raste. Nach dem Telefonat schnappte er erst einmal nach Luft. Damit hatte er nicht gerechnet, aber es war genau das, wonach er sich sehnte. „Ja, ja, ja!", schrie er und hoffte, dass die Kinder davon nicht aufwachten.

Mit diesem ersehnten Wochenende besiegelten Juliane und Martin dann auch ihre gemeinsame Zukunft. Danach waren sie unzertrennlich und führten eine ehrliche, aufregende und glückliche Patchwork-Familie. Genauso waren sie stets darauf bedacht, ihre Liebesbeziehung spannend, abwechslungsreich und aufrichtig zu gestalten.

Ich liebe dich nicht

Immer wieder rief die kleine Jamina ihrer Mutter hinterher. „Ich liebe dich nicht, ich liebe dich nicht." Laura hatte ihre zweijährige Tochter im Kindergarten abgegeben. „Jeden Morgen das gleiche Theater", schimpfte ihr Freund. „Kann das Kind sich nicht zusammenreißen? Ich habe sie bei geschlossenen Autotüren brüllen gehört." Laura drehte den Kopf in Olafs Richtung und sagte ruhig: „Ich liebe dich nicht. Ich liebe dich nicht." „Wenn das lustig sein soll, sehe ich hier keinen lachen. Was soll die Scheiße, Laura?" Stillschweigend fuhren sie zur Frühschicht in die Firma. Als sie aussteigen wollte, hielt er sie am Handgelenk fest. „Liebst du mich wirklich nicht mehr?" Die junge Frau zuckte nur mit den Schultern. „Wir fragen deine Mutter, ob sie die Kleine am Wochenende nimmt, und wir machen was Schönes, ja?" Olaf wartete auf eine Antwort. „Ich weiß nicht, Mama nimmt Jamina schon so oft." „Aber sie ist doch gerne dort." „Ja, das stimmt. Ich muss los, bis um Drei."

Olaf blieb noch eine Minute im Auto sitzen, nachdem seine Freundin bereits im Fabrikgebäude verschwunden war. Plötzlich hatte er Angst, dass sie ihn samt seiner Tochter verlassen würde. Er liebte sie doch beide, dachte er. Das Kind wäre zwar sehr anstrengend, aber es war seine Tochter, unverkennbar.

Laura stand an diesem Tag am Fließband und sortierte Bruchware aus. Sie arbeitete Akkord, trotzdem waren ihre Bewegungen automatisch, und sie konnte ihre Gedanken für andere, wichtigere Erkenntnisse nutzen. Ihr tat es leid, dass sie Jamina jeden Morgen gegen den Willen ihres Kindes zurücklassen musste. Die Kleine würde jetzt erst ungefähr aufhören zu schluchzen, dachte sie. Das jedenfalls sagten die Erzieherinnen. Jeden Morgen waren es zirka dreißig Minuten Gebrüll und Geschimpfe von ihrer wütenden, verlassenen kleinen Tochter. Gerne wäre sie länger Zuhause geblieben, doch sie wollte nicht als asozial gelten. Nach Jaminas erstem Geburtstag hatte Laura wieder angefangen zu arbeiten. Nur Frühschicht, aber immerhin, dachte sie. Olaf war eigentlich ihre große Liebe, sie seufzte. Schon in der Schule fand sie ihn umwerfend süß. Sie war vorhin gemein zu ihm gewesen, und jetzt tat es ihr leid. Vielleicht hatte er ja Recht und sie sollten mal wieder ein Wochenende allein verbringen, grübelte sie. Eine schroffe Stimme riss sie aus ihrem Trott. „Frau Schmidt, was machen Sie denn da? Passen Sie doch auf, Größe Zwei darf nicht in Abteilung V." „Oh, Entschuldigung." Das war gerade noch einmal gut gegangen. In die Abteilung V wie Verpackung durften nur Teile der Größen Drei und größer, um dem Gütesiegel gerecht zu werden. Mutmaßliche Verstöße hingegen sind abmahnfähig. Laura war wohl doch zu stark abgelenkt. Schließlich arbeitete sie in der Lebensmittelbranche und hatte einen verantwortungsvollen Job. Sie konzentrierte sich auf ihre Arbeit, und die Zeit verging schnell. Als sie wieder zu Olaf ins Auto stieg, entschuldigte sie sich bei ihm. Er strich ihr durch die Haare, und sie knutschten kurz. „Hast du dir das überlegt mit dem Wochenende?", fragte er seine Freundin. „Ja, du hast Recht, ich frage Mama, ob wir Jamina Samstag nach dem Frühstück bringen können bis Sonntagabend." Olaf strahlte. Dieses Mal stiegen sie beide aus dem Auto, und Papa Olaf wirbelte seine Tochter durch die Luft, nachdem sie ihm entgegen rannte und „Papi, Papi" schrie.

Laura machte schnell Spaghetti mit Tomatensauce. Das aßen sie alle drei gerne. Olaf und Jamina tobten im Wohnzimmer, während sie in der Küche blieb und ihre Mutter anrief. „Hallo Mama, wie geht es dir denn? Kannst du Jamina am Wochenende nehmen?" „Oh, gerne. Marion hat dieses Wochenende auch ihre Enkelin da, dann können wir etwas zu viert unternehmen. Bring sie mir man Morgen nach der Arbeit gleich vorbei. Sie kann ja bei Oma Urlaub machen. Ich bringe sie Montag früh in den Kindergarten, dann habt ihr mal Zeit für Euch. Gib sie mir doch bitte mal! Tschüss Süße." Laura rief ihre Tochter. Enkelin und Oma telefonierten fast eine halbe Stunde, bis sie ihre Tochter sagen hörte: „So, Omi, genug. Tschüss". Schon hatte sie aufgelegt. Telefonieren konnte ihre Kleine schon seit sie anderthalb war. Welchen Knopf man drücken musste, damit man Oma dran hatte wusste sie genauso gut, wie dass das rote Telefon der Ausknopf ist.

Olaf kam in die Küche zu ihr, während er erwähnte, dass Jamina in ihr Zimmer spielen gegangen sei. „Ich habe eine super Idee, wie wir ein bisschen Geld nebenbei verdienen können." Olaf nahm sie in den Arm. „Wir schreiben ein Buch darüber, wie schlimm Kinder sein können." „Spinnst du? Was soll das denn?" „Leise, lass das nicht die Kleine hören!" Olaf war leicht verärgert. „So meine ich das doch gar nicht, denk mal daran, was sie gemacht hat, als wir beim Arbeitsamt saßen und fast zwei Stunden warten mussten?" „Oh mein Gott, ja, das war wirklich total daneben, mir wird jetzt noch schlecht. Dafür hat sie dir schon mal ein blaues Auge verpasst." „Genau das meine ich, Süße. Wir sammeln Geschichten von Kindern. Fragen die Eltern und die Freunde. Das müsste doch ein Bestseller werden, oder?" Olaf war total euphorisch. Jamina stand plötzlich mit seiner großen Sporttasche in der Tür und rief „Mama, helf mir!" Die Tasche war leer und Olaf fragte seine Tochter, wo denn seine Sportsachen wären. „Weck", bekam er zur Antwort. Sie nahm ihn an die Hand und ging mit ihm zur offen stehenden Schlafzimmertür. Dort zeigte sie auf das Bett. Unter der Bettdecke hatte sie seine Sportsachen versteckt. Vorher hatte sie noch einen Schluck von seinem Isodrink genommen. Leider hatte sie vergessen, die Flasche wieder zuzudrehen, bevor sie sie dann auch unter der Bettdecke versteckte. Es stellte sich heraus, dass Jamina die Tasche für sich packen wollte, um bei Oma Urlaub machen zu können. Während alle drei gemeinsam die Betten abzogen und Jamina mehrfach betonte, dass das ein Unfall gewesen sein musste, stellte Laura fest, dass sie jetzt eine weitere Geschichte für ihr Buch hätten. Olaf schimpfte auch gar nicht, er grinste nur und half der Kleinen mit dem Kopfkissen.

Als sie am nächsten Tag bei Lauras Mutter eintrafen, hatte diese ein schönes Mittagessen zubereitet, mit Schokoladenmousse zum Nachtisch, sehr zur Freude aller Anwesenden. Laura fragte ihre Mutter, ob sie nicht noch eine Geschichte aus ihrer Kindheit erzählen könne. Vielleicht das mit dem Hausverkauf der Großmutter. „Ja, wenn ihr das noch einmal hören wollt, dann Bitteschön. Wir mussten nach dem Tod meiner Mutter das große Elternhaus verkaufen. Schnell hatten wir einen Käufer gefunden. Als wir nun nach den Vertragsverhandlungen gemütlich bei Kaffee und Kuchen saßen, blamierte uns unsere kleine Tochter Laura ganz fürchterlich. Erst wusch sie sich ihre Hände in ihrem Glas Orangensaft. Als ich unserem Gast das zweite Stückchen Kuchen auffüllen wollte, schrie sie los: *„Nein, kein Kuchen mehr, der ist zu dick".* Ich war entsetzt und versuchte die Situation zu retten, indem ich ihr erklärte, dass der Mann gerne noch ein Stückchen Kuchen essen darf, da schrie sie wieder los: *„Nein, der kriegt sonst Herzanfagt – Das hat Frau Müller gesagt."* Frau Müller war Lauras Kindergärtnerin. Das Peinlichste an der Sache war, dass dein Vater einen mittelschweren Lachanfall bekommen hat, während ich fast im Boden versunken bin." Die junge Frau fragte ihre Mutter noch, ob er denn nun noch ein Stückchen Kuchen gegessen habe oder nicht. Ihre Mutter schüttelte den Kopf. Jetzt schaltete sich Jamina ein und sagte kurz und knapp: „Tschüß Mama, Tschüß Papi" Sie winkte dabei. Eine gute Gelegenheit das Wochenende einzuleiten, dachten die jungen Eltern. Lauras Mutter fragte noch kurz, ob sie schon wüssten, wo sie heute Abend hingehen wollten. Olaf erwiderte, dass sie Zuhause bleiben würden, um ein lustiges Buch zu schreiben. Seine Schwiegermutter in Spe bekundete ihre Neugierde. Sie hätte gerne mindestens zwei Exemplare des Buchs.

Auf dem Weg nach Hause kauften sie noch kurz Pizza, Obst und Chips für das Wochenende ein. Auf das Obst hatte Laura bestanden, damit sie sich zwischendurch auch gesund ernähren konnten. Zuhause angekommen setzten sie sich an den kleinen Esstisch in der Küche. Olaf holte einen großen Schreibblock, und Laura setzte Kaffee auf. Dann fingen sie an, zuerst war die Geschichte mit dem Arbeitsamt dran. Laura nahm den Stift und fing an zu schreiben: „*Nach der Geburt unserer kleinen Tochter wollte ich ein Jahr im Mutterschutz bleiben. Um keine Fehler zu machen, holte ich mir, als Jamina, meine Tochter, acht Monate alt war, einen Termin beim Arbeitsamt. Ich wollte genau wissen, wie das funktioniert mit dem Kindergeld, Erziehungsgeld und ob der Arbeitgeber mich wieder an meinen alten Arbeitsplatz setzen muss. Wir mussten eine Nummer ziehen beim Arbeitsamt. Mein Freund Olaf begleitete mich. Ich hatte mir extra eine gebügelte Bluse angezogen, das kam höchstens dreimal im Jahr vor. Wir mussten auf dem Flur im Arbeitsamt zirka zwei Stunden warten. Nach etwa einer Stunde und achtundfünfzig Minuten schrie Jamina laut. Wahrscheinlich hatte sie Hunger. Ich nahm sie auf den Arm und klopfte ihr beruhigend auf den Rücken. Leider musste sie sich übergeben und kotzte mir direkt in den Ausschnitt, und das nicht gerade wenig. Ich reichte Olaf die Kleine und wollte mich gerade zum Waschraum begeben, als unsere Nummer aufleuchtete. Olaf sagte nur, dass er jetzt nicht zwei Stunden umsonst hier gewartet hätte, und ich die Bluse einfach zuknöpfen solle, man würde es ja nicht sehen. Das tat ich dann auch. Es war so ekelig, ich muss heute noch würgen, wenn ich daran denke. Als wir im Besprechungsraum waren, dauerte es keine drei Minuten, und die Dame vom Arbeitsamt stand auf und öffnete das Fenster. Das war mir so unangenehm. Wir bekamen unsere*

Informationen im Eiltempo und waren fünf Minuten spä-
ter wieder draußen. Ich bin danach natürlich sofort in den
Waschraum gegangen. Es war wirklich schrecklich." Olaf
küsste Laura. Er war total begeistert von der geschrie-
benen Geschichte. Als nächstes sollte Olaf die Geschichte mit dem blauen Auge aufschreiben. Schließlich war Laura dabei ja nicht anwesend, sonst wäre es
nämlich gar nicht erst dazu gekommen, meinte sie.
Sie hätte sich mit ihrer Tochter keinen Boxkampf im
Fernsehen nachts um halb drei angeschaut. Überhaupt ist das nichts für kleine Kinder. Da brauchte er
sich nicht zu wundern, wenn sie ausholt und ihm mit
voller Wucht eine aufs Auge zimmert.

So viel Spaß und Zweisamkeit hatten die beiden
schon lange nicht mehr gehabt. Sie hatten das ganze
Wochenende glücklich Zuhause verbracht. Sie nahmen sich fest vor, alle Freunde und Bekannte auszufragen. Sicherlich würden eine Menge lustiger Geschichten dabei herauskommen, da waren sie sich
einig. An diesem Wochenende war ihre Liebe wieder
neu entflammt. Laura und Olaf hatten ein neues ge-
meinsames Ziel. Sie gingen die nächsten Tage und
Wochen viel entspannter mit sich und Jamina um und
freuten sich auf eine spannende, gemeinsame Zukunft.

Alt und frisch

Die Kinder wollen, dass sie das alte Haus verkaufen und sich eine altersgerechte Bleibe zulegen. Auch empfahlen sie ihrer Mutter, sich die Haare abschneiden zu lassen, da eine Kurzhaarfrisur viel praktischer sei. Der große Garten sei doch auch viel zu anstrengend für den Vater. Der Pflegedienst könne in einer seniorengerechten Wohnung täglich vorbeikommen, meinten die Kinder, und ihnen beim Duschen oder, wenn es nötig werden würde, auch bei dem Anziehen der Stützstrümpfe helfen.

Abends, als die Kinder wieder gegangen waren, saßen Anne und Klaus völlig verstört auf ihrem Sofa. Gestern noch waren sie glücklich und freuten sich auf den Besuch ihrer Kinder. Klaus hatte den Garten in den letzten Wochen frühlingsfrisch hergerichtet, Stunden über Stunden hatte er draußen geschuftet, damit sie auch in diesem Jahr wieder einen wunderschönen Garten genießen können. Die Krokusse hatten ihre Köpfe überall aus der Erde gestreckt, in den letzten Jahren wurden sie stetig mehr. Jedes Jahr pflanzte Klaus ein paar zusätzliche Zwiebeln in die Erde. Letzte Woche hatte er siebzig Stiefmütterchen gekauft und in die großen Blumenkübel vor dem Haus und auf der Veranda eingepflanzt. Endlich waren ihre Kinder wieder einmal zu Besuch gekommen. Jetzt wollten sie, dass ihre Eltern dieses geliebte Haus verlassen. Anne würde in drei Monaten fünfundsiebzig Jahre alt und Klaus würde in zwei Jahren seinen achtzigsten Geburtstag feiern. Die beiden dachten über Ihr Leben nach. Ja, sie waren alt, aber noch waren sie fit genug für dieses Haus. Sie beschlossen, ihren Kindern zu sagen, dass sie noch ein paar Jahre hierbleiben würden. Wenn sie körperlich oder geistig nicht mehr fit wären, können sie ihr geliebtes Zuhause immer noch verlassen.

Hand in Hand saßen sie da, und bei Anne kullerten ein paar Tränen die Wangen hinunter. Klaus nahm sein frisch gebügeltes Stofftaschentuch aus der Hosentasche und wischte seiner Frau die Tränen weg. Dann küsste er sie und flüsterte zärtlich, dass er sie liebte, immer geliebt habe und immer lieben werde. Anne lächelte wieder. Es war Abendbrotzeit, aber an diesem Abend hatten beide keinen Hunger. Sie gingen früh zu Bett und kuschelten sich aneinander.

Als Anne und Klaus am anderen Morgen aufstanden, beschlossen sie, ihren Kindern einen Brief zu schreiben. Sie sagte zu ihrem Mann, dass er die schönere Handschrift habe und schreiben solle. Sie würde ihm diktieren, was er schreiben solle. „Also wie immer", erwiderte Klaus mit einem breiten Grinsen. „Ach, du nun wieder", Anne küsste ihn auf die Stirn und fing an: „Schreib jetzt: *Lieber Stefan, Liebe Susanne.* Oder Nein, schreib besser *Liebe Susanne, Lieber Stefan.*" Klaus knüllte das erste Blatt zusammen und fing noch einmal neu an. „Bist du so weit?" Er nickte, und Anne setzte fort: *„Wir danken euch dafür, dass ihr euch um uns Gedanken macht. Eure Eltern sind noch fitter, als ihr vielleicht denkt.* Ach nee, streich bitte den letzten Satz!" Klaus schüttelte den Kopf „So geht das nicht Anne, unser Briefpapier ist sonst nach den ersten fünf Sätzen schon alle." „Du hast Recht. Vielleicht ist es besser, erst einmal in Kladde zu schreiben und später ins

Reine." Darauf einigten sie sich, und Anne diktierte weiter: „Wie weit waren wir denn? *Zum Glück geht es uns geistig und körperlich noch sehr gut.*" „Soll ich das wirklich so schreiben?", fragte Klaus. „Ja, bitte schreib weiter. *Für den Fall, dass es uns schlechter gehen sollte, haben wir ja schon die Patientenverfügung, wie ihr wisst. Schließlich habt ihr beide mit unterschrieben. Noch einmal zu unserer Wohnsituation, wir haben uns vorgenommen, bis zu Papas achtzigsten Geburtstag hier wohnen zu bleiben. Danach verscherbeln wir ein paar alte Schmuckstücke.*" „Das können wir doch nicht so direkt schreiben", meinte Klaus. „Aber genauso ist es doch, also schreib bitte weiter. *Wir planen nach Papas großem Geburtstag eine zweiwöchige Donau-Kreuzfahrt in der Luxus-Außenkabine mit All-inclusive. Erst danach, wenn wir wieder zu Hause sind, werden wir uns in aller Ruhe eine altengerechte Bleibe in eurer Nähe suchen. Wir möchten euch bitten, unsere Entscheidung zu respektieren. Ach und noch etwas: Mama lässt sich ihre Haare nicht abschneiden. Sollte sie ihre Haare nicht mehr selber waschen können, geht sie eben jede Woche zum Friseur. Duschen können wir zum Glück auch noch allein, und gegen Thrombose beugen wir mit dünnen, kniehohen Strümpfen aus dem Drogeriemarkt vor. Sollten wir aber Hilfe gebrauchen, werden wir sie auch annehmen. Wir lieben Euch, aber wir lieben uns und unser Leben auch. Bitte kommt doch nächsten Sonntag noch einmal zum Essen. Mama macht einen Rinderschmorbraten. Wir freuen uns sehr auf euren Besuch. In Liebe.* Und nun unterschreiben wir beide. Wie findest du es Klausi?" „Direkt, aber gut. Ich schreibe es gleich ins Reine. Was hältst du davon, Anne, wenn wir heute Nachmittag den Brief zur Post bringen und einen

Abstecher in die Eisdiele machen? Ich freue mich auf einen Karamellbecher". „Obwohl dir dabei die Krokantstückchen immer unter die Prothese rutschen?" „Egal, es schmeckt so fantastisch. Anne, Bitte!" „Gut, dann schreib du den Brief, und ich mache mich schön." „Noch schöner?" Klaus lächelte, und Anne strahlte wieder.

Sie waren sich einig, dass sie ihr verbleibendes Leben, sofern die Gesundheit es zulassen würde, täglich aufs Neue genießen wollen.

Gustav und die Postbotin

Hallo, ich bin es, Gustav, der kleine Bernhardiner. Ich muss euch etwas erzählen, denn gestern war mein Freund, der Postbote, doch glatt eine Frau. Die habe ich aber in die Flucht geschlagen, die kommt nie wieder. Ich habe mir richtig Mühe gegeben und ganz doll und laut gebellt.

Sonst kommt fast täglich mein Kumpel vorbei, der Postbote. Ich war ja noch ganz klein, als ich zur Familie auf den Hof kam und meinen Kumpel kennengelernt habe. Der Postbote ist immer nett, und manchmal bringt er mir auch ein Leckerli mit.

Gestern war ich mit der Tochter spazieren. Mal abgesehen davon, dass sie ab und zu kräftig an meiner Leine gezogen hatte, machte das auch richtig Spaß. Wir sind eine große Runde über den Hof gelaufen. Ich musste mich zwischendurch nur zwei Mal ausruhen. Laufen ist ja schließlich sehr anstrengend. Als wir fast wieder am Haus angekommen waren, bemerkte ich meinen Kumpel, den Postboten. Er darf sogar ins Haus gehen, wir sind ja schließlich Freunde. Aber, das kann ich euch sagen, das war gestern gar nicht mein Kumpel. Das war eine fremde Frau, die sich als Postbote verkleidet hatte. Erst als sie mich angesprochen hatte, habe ich es bemerkt.

Das war ein Schock für mich, so hintergangen zu werden. Ich habe ganz doll gebellt, die Tochter hatte wieder an meiner Leine gezogen und tatsächlich auch mit mir geschimpft. Hätte sie doch besser mit der fremden Frau geschimpft. Ich bin doch auch hier, um

Haus und Hof vor solchen Eindringlingen zu beschützen.

So schnell habe ich noch nie einen Menschen auf
einem Fahrrad wegfahren sehen, die fährt bestimmt
Radrennen. Na Hauptsache, sie ist weg.

Tschüss, euer Gustav

Das Buch der verlorenen Seelen

Alina hatte zum ersten Mal ein sturmfreies Wochenende. Nach langem Hin und Her hatten ihre Eltern der dreizehnjährigen Tochter erlaubt, von Freitagmorgen bis Sonntagabend allein zu Hause zu bleiben, und nicht wie erst vorgesehen, bei den Großeltern zu übernachten. Alina versicherte, dass sie ganz vorsichtig sein würde und niemanden außer ihre beste Freundin Leni in die Wohnung herein ließe. Sie hatte Pizza, Cola, Chips und Orangen, was sollte passieren? Sie wäre bestens versorgt, meinte sie. Ihre Eltern brachen dann am Freitag auch ganz früh morgens zu einem Wellness-Wochenende in einem Luxushotel in den Harz auf. Sie schlichen sich um halbsieben Uhr leise aus der Altbau-Etagenwohnung. Alina hörte den Schlüssel klackern und freute sich sehr. Jetzt könne sie endlich die Dinge machen, bei denen ihre Mutter immer meckern würde, dachte sie und zog sich ihre schwarz-weiß gestreifte Jogginghose über. Danach schlüpfte sie in ihre Sneaker und steckte sich den großen Schlüsselbund in die Tasche ihrer Sweatshirt-Jacke. Leise ging sie aus der Wohnungstür und lauschte, ob ihre Eltern vielleicht noch im Treppenhaus seien, waren sie aber nicht, und somit ging sie die alte quietschende Holztreppe immer höher bis hinauf zum Dachboden. Nachdem sie die Tür geöffnet hatte, kamen ihr wieder diese verschiedenen Gerüche in die Nase. Der Teenager wusste nicht, ob sie das nun gut oder schlecht finden solle. Aus dem Bodenraum der Familie Rahimi roch es immer nach orientalischen Gewürzen, während es aus anderen Ecken eher modrig roch. Familie Altmann hatte den Bodenraum mit der Nummer Drei. Hinten in der Ecke befand sich eine geheime Tür, verborgen hinter einem kleinen Regal. Vor ein paar Monaten hatte sie diesen versteckten Eingang zusammen mit ihrer Mutter entdeckt. Alina war durch die halbhohe Tür hindurchgeklettert, um nachzusehen, was sich dahinter verbarg. Es war total dreckig und staubig, daran konnte sie sich noch gut erinnern sowie auch an das Gemeckere ihrer Mutter. Dabei war ihre Mutter mindestens genauso neugierig gewesen wie Alina selbst, als sie mit einem uralten Koffer wieder heraus aus der Abseite kam. Ihre Mutter hatte den Koffer geöffnet und ein paar alte, muffig riechende Klamotten ausgepackt. Dann war da noch dieses faszinierende Buch, vor dem ihre Mutter Angst bekam. Ein dickes altes Buch mit Ledereinband und Goldprägung. „Oh, vielleicht ist das etwas wert", hatte Mama gesagt, doch nachdem sie den Titel gelesen hatten, packte sie die Sachen inklusive dem Buch so schnell wie möglich wieder zurück in den Koffer und verbat Alina, jemals wieder in die Abseite zu gehen, geschweige denn diesen Koffer noch einmal zu öffnen.

Es waren nun schon mehr als zwei Monate vergangen, doch das Mädchen musste fast jeden Tag an „Das Buch der verlorenen Seelen" denken und wartete seitdem nur auf die perfekte Gelegenheit, dieses Buch zu inspizieren. Da war sie nun, die langersehnte Möglichkeit, und während sie das Regal freiräumte, um an die verborgene Tür zu gelangen, klopfte Alinas Herz schneller als sonst. Sie öffnete den Koffer im Schutz der Abseite und nahm nur das große, schwere Buch

156

heraus. Danach schloss sie den Koffer wieder und hinterließ den Bodenraum so, als wäre sie nicht dort gewesen. Sie hatte das Regal penibel wieder eingeräumt, dass auch ihre Mutter nicht merken würde, dass sie in der verbotenen Abseite gewesen sei.

Alina machte es sich in der Küche so richtig gemütlich. Da der Raum nicht allzu groß war, brauchte man die Heizung nur leicht aufzudrehen, und schon kam dieses kuschelige Wärmegefühl hoch. Der alte Holztisch war das Highlight in diesem Raum, ihr Großvater hatte ihn aus einer vom Förster gefällten jahrhundertealten Eiche gesägt sowie auch die beiden Bänke, welche üppig mit echten Fellen belegt waren. Sechs sehr kräftige Männer hatten den Tisch damals nur unter großer Kraftanstrengung die Treppe herauftragen können. Ihr Vater meinte immer, dass sie aus dieser Wohnung niemals mehr ausziehen können, da er ansonsten wahrscheinlich einen Bandscheibenvorfall bekommen würde, wenn er diesen Tisch noch einmal tragen müsse. Bevor sie anfangen wollte zu lesen, machte sie sich schnell noch einen von Mamas teuren Yogitees und zündete ein paar Teelichte an. „So, jetzt ist es stilecht", dachte Alina und machte noch schnell ein Foto von dem Szenario mit ihrem Handy. Danach betrachtete sie ausgiebig den Einband, das Leder fühlte sich an manchen Stellen sehr hart an, an anderen jedoch ganz weich. „Das Buch der verlorenen Seelen" stand da ganz groß, offenbar blattvergoldet, wie auch die Seiten an den drei sichtbaren Rändern der einzelnen Blätter. Alina holte tief Luft und klappte den Einband auf. Das Buch machte wirklich einen sehr alten Eindruck, mehrere hundert Jahre alt wäre es bestimmt, dachte sie. „Nur warum ist das Buch dann in lateinischer Schrift geschrieben, so dass ich es lesen kann?", wunderte sich das Mädchen. „Irgendetwas scheint hier nicht zu stimmen." Sie blätterte um bis zur Seite fünf und las:

WILLKOMMEN, DU VERLORENE SEELE!

Wenn du weiterlesen willst, werde dir über die Konsequenzen bewusst. Dieses Buch wird deine Seele in ihren Bann ziehen und sie nicht mehr hergeben. Bis zum bitteren und doch süßen Ende wirst du zwischen den Zeilen gefangen sein.

Alina bekam ein ungutes Gefühl, und sie nahm einen großen Schluck Tee, dann las sie weiter:

Bevor du weiterliest, lösche alle Kerzen, damit dein Haus nicht brennen wird. Nimm alle Speisen aus dem Ofen und von der Platte. Vergiss nicht die Käfige zu öffnen und die Tiere in deiner Obhut zu befreien, da sie sonst elendiglich zu Grunde gehen, ohne Nahrung und Fürsorge.

Mittlerweile überkam sie die Angst davor, einen großen Fehler begangen zu haben, und sie schloss das Buch wieder. Doch sie war wie besessen von dieser Ungewissheit, wie es weiter gehen würde, und entschloss sich dazu, den Schluss zuerst zu lesen. Sie blätterte in großen Stapeln um und wunderte sich darüber, dass der Mittelteil des Buches nur aus leeren Seiten bestand. Mehrere hundert Seiten waren unbeschrieben. Erst kurz vor dem Ende ging es weiter:

WAGE ES JA NICHT, DEN SCHLUSS ZUERST ZU LESEN, ANSONSTEN WIRD ES ZU DEINER EWIGEN VERDAMMNIS FÜHREN!

An dieser Stelle rate ich dir das Buch zu schließen, sonst wirst du schlimme Qualen erleiden!

Alina klappte das Buch zu und nahm ihr Handy. „Hi Ali", quietschte ihr Leni vom anderen Ende der Leitung fröhlich entgegen. „Leni, kannst du jetzt schon herkommen? Ich habe das Buch vom Dachboden geholt. Du weißt schon das, von dem ich dir erzählt habe. Das Buch ist böse, und ich habe Angst, allein weiter zu lesen. Das ist wie im Film, mir ist ganz schlecht. Ich warte auf dich, ja?" „Ich melde mich gleich wieder, eigentlich wollen meine Eltern heute Nachmittag mit mir shoppen gehen. Aber ich frage mal, ob ich jetzt schon zu dir darf." Diese zwei Minuten Wartezeit, bis ihr Handy klingelte, dauerten eine gefühlte Ewigkeit für Alina. „Hi Ali, geht klar. Papa bringt mich gegen elf Uhr zu dir, bis dann." „Okay, ich freue mich."

Als Leni dann endlich die Treppen mit ihrer schweren Reisetasche geschafft hatte, war die Freude beiderseits groß. „Sag mal, was hast du denn alles mitgebracht? Deine Tasche ist ja sauschwer", sagte Alina, als sie ihrer Freundin die Tasche abnahm, um sie in ihr Zimmer zu bringen. „Ach", meinte Leni „man kann ja nie wissen, wo uns das Wochenende noch hinführen wird. Ich habe vorgesorgt, meine Schminksachen habe ich auch dabei, falls wir noch Party machen wollen." „Nein, bestimmt nicht, das habe ich meinen Eltern versprochen, sonst lassen die mich nie wieder allein." „Auch gut, zeig mal das Buch. Ich bin total gespannt. So schlimm kann das doch gar nicht sein." Die Mädchen gingen in die Küche, und Leni war für einen Moment sprachlos. „Oh, das ist ja wirklich wie aus so einem alten Film. Aber irgendwie auch toll. Darf ich das mal anfassen?" Die beiden Teenager setzten sich auf dieselbe Bank und legten das Buch in die Mitte vor sich auf den Tisch. Leni war genauso begeistert von dem vergoldeten Ledereinband wie Alina. „Ich lese dir den Anfang vor. Danach müssen wir uns beraten, ob wir weiterlesen wollen", meinte Ali.:

WILLKOMMEN, DU VERLORENE SEELE!

Wenn du weiterlesen willst, werde dir über die Konsequenzen bewusst. Dieses Buch wird deine Seele in ihren Bann ziehen und sie nicht mehr hergeben. Bis zum bitteren und doch süßen Ende wirst du zwischen den Zeilen gefangen sein. Bevor du weiterliest, lösche alle Kerzen, damit dein Haus nicht brennen wird. Nimm alle Speisen aus dem Ofen und von der Platte. Vergiss nicht, die Käfige zu öffnen und die Tiere in deiner Obhut zu befreien, da sie sonst elendiglich zu Grunde gehen, ohne Nahrung und Fürsorge.

Leni sagte erst gar nichts, danach debattierten die Mädchen heftig. Es konnte doch gar nicht wahr sein, was da stand. Jedoch seien Menschen leicht zu beeinflussen, da waren sie sich einig, wenn man nur daran denken würde, wieviel Aberglaube auch heute noch, im einundzwanzigsten Jahrhundert, weit verbreitet auf der ganzen Welt sei. Alina fragte aufgeregt: „Was machen wir denn jetzt? Wenn wir nicht weiterlesen und das Buch wieder zurück auf den Dachboden bringen, werde ich bestimmt jeden Tag an nichts anderes mehr denken können als an dieses blöde Buch."
„Ali, wenn wir weiterlesen, wissen wir Bescheid. Im schlimmsten Fall sind wir dann wohl verflucht. Aber wenn wir nicht daran glauben, kann uns der Fluch gar nichts. Das habe ich mal so gehört. Wir müssen dann nur stark bleiben." „Ich habe eine Idee", unterbrach Alina sie. „Wir stellen die Handys auf

Aufnahme und filmen uns, falls irgendetwas Unvorhergesehenes passiert. Was hälst du davon, Leni?" „Hmmm, dann müssen wir aber vorher die Kerzen ausmachen, das steht da doch so. Und dann halten wir uns an den Händen, ja, während wir lesen. So wie bei einer Séance." „Hast du das schon einmal gemacht?", fragte Alina überrascht. „Nein, nur im Film gesehen", kam zur Antwort. Sie pusteten die Teelichte aus, tranken noch ein Glas Wasser, stellten ihre Handys auf Aufnahme, und setzten sich dann wieder nebeneinander auf die Bank. Leni saß links und Alina rechts von ihr. Ganz fest umklammerte Lenis rechte Hand Alinas linke Hand. Dann klappte Ali das Buch auf und las wieder vor:

WILLKOMMEN, DU VERLORENE SEELE!

„Den Rest spar ich uns jetzt, ich fange da an, wo wir vorhin aufgehört haben."

Schlagt jetzt dieses Buch wieder zu, wenn ihr nicht in eine andere Welt gezogen werden wollt. So soll es denn sein. Spürt ihr den Wind in euren Haaren? Fühlt ihr die Kälte der Nacht in euren Gebeinen? So werdet ihr gehen in die Welt des Herrschers der Zwischenwelt, des großen Megantulus…

Ganz fest hielten die beiden Mädchen ihre Hände, als sie den Wind in ihren Haaren spürten und die Kälte von unten nach oben ihre Körper durchzog. Dann verloren sie das Bewusstsein und ihre Köpfe fielen nach vorn über auf das Buch der verlorenen Seelen.

Als sie wieder aufwachten, lagen sie nachts auf einem nassen Waldfußboden. Das Geräusch eines hämischen Lachens kam näher, und langsam wurde den

Mädchen bewusst, dass das Buch sie in seinen Bann gezogen haben musste. Was nicht sein konnte, war dennoch wahr geworden. Sie versuchten aufzustehen, waren jedoch zu schwach dafür, und so saßen sie auf dem Boden des Jahrhunderte alten, verwunschenen Waldes und bangten um ihr Leben. Eine offenbar böse Fee näherte sich ihnen. Ihr Äußeres war zweigeteilt, einerseits wunderschön, andererseits jedoch gezeichnet durch die Narben des Bösen. In ihrem schwarzen, fast unsichtbaren Mantel kam sie daher geschwebt und sprach zu den Menschenkindern: „Willkommen, ihr verlorenen Seelen. Nun seid ihr für immer gefangen in der Zwischenwelt. Aber fürchtet euch nicht, für immer bedeutet in diesem Fall nur zwei Monde lang. Denn wenn ihr es nicht schafft, innerhalb dieser Zeit wieder in eure alte Welt zurück zu kehren, werden eure Eltern bitterlich weinen, wenn sie eure toten Hüllen auffinden werden." Sie lachte, laut und schrecklich. Neben ihr versammelten sich die Tiere dieses Waldes, furchterregend, und boshaft funkelten deren gierige Augen. „Ali, ist das wahr, oder träumen wir das gerade?" „Ich weiß nicht, Leni, ich befürchte das Schlimmste." „So sei es denn, meine Damen. Noch siebenundvierzigeinhalb Stunden Zeit habt ihr zum Träumen, danach seid ihr für immer verloren, und Megantulus, mein Herrscher, wird euch weiter ziehen lassen müssen in das Reich der Unterwelt. Bis dahin wird er euch beschützen vor den Gefahren der Zwischenwelt. Doch wieget euch nicht in Sicherheit, auch hier kann euch der letzte Atemzug ereilen. Erhebt euch nun, damit ich euch in eure Gemächer bringen kann." Wieder lachte sie. Ein

Schwarm fluoreszierender Insekten erhellte den Weg, bis hin zu dem Eingang in eine dunkle und kalte Steinhöhle. Ein paar wenige Fackeln zeigten den Weg über Schluchten, Felsspalten und Flüsse. Nach einer Weile erreichten sie einen Raum wie aus einer anderen, besseren Welt als dieser, in welcher sie sich derzeit zu befinden schienen. Feuer loderte in einem Kamin, ein Bücherregal stand hinter einem mächtigen Schreibtisch sowie Tisch samt Bank standen in Kaminnähe. Dann war da eine Art Gefängniszelle mit Gitterstäben so dick wie ihre Unterarme und einem Schloss, mächtig und schwer. Die böse Fee sprach noch einmal zu den Mädchen: „Ich überlasse euch jetzt eurem Schicksal. Noch sechsundvierzig Stunden, dann werdet ihr brennen in der Unterwelt. Aber zuvor werdet ihr all euer Blut verlieren. So einen Schatz wie diesen, zwei reine Menschenwesen, hatte der Herr der Herrscher schon seit über dreihundert Jahren nicht mehr erhoffen dürfen. Dieses Blut, von solch einer Reinheit, wird das Lebenselixier der nächsten fünfhundert Jahre sichern." Sie verschwand, wie sie gekommen war. Alina und Leni hingegen, befanden sich ab dem Zeitpunkt ihres Verschwindens auf der anderen Seite der Gitterstäbe und somit gefangen in einer anderen Welt.

Sie wussten nicht, ob sie das alles nur träumten, und suchten nach einem Ausweg. „Leni, wollen wir testen, ob das hier real ist, oder ob wir nur träumen? Wir könnten uns verletzen und schauen, ob es weh tut." „Das ist eine gute Idee, Ali. Aber wie wollen wir das machen? Hier in diesem Raum ist nichts außer dem Stroh und den Decken auf dem Boden." Sie überlegten einen Moment, dann fielen Alina die Ferien auf dem Bauernhof wieder ein. Ihr Vater hatte sich damals den Arm an einem Strohhalm verletzt. „Leni, Stroh ist hart, ich versuche das mal." Alina suchte sich einen stabilen Halm aus und setzte das stärkere Ende auf ihrem linken Unterarm an. Dann drückte sie fest auf und zog mit einem Ruck ein paar Zentimeter weiter. Sie schrie laut auf vor Schmerz, Blut lief über ihren Arm. Als der erste Blutstropfen den Boden berührte, verdunkelte sich der Raum. Ein Grollen und Donnern war zu hören, und es wurde windig. Da stand er vor ihnen, mindestens drei Meter groß, von düsterer Gestalt. Leni und Alina bekamen große Angst vor diesem Wesen, was sich vor ihnen aufgebaut hatte, und wagten nicht, sich zu bewegen. Von Alinas Arm tropfte das Blut weiterhin auf den Boden und es schien, als würde der Raum gleich auseinanderbrechen. Die Wände knackten, und das bedrohliche Grollen wurde immer lauter.

„Ich bin Megantulus, der Herrscher der Zwischenwelt. STOPPE LEBENSELIXIER! VERSIEGELE DIE WUNDEN! Ihr habt meinen Zorn heraufbeschworen. Wagt es nicht noch einmal, euch zu verletzen. Euer Lebenselixier ist das Wertvollste der ganzen Welten."

Es hatte aufgehört zu bluten, und die Wunde hatte sich geschlossen. Nicht nur Megantulus befand sich nun in diesem Raum. Auf der anderen Seite der Gitterstäbe standen die Tiere der anderen Welten, böse, mit scharfen Zähnen und gierigen Blicken drängten sie ihre Köpfe gegen die Eisenstangen. „AVECTRA BESTIALA!", schrie der Herrscher der Zwischenwelt, und wie sie gekommen waren, so verschwanden sie wieder, als hätte es sie nie gegeben, diese furchterregenden Bestien.

Megantulus hatte sich wieder beruhigt und nahm sich ein Buch und setzte sich damit an den Schreibtisch, so, als wäre nichts gewesen.

„Ali, hast du das gesehen, er liest das Buch", flüsterte Leni ganz leise. „Das Buch der verlorenen Seelen?" „Ja, genau das. Vielleicht ist das die Lösung. Wenn wir von hier aus lesen würden, kämen wir vielleicht wieder zurück." Leni erschrak: „Was ist denn, wenn er jetzt zu dir nach Hause reist, er liest doch gerade." „Das glaube ich nicht, aber er liest gerade die Mitte des Buches. Dieses hier scheint nicht unbeschrieben zu sein. Leni, wie kommen wir denn nur an dieses Buch? Es ist gleich Abend, und wir habe nicht mehr so viel Zeit." „Wieso? Zwei Monde hat sie doch gesagt, es ist doch noch keiner von denen vergangen". Ali grübelte, dann nahm sie ihren ganzen Mut zusammen und sprach laut und deutlich: „Megantulus, Herrscher der Zwischenwelt". Leni zuckte zusammen, doch Alina sprach weiter: „Verwehre uns nicht den letzten Wunsch. Lass uns lesen und gib uns ein Buch." Er antwortete nicht, doch nach einer Weile stand er auf und ging zu dem Bücherregal. Er stand mehrere Minuten dort, dann griff er nach einem kleinen blauen Buch und brachte es den Mädchen. Ohne ein Wort zu sagen, ließ er es durch die Gitterstäbe gleiten, danach verließ er den Raum. „Das Buch der Tiere und ihre Mächte" stand auf dem Einband. Die Freundinnen schauten sich an und setzten sich leise auf eine der am Boden liegenden Decken, ganz eng nebeneinander, und das Buch lag vor ihnen. Ali holte tief Luft und klappte den Einband auf. Dieses Mal lasen sie leise, jede für sich. Es stand dort folgendes:

DAS BUCH DER TIERE UND IHRE MÄCHTE

Um zu verstehen und zu herrschen über die Tiere der Welten, achte auf das, was sie dir sagen, und nutze ihre Gedanken, um sie für deine Ziele zu steuern!

Kapitel 1: DIE HÖLLENHUNDE

Diese Bestien der Unterwelt verlassen ihr Reich nur dann, wenn sie durch besondere Gegebenheiten angelockt werden. Ihre Gier und der Drang zur Zerstörung entwickelt sich am stärksten, wenn du sie anfütterst mit Fleisch oder Blut der reinen Seelen. Wenn du stark genug bist, aber nur dann, kannst du ihre Gedanken steuern. Dazu musst du bereit sein, ganz tief in ihre funkelnden, bösen Augen zu starren, um bis in ihr Innerstes vorzudringen. DOCH SEI GEWARNT, WENN DU EINMAL DEINEN BLICK IN DEN DER IHREN VERSCHLUNGEN HAST, GIBT ES KEIN ZURÜCK MEHR. HALTE STAND, BIS SIE DEINEN BEFEHLEN AUS DEINEN GEDANKEN FOLGEN. – UNTERBRICH DEINEN BLICK DABEI NICHT, SONST WIRD DEIN AUGENLICHT FÜR IMMER ERLÖSCHEN!

„Hast du das gelesen?", flüsterte Leni. „Wir können sie manipulieren, dann lassen wir sie das Buch der verlorenen Seelen holen und lesen uns wieder zurück." „Leni?" „Ja?" „Ich trau mich das nicht, ich blinzle bestimmt, und dann ist alles vorbei." Alina fing an zu zittern. Leni nahm ihre Hand und sprach. „Ich mache das. Was glaubst du, bei meinem kleinen Bruder funktioniert das auch so ähnlich. Ich kann das." Lange unterhielten sie sich noch, bis tief in die Nacht hinein, und wussten nicht, wie sie das schaffen sollten, die Höllenhunde anzulocken, ohne dass Megantulus es bemerken würde. Sie bräuchten einen Plan, wie sie den Herrscher der Zwischenwelt ausschalten können. Die Freundinnen waren zu müde, um noch weiter zu lesen, außerdem war das Lesen bei Mondschein zu anstrengend für ihre Augen. Sie kuschelten sich auf ihr Strohlager und schliefen erschöpft ein.

Am anderen Morgen kullerten Alina zwei, drei Tränen über die Wangen. Kurze Zeit später wurden sie von einem Schwarm winzig kleiner Feen besucht. Alles surrte und fiepte um sie herum. Sie sahen aus wie kleine Libellen, doch hatten sie einen eher menschlichen Körper. Sie wirbelten durch den ganzen Raum. Alina und Leni konnten nicht wirklich erkennen, was diese Tiere hier taten. „Stehen die auch in dem Buch der Tiere, Ali?", fragte ihre Freundin. Schnell schaute Alina nach. „Wie heißen die denn, was sind das denn überhaupt?" „Hallo! Wer seid ihr denn?", rief Leni, doch sie bekam keine Antwort. Mit einem Mal rief Alina: „ich habe es gefunden. Das scheinen Mariesen zu sein. Sie reinigen die Luft von schlechter Magie und verbreiten Harmonie. Sie erscheinen nur zu besonderen Anlässen." „Ali, sind die jetzt wegen unserer Hinrichtung hier und freuen sich so darüber?" Betrübt sahen die Mädchen den Mariesen hinterher, als diese den Raum verließen. Dieses Mal nicht durch die Wände, sondern sie flogen zur Tür heraus. „Lass uns weiter lesen, vielleicht kommen die ja noch einmal wieder, und wir können sie dann gebrauchen." Gespannt lasen die Mädchen weiter:

Die Mariese tritt selten allein auf. Meistens treten sie in Schwärmen von fünfundert bis siebenhundert Exemplaren auf. Sie zählt zu den wenigen Tieren der Zwischen- und Unterwelt mit einem durchaus guten Charakter. Sie opfern sich selbstlos, wenn es dem Guten dient.

„Das ist es doch", schrie Alina schon fast, und Leni legte ihren Zeigefinger auf ihre Lippen und machte „Pssst. Ja, das denke ich auch, sie werden uns helfen. Nur wie treten wir in Kontakt mit ihnen? Die Mariesen haben doch nicht reagiert, als ich sie angesprochen habe. Lass uns weiterlesen!"

Die Mariese kann nicht manipuliert werden, sie handelt eigenständig, sobald sie die Macht der Hilfe verspürt. Die Macht der Tränen zieht sie genauso in ihren Bann wie die Macht der Liebe.

Die Mädchen waren sich einig, sie werden nur aufrichtig weinen müssen, dann würden die Mariesen zur Hilfe eilen. Sie erinnerten sich daran, dass Alina geweint hatte, bevor die Mariesen kamen. Vielleicht brauchten sie die Höllenhunde nicht einmal, um von hier verschwinden zu können, meinten sie. Sie hatten allerdings die Befürchtung, dass das Buch der verlorenen Seelen viel zu schwer für die zarten Mariesen seien. „Leni, ich habe eine Idee", freute sich Ali. „Was wäre denn, wenn sie uns nur den Schlüssel bringen würden und wir dann selber aufschließen und herausgehen können?" Leni meinte, dass sie auf keinen Fall zu voreilig handeln dürfen, sie müssen alles genau planen. Vielleicht wäre das Schloss auch gesichert, und sobald sie es öffnen würden, käme vielleicht Megantulus mit seinen Höllenhunden. Verzweifelt fingen die beiden Mädchen nun ungewollt an zu weinen, und es dauerte nicht lange, da hörten sie dieses Fiepen und Surren wieder. Die Mariesen waren zurückgekommen. Doch dieses Mal war es anders. Eine dieser Minifeen kam ganz nah zu ihnen und fragte: „Kleine Menschenkinder, wie können wir euch denn helfen?" „Oh, das ist sehr nett von euch", schluchzte Ali, „wir wollen wieder nach Hause in die Menschenwelt. Bitte helft uns!" Kaum hatte sie das ausgesprochen, wurde das Surren und Fiepen lauter und die Mariesen flogen unkontrolliert durch den Raum. Einige prallten sogar gegeneinander und stürzten ab. Nach einer Weile beruhigten sie sich wieder und die Mariese sprach erneut zu ihnen. „Nun, das ist schwierig, da ihr das Lebenselixier für den Herrscher der Unterwelt seid und er durch euch weitere fünfhundert Jahre herrschen könne. Wir werden uns beraten." „Halt, wartet, liebe Mariesen, vielleicht würde es uns schon helfen, wenn ihr uns den Schlüssel für dieses Schloss hier", Ali zeigte auf das mächtige Vorhängeschloss der Gefängnistür, „bringen könntet. Dann würden wir versuchen, ohne euer Zutun wieder in unsere Welt zu gelangen". „Wir werden uns beraten", wiederholte sie sich, und die Mariesen verschwanden. Ihre abgestürzten Artgenossen nahmen sie mit sich.

Die Freundinnen hatten sich schon zurecht gelegt, was sie die Minifeen unbedingt noch fragen müssen, bevor sie den Schlüssel bekämen, aber es kamen keine Mariesen. Auch nach Stunden der Verzweiflung und der Hoffnungslosigkeit tat sich nichts, und langsam wurde es wieder dunkel. Diese Nacht schliefen Leni und Alina nicht, keine einzige Minute schlossen sie ihre müden Augen, stattdessen gingen sie sämtliche Szenarien durch, was alles passieren könne, wenn sie die Tiere der Unterwelt riefen. Wahrscheinlich haben sie nur eine Chance, sich aus dieser Welt zu befreien, befürchteten die beiden Freundinnen. Sie waren sich einig, dass dieser letzte Plan klappen müsse, ansonsten seien sie für immer verloren.

Beide Mädchen fingen aufgrund der Aussichtslosigkeit etwas früher als geplant an zu weinen, während Alina sich einen kräftigen Strohhalm suchte, um sich erneut zu verletzen. Die Mariesen kamen und brachten den Schlüssel. Sie legten ihn so auf dem Fußboden ab, dass Leni ihn greifen konnte. So schnell es ging, öffnete sie die Tür. Es war genau so, wie sie es in ihren Befürchtungen vorausgesehen hatten. Alinas Blut berührte den Boden , zeitgleich öffnete sich die Tür, und die Mädchen eilten zum Schreibtisch. Es fing umgehend an zu donnern, nachdem Alina das Buch aufgeschlagen hatte, ihre linke Hand hielt Lenis rechte ganz fest, als Megantulus samt seinen Höllenhunden vor ihnen stand. Womit er nicht gerechnet hatte, war, dass Leni sich der Höllenhunde bemächtigte, indem sie dem Leithund ganz tief und fest in seine bösen, roten Augen starrte. Die Wände fingen an einzureißen, während Alina anfing laut zu lesen, und Leni die Höllenhunde dazu bewegte, sich gegen den Herrscher der Zwischenwelt zu stellen. Lange konnte sie diese Kraft nicht aufrechterhalten. Alina las:

WILLKOMMEN, DU VERLORENE SEELE!

Wenn du weiterlesen willst, werde dir über die Konsequenzen bewusst. Du wirst diese Welt verlassen und wieder zurück an den Anfang aller Seiten gelangen. Du wirst ein Buch mit leeren Seiten zurück lassen und für immer von diesem Ort hier verbannt. Überlege gut, ob du wirklich weiter lesen willst, denn ... Aus den Augenwinkeln sah Alina, dass Megantulus zu seiner durch den Überraschungsmoment geschwächten Stärke wieder zurück fand und einen Höllenhund nach dem nächsten aus dem Raum verbannte. Noch hatte Leni die Verbindung zu dem Leithund, doch der magische Strick drohte zu reißen, als Ali die letzten Sätze las:

Schlagt jetzt dieses Buch wieder zu, wenn ihr nicht in eine andere Welt gezogen werden wollt. So soll es denn sein. Spürt ihr den Wind in euren Haaren? Fühlt ihr die Kälte der Nacht in euren Gebeinen? So werdet ihr zurück in eure Welt gehen!

Dann wurde es schwarz vor ihren Augen. Als die Mädchen wieder erwachten, war es Sonntagnachmittag, und sie saßen immer noch genau so da, händchenhaltend, wie am Freitagmittag. „Haben wir das nur geträumt?", fragte Leni ihre beste Freundin. „Nein", sagte Alina und deutete auf ihren Arm. Jetzt fingen die Mädchen erneut an zu weinen, doch es war nichts zu hören, kein Surren und auch kein Fiepen. „Unsere Handys haben keine Akkuleistung mehr", meinte Alina. „Besser wir löschen nachher die Aufnahmen, ohne sie anzuschauen." Leni nickte, mit Schrecken sah sie auf das noch aufgeklappte Buch und schloss es mit einem lauten Knall. „Wir müssen das vernichten, Ali!" „Du hast Recht, Leni. Wir werden es nachher draußen in der Feuertonne verbrennen. Wir müssen uns beeilen, da meine Eltern bestimmt bald zurück nach Hause kommen." Bevor sie runter gingen, verabredeten die beiden noch einen Schweigepackt über die Ereignisse dieses Wochenendes. Danach schnappte Alina sich eine alte Zeitung und ein Päckchen Streichhölzer. Leni versteckte das Buch der verlorenen Seelen unter ihrer Jacke, als die beiden durch das Treppenhaus nach unten eilten. Im Garten angekommen, schmiss Ali ein paar zerknüllte Zeitungsblätter in die Tonne und zündete diese an. Danach zog Leni das Buch unter ihrer Jacke hervor und traute ihren Augen nicht. Vor Aufregung konnte sie nicht sprechen und stieß stattdessen Ali den Ellenbogen in die Rippen. Beide Mädchen starrten für einen Moment wie versteinert auf das Buch, bevor sie es verbrannten, denn auf dem Einband stand: *DAS BUCH DER GERETTETEN SEELEN.*

Gustav und seine Stöckchen

Hallo, ich bin es, Gustav, der kleine Bernhardiner. Da hatte ich heute aber ordentlich etwas zu tun. Die nächsten Tage werde ich mich ausruhen. Ein gutes Stichwort, ich glaube ich muss schon wieder ein Nickerchen machen. Ach, das mit meinem Stöckchen, werde ich euch noch erzählen. Der ältere Junge meiner Familie wollte mir mein Stöckchen wegnehmen, aber ich bin doch nicht blöd. Soll er sich doch selbst ein Stöckchen suchen, meines gebe ich so schnell nicht mehr her. Von wegen, er wollte mir nur helfen. Angefangen hatte alles mit einem ausgiebigen Spaziergang hinten bei den großen Scheunen vorbei, dann dort, wo es immer so stinkt, entlang, ich glaube sie nennen es Silage, und durch den großen Birnenhof zurück. Da habe ich ihn dann auch gesehen, mein Stöckchen. Ich bin immer noch ganz glücklich, wenn ich an diesen Moment zurückdenke. Ein prachtvoller Stock, ich schätze, er war zwei Meter lang, und er hatte sogar einige kleine Äste. Oh, ich freute mich schon sehr darauf, ihn zu zerkleinern, doch ich schaffte es erst nicht, mit ihm durch die Gartenpforte zu gelangen. Das musste doch irgendwie gehen, dachte ich. Ich wollte es mir auf dem Rasen gemütlich machen und den Stock zerkleinern. Ich versuchte es zwei-, vielleicht dreimal, durch die Tür zu kommen. Beim letzten Versuch hatte ich Anlauf genommen und war dann ziemlich unsanft gebremst worden. Das tat so weh im Maul, der Stock war einfach zu groß für die schmale Tür. Ich muss wohl kurz gejault haben, und der Junge wollte mir mein Stöckchen wegnehmen. Aber nicht mit mir, und ich schüttelte heftig mit dem Kopf. Den Stock hatte ich ganz fest im Maul, und der Mensch am anderen Ende wackelte hin und her. Je kräftiger ich mit dem Kopf schüttelte und dabei hin und her sprang, desto mehr wackelte der Junge. „Gustav, ich will dir doch bloß helfen!" Das rief er, aber da bin ich nicht drauf reingefallen. Von wegen, soll er sich sein eigenes Stöckchen suchen, meins kriegt er nicht! Das muss er wohl gemerkt haben und hat dann auch losgelassen. Ich habe es danach noch einmal versucht, durch die Gartenpforte zu gehen. Diesmal habe ich aber den Jungen nicht aus den Augen gelassen und den Kopf dabei nach hinten gedreht. Da war ich dann auch endlich im Garten. Die Sonne schien, und mein Stöckchen und ich lagen auf dem Rasen. Fast zwei Stunden war ich beschäftigt. Herrlich, ich habe es richtig zerfleddert. Das war so schön, jetzt muss ich mich aber ausruhen.

Tschüss, euer Gustav

Der duftende Heinrich

Ein ganz außergewöhnliches, kleines grünes Stofftier lag in ihren Armen. Heinrich hatte sie es genannt. Dieses Kuscheltier war ein Nilpferd, zumindest konnte man es erahnen, denn die besonders dicke Nase verdeutlichte es. Aufgrund eben dieser Nase könnte man auch denken, dass es sich um eine Kuh handele. Eine gewisse Ähnlichkeit diesbezüglich bestand offensichtlich.

Mit Engelszungen redeten die Eltern des kleinen Mädchens auf ihre Tochter ein. Der Heinrich müsse endlich in die Waschmaschine, doch Alberta weigerte sich mit ganzer Kraft, ihren besten Freund waschen zu lassen. Alle Argumente prallten an der Vierjährigen ab. Sie gab zu, dass er stinken würde, aber das war ihr egal. Auch dass er im Laufe der letzten Monate ziemlich schmutzig geworden war, störte sie nicht.

Ihre Eltern drohten damit, ihr den Heinrich einfach wegzunehmen, um ihn zu säubern. Doch die Androhung reichte aus, um bei Alberta einen hysterischen Schreikrampf auszulösen. Mama Meike entschuldigte sich bei ihrer kleinen Tochter und versuchte, sie sanft zu beruhigen. Papa Daniel hatte inzwischen kopfschüttelnd das Zimmer verlassen.

Kurze Zeit später klingelte es unten an der Tür. Über die Sprechanlage erfuhren sie, dass Oma Sabine zu Besuch kam. Für einen Moment vergaß Alberta ihre Sorgen und rannte freudestrahlend an die Eingangstür der kleinen Dreizimmerwohnung. Wie immer begrüßte die Oma zuerst Alberta, dann Heinrich, und zum Schluss kamen ihre Schwiegertochter und ihr Sohn an die Reihe. Die Oma hatte ein Geschenk für Heinrich dabei. Es handelte sich um eine große Flasche mit einer orangen Flüssigkeit. Pfirsiche waren außen aufgedruckt, und Alberta fragte, was das sei und ob man das trinken könne. Oma Sabine verneinte ihre Frage und erklärte ihr, dass man mit allen Flaschen immer sehr vorsichtig sein müsse. In dieser Flasche hier wäre ein wunderschöner Duft zum Karussellfahren für Heinrich. „Sunny Peach" würde man den Duft nennen. Sie öffnete die Flasche und ließ ihre Enkelin einmal schnuppern. Alberta strahlte: „Omi, das duftet aber schön." „So schön werden wir den Heinrich jetzt duften lassen, ja?" Alberta nickte. Oma Sabine nahm den Heinrich und begab sich schnellen Schrittes in das Badezimmer, gefolgt von ihrer Enkelin. In Windeseile hatte sie dem kleinen grünen Stoffnilpferd die selbstgestrickte Kleidung ausgezogen. Zum Glück liegen die Wäschenetze in dem Regal über der Waschmaschine, dachte Sabine. Es könnte ja auch passieren, dass Heinrich beim Schleudergang zum Beispiel ein Auge verliert. Vorsichtshalber drehte sie sich gar nicht mehr zu ihrer Enkelin um, bevor sie den Heinrich samt Netz in die Maschine gleiten ließ. Sie füllte einen guten Schwupps „Sunny Peach" in den Einfüllschacht der Maschine. Erst danach wendete sie sich wieder ihrer Enkelin zu und fragte, ob diese das Karussell nun starten wolle. Alberta nickte und drückte den ihr von Oma gezeigten Startknopf.

Sabine setzte sich auf den Badewannenrand und Alberta auf den Fußboden. Gemeinsam schauten sie noch eine Weile zu, wie Heinrich in den Schaummassen hin und her geschaukelt wurde. Beide waren sich einig, dass es ihm bestimmt großen Spaß machen würde.

Im Anschluss an die Karussellfahrt wurde Heinrich in ein großes Badetuch gewickelt, und Alberta war die ganze Zeit am Schnuppern, wie schön er jetzt duftete. Abwechselnd durften alle mal riechen.

Oma Sabine verabschiedete sich, und Daniel flüsterte ihr ins Ohr: „Vielen Dank, Mama, dass du so schnell kommen konntest und dass du das so toll hinbekommen hast." Sabine drückte ihren Sohn. „Ich wusste doch, dass es eilt. Schließlich hat sie dein Temperament geerbt."

Glücklich winkten Alberta mit Heinrich auf dem Arm sowie Daniel und Meike der Oma Sabine zum Abschied hinterher.

Hilfe, da kommt Frank

Melina Winter hatte sich auf den weiten Weg von Hamburg nach Köln gemacht, nur um zirka 85 Gramm Gold und ein paar kleine, bunte Steinchen zu verkaufen. Nun saß sie mit minimalem Gepäck in der Bahn und wartete darauf, bei der Fernsehshow „Feines für Deines" ihren Erbschmuck zu Geld zu machen. Die kleine Schatulle passte in ihre bunte Handtasche ebenso wie die Flasche Mineralwasser und ihr Handy samt Ladegerät. Dann waren da noch die beiden Äpfel in den Jackentaschen und der Schokoriegel im XL Format. Einen hoffentlich leckeren Kaffee würde Melina sich im Bordrestaurant des Zuges gönnen. Der einzige Wermutstropfen an der Sache war, dass das Fernsehen anwesend sein würde, davor hatte sie ein bisschen Angst.

Die Zugfahrt verlief perfekt und endete pünktlich. Melina fand sich mit Hilfe ihrer Navigations-App hervorragend in der großen Stadt zurecht. Sie war kurz davor, das riesige Fabrikgelände zu betreten, und ihr Puls schnellte immer weiter in die Höhe. Zu dumm auch, dass keiner ihrer Freunde oder Bekannten den Mut gehabt hatte mitzufahren, denn alle hatten Angst davor, gefilmt zu werden. Schließlich handelte es sich um eine Fernsehshow, mit allem Drum und Dran.

Laute Geräusche kamen aus Richtung der großen Fabrikhallen. „Ach, du meine Scheiße….", Melina traute ihren Augen nicht. Zirka achthundert Kilogramm Lebendgewicht galoppierte in Form eines großen Schimmels direkt in ihre Richtung. Die

Richtung, in der das Fabrikgelände endete und die vierspurige Hauptstraße begann.

Das Pferd war gezäumt und schleifte ein Geschirr hinter sich her. Melina musste handeln, schließlich war sie mit Pferden aufgewachsen. Auch wenn ihre Pferdevergangenheit schon ein paar Jahrzehnte zurück lag, jetzt musste sie handeln und keine Sekunde später. Sie riss die Arme zur Seite und rief laut: „brrrrrrrr, ruhig, brrrrrrr!" Nichts tat sich, die Situation wurde brenzlich. Der Koloss kam gefährlich schnell auf Melina zu. Der Apfel, sie hatte noch einen Apfel in der Tasche. So schnell, wie nie zuvor, holte Melina den großen Boskoop aus der Tasche und streckte ihn dem Pferd entgegen und schrie: „Ein Apfel, willst du einen Apfel?" Das große, stattliche Tier war im Begriff eine Vollbremsung zu vollziehen. Melina sprang einen Meter zur Seite, und das Pferd hätte sie beinahe noch gestreift, bevor es zum Stehen kam. Der Koloss drehte sich um und kam daraufhin in schnellem Schritt direkt auf die Frau, besser gesagt, auf den Apfel zu. Biss stürmisch in den solchen und ließ sich problemlos am Zaumzeug in Empfang nehmen. Melina schüttelte den Kopf und redete beruhigend auf das dampfende Tier ein. Der Apfel war in Windeseile vertilgt, und danach genoss der Schimmel die ihm entgegengebrachten Streicheleinheiten. Das Tier hatte seinen Kopf an ihre Brust geschmiegt und ließ sich kraulen. Es hatte fast den Anschein, als wollte sich das Pferd bei Melina verstecken.

Die Geräusche um sie herum nahm Melina erst jetzt wahr. Mehrere Personen und ein Kamerateam kamen auf sie zugelaufen. Laute „Frank" Rufe schallten ihr entgegen. Als die Gruppe bemerkte, dass Frank, wie das Pferd offensichtlich hieß, bei der Frau sicher eingefangen war, kamen sie vorsichtig näher, um ihn nicht zu erschrecken. Frank blieb jedoch völlig unbeeindruckt von der Menschenmenge und ließ sich mit geschlossenen Augen kraulen. Ein Pärchen näherte sich bis auf zirka zwei Meter. Der etwa dreißigjährige Mann fragte etwas zögerlich und ziemlich außer Atem, ob alles in Ordnung sei. Die Art und Weise, wie er die Frage stellte, beunruhigte Melina Winter. Irgendetwas stimmte nicht. Ohne groß darüber nachzudenken, fragte sie das Pärchen, ob sie etwa Angst vor Frank hätten. Ungeachtet der laufenden Kamera fing der Mann an zu stottern, dass das nicht so einfach sei mit Frank. Nach einer kurzen Pause übernahm seine Frau, die Ringe waren eindeutig, das Wort. Mit leiser Stimme begann sie eine unglaublich bewegende Geschichte zu erzählen.

Ihr Schwiegervater, damals praktizierender Hufschmied, hatte Frank vor zirka siebzehn Jahren als Fohlen gerettet. Durch den Tritt einer fremden Stute hatte der damals kleine und zierliche Frank einen Haarriss am Sprunggelenk hinten links erlitten. Es bestand wenig Aussicht auf rückstandslose Heilung. Wirtschaftlich leider nicht tragbar für den kleinen Betrieb eines Bauern aus der entfernten Nachbarschaft. Ihr Schwiegervater Georg, der Hufschmied, hatte sich damals des kleinen Fohlens Frank angenommen und es liebevoll umsorgt und gesund gepflegt. Frank entwickelte sich prächtig. Es entstand eine innige Verbundenheit und grenzenloses Vertrauen zwischen dem Schmied Georg und dem späteren Wallach

Frank. Georg bildete Frank als Zugpferd aus. Aus diesem Grund war das Pärchen auch bei „Feines für Deines". Die alte Paradekutsche sollte versteigert werden. Als die Händler die Kutsche näher betrachten wollten, wurde Frank ausgeschirrt und nahm sofort Reißaus und rannte Melina in die Arme. Frank sollte nicht zu lange auf der Stelle stehen bleiben, er habe zu sehr geschwitzt, bemerkte Melina. Langsam setzte sich die komplette Truppe in Richtung der großen Hallen in Bewegung. Frank folgte brav an Melinas Hand. Georgs Schwiegertochter erzählte weiter, dass vor ziemlich genau fünf Jahren Georg einem Herzinfarkt erlegen war. Man fand ihn auf der Weide liegend. Frank lag neben Georg und hatte offenbar versucht seinen Freund zu wärmen. Der Tierarzt musste Frank stark sedieren, damit Georgs lebloser Körper abtransportiert werden konnte.

Für die gesamte Familie war es schrecklich, ganz besonders für Ihren Mann Sven, Georgs Sohn. Frank hatte sich ab diesem Tag merklich verändert. Er ließ über ein Jahr niemanden mehr an sich heran. Er schlug nach ihrem Mann und biss, sobald man die Hand in seine Richtung ausstreckte. Seit zirka drei Jahren ließ er sich wieder vor die Kutsche spannen, trauen konnte man ihm aber nicht mehr.

Sie waren stehen geblieben. Melina wollte es nicht zulassen, aber langsam rollten nach und nach immer mehr Tränen über ihre Wangen. „Soll das heißen, dass Frank seit fünf Jahren keine Streicheleinheiten mehr bekommen hat?", fragte sie und drückte sich fest an seinen Hals und streichelte ihn. Inzwischen wischte sich auch Sven Tränen aus dem Gesicht und sprach mit gedämpfter Stimme, dass sie beschlossen hatten, sich von Frank zu trennen, um ihn zu erlösen. Nun rollten auf dem Gelände mehr Tränen als je zuvor. Sven, Georgs Sohn, nahm sich ein Herz und bewegte sich auf Frank zu. Seine Frau folgte ihm. Gemeinsam streichelten sie Frank und weinten dabei. Frank schnaubte laut und leckte Sven einmal quer über das Gesicht, fast so, als wäre er ein Hund.

Die Kutsche wurde nicht verkauft. Sie fuhr mit Frank und Georgs Sohn und seiner Frau wieder nach Hause. Georgs Frau kam noch einmal zu Melina und drückte sie ganz fest. „Wie haben Sie das gemacht?", fragte sie. Melina grinste und sagte nur: „Apfel, echter Altländer Boskoop. Apfel wirkt Wunder."

Das Fernsehteam wurde zur Nebensache, genau wie Melinas von Frank stark verschmutzte Bluse. Sie verkaufte Ihren Schmuck zu einem wirklich guten Preis. Genau genommen, war der Verkauf nach der aufregenden Begegnung mit Frank gar nicht mehr so wichtig gewesen. Fast die ganze Rückfahrt verschlief sie im Zug. Ein kleines Mädchen bemerkte, dass Melina ziemlich dreckig sei und nach Pferd stinke. Das Mädchen hatte Recht, aber es störte Melina so gar nicht. Ein anstrengender, aber glücklicher Tag ging zu Ende.

Er bringt sie zum Lachen

Meike wartete auf ihr Date. Ein hoffentlich netter und junger Mann aus Stade. „Das liegt im nördlichen Niedersachsen, nahe der Elbe. Ungefähr dreißig Minuten hinter Hamburg", hatte er am Telefon zu ihr gesagt. Kennengelernt hatten die beiden sich über ein Dating-Portal, und ziemlich schnell wurden die Telefonnummern ausgetauscht. Wenn sie ihm glauben konnte, war es auch für ihn ganz neu, im Internet in Sachen Partnersuche unterwegs zu sein. Sie wollten beide endlich jemand Gleichgesinntes kennenlernen.

Die Fünfundzwanzigjährige war so nervös, dass sie ihren Kaffeebecher kaum festhalten konnte, ohne zu plempern. Meike dachte nach. Sie hatte ihm gesagt, dass sie keine Kleidergröße sechsunddreißig tragen würde. Doch jetzt, so kurz vor ihrer ersten persönlichen Begegnung hatte sie Angst, dass er ihre äußere Erscheinung ablehnen würde. Sie waren sich zumindest theoretisch darüber einig, dass das Aussehen keine allzu große Rolle spielen sollte bei einer partnerschaftlichen Beziehung. Beide hatten bei ihrem Internetprofil kein Foto hinterlegt. Auch mit den Eigenschaften hatten sie nicht geprahlt, sondern waren eher bescheiden aufgetreten. Nur bei dem Punkt *familiäre Bindung* hatten Meike sowie Robert Priorität 1 gewählt.

Meike schreckte auf, als ein junger und ansehnlicher Mann zur Tür hereinkam. Das konnte er doch wohl nicht sein, oder? Er hatte sich doch als vollschlank beschrieben. Da stand er auch schon vor ihr und fragte mit leicht flatternder Stimme: „Bist du

Meike?" „Ja. Konnte Robert nicht kommen?", fragte sie den jungen Mann. Er starrte sie einen Moment ungläubig an. „Ich bin's doch, Robert. Darf ich mich setzen?" „Oh, äh, ja klar. Da hast du dich aber falsch beschrieben." Wie peinlich, das war ihr jetzt so rausgerutscht. Meike errötete. Zum Glück kam in diesem Moment die Kellnerin und Robert bestellte einen Milchkaffee und ein kleines Glas Apfelschorle für sich. Danach grinsten die beiden sich ein bisschen verlegen an, bevor Meike die Situation rettete, indem sie einfach drauflosredete, so, wie sie das am Telefon auch schon gemacht hatte. Sie erzählte, dass sie gut nach Buxtehude gekommen war und ihr die Altstadt hier sehr gut gefalle. Es sei ein sehr schöner Ort für ein erstes Treffen. Sie erklärte, dass die B73 von Hamburg aus zwar etwas verstaut an diesem Freitag war, sie aber trotzdem ihr Ziel früher erreicht hatte. Dadurch habe sie sich in diesem wunderschönen Ort schon etwas umsehen können und es gefiele ihr hier sehr gut. Sie vermied es zu erwähnen, dass sie schon vor über einer Stunde angekommen war. Meike hatte nämlich auf gar keinen Fall zu spät zu ihrem lang ersehnten Date kommen wollen.

Roberts anfängliche Unsicherheit legte sich schnell. Entspannt erzählte er, dass er seinem Vater noch auf dem Hof geholfen hatte, ein kleines Kälbchen auf die Welt zu bringen. Er sei gelernter Landwirt und solle in zehn bis fünfzehn Jahren den Hof der Eltern übernehmen. Vorher wolle er aber noch viel reisen und Spaß haben. Am liebsten mit einer Frau an seiner Seite.

Meike grinste verlegen. Das schien ihr etwas zu privat für das erste Date. Weiter nachdenken konnte sie aber nicht, da Robert in diesem Moment seinen Stuhl ganz nah heran schob und sich zu ihr herüber beugte. Sie hatte gerade einen großen Schluck Kaffee genommen, als er ihr etwas ins Ohr flüsterte . . . Meike verschluckte sich daraufhin und fing an zu husten. „Das hat er doch wohl jetzt nicht wirklich gesagt", dachte sie und hustete weiter. „Kann ich dir irgendwie helfen?", fragte Robert. „Nein, es geht schon." Es ging nicht und sie schnappte nach Luft. Ihr Hals kratzte und die Augen wurden nass. Jetzt musste sie auch noch lachen. Nur ganz langsam beruhigte sie sich wieder. Robert grinste sie an. Meike hatte das Gefühl, dass er immer dichter kam und griff sich schnell ihre Handtasche. „Ich verschwinde mal kurz", krächzte sie und fragte die Kellnerin nach den Toiletten.

Als sie in den Spiegel schaute, erschrak Meike. Sie sah total verheult aus. Also puderte sie ihre Wangen und zog den Lidstrich nach. Als sie über Roberts Worte nachdachte, musste sie erneut lachen. Dieses Date hatte sie sich irgendwie ganz anders vorgestellt. Aber wenn sie ehrlich war, war Robert viel attraktiver, als sie zu hoffen gewagt hatte. Er war groß, durchtrainiert und wirkte ehrlich und nett. Vielleicht ein bisschen zu direkt. Wieder musste sie lachen. Sie sollte ihm und seiner Mutter eine Chance geben, dachte sie. Schließlich war sie jetzt fast dreieinhalb Jahre allein und hatte rund zwanzig Kilo zugenommen seit dem Ende ihrer letzten Beziehung. Langsam wiederholte sie die Worte, die Robert geflüstert hatte und schaute dabei in den Spiegel. „Du bist genauso schön wie meine Mutter!"

„Puh". Wieder musste Meike lachen. Doch damit er sich keine Sorgen machen musste, beschloss sie, zurück ins Kaffeestübchen zu gehen. Als sie den Raum betrat, wirkte Robert sichtlich erleichtert. Um die Situation zu entspannen, lud sie ihn zu einem großen Eisbecher ein. Robert wählte ein gemischtes Eis mit heißen Himbeeren und Meike entschied sich für ein Spaghettieis. Als sie so da saßen, griente Robert immer wieder zu ihr rüber. Meike wurde das ein wenig peinlich. Dann lächelte er und sagte: „Meike, wir sollten uns unbedingt wiedersehen. Ich finde dich großartig." Sie konnte nicht anders, lächelte zurück und fragte: „So wie deine Mutter?" Sie hatte gar keine Zeit, sich für das Gesagte zu entschuldigen, denn Robert strahlte sie heftig nickend an.

„Willst du nicht Sonntag zu uns zum Kaffeetrinken kommen? Mama macht einen Butterkuchen mit Streuseln."

„Ich kann an diesem Sonntag nicht, Robert. Vielleicht kommst du stattdessen nächstes Wochenende nach Hamburg und wir ziehen durch die Kneipen oder gehen ins Kino oder besuchen ein Konzert oder eine Ausstellung. In Hamburg ist immer etwas los."

Er nickte und wollte mit seinen Eltern sprechen, um nächstes Wochenende frei zu bekommen. Auf einem Bauernhof wäre natürlich sieben Tage die Woche etwas zu tun. Die Tiere hätten immer Hunger und einige Kühe wären kurz vorm Kalben. Meike fragte sich, ob er sie für bescheuert halten würde, dass er ihr die Sieben-Tage-Woche eines Landwirts näher erklären müsste. Egal, dachte sie. Wenn alles besser liefe als derzeit vermutet, würden sie sich wohl noch häufiger sehen. Sie mussten sich eben erst besser kennenlernen.

Zum Abschied umarmten sich die beiden etwas ungeschickt und stießen mit den Köpfen leicht zusammen. Beide schienen etwas verwirrt und irgendwie auch erleichtert, dass ihr erstes Date geschafft war. Sie waren aber auch ein bisschen unsicher, was die weitere Zukunft anbetraf. Sicher würden sie morgen Abend wieder telefonieren. Spätestens aber übermorgen, schoss beiden durch den Sinn.

Meike war doch sehr neugierig auf Roberts Mutter, hatte aber das Gefühl, dass das erste Zusammentreffen mit ihr gerne noch ein paar Wochen dauern dürfe. Während der gesamten Rückfahrt summte sie leise vor sich hin.

Robert konnte es kaum abwarten, zu Hause von seiner neuen Traumfrau zu berichten. Am liebsten hätte er sie gleich mitgebracht. Er machte sich bereits Gedanken über das kommende Wochenende. Wenn er mit Meike auf Kneipentour gehen würde, könne er ja kein Auto mehr fahren. Das versprach spannend zu werden.

Jetzt müsse er sich aber beeilen, sein Vater hatte bestimmt schon allein mit dem Melken begonnen. „Was Mama wohl zu Meike sagen wird?", murmelte er in sich hinein und startete den Motor.

Dieser verflixte BH

Eigentlich wollte sich die zweiundvierzigjährige Mutter dreier Teenager an ihrem freien Tag mit einem spannenden Buch zurückziehen. Als Verena jedoch nur noch schnell die dreckigen Handtücher aus dem Bad in den Wäschekeller brachte, bemerkte sie den wöchentlichen Wäscheberg. Um neue Kleidung aufzuhängen, musste sie zuerst Platz schaffen und stutzte, als sie den neuen Büstenhalter ihrer fünfzehnjährigen Tochter von der Leine entfernte. *„Der sieht aber schick aus",* dachte sie und betrachtete sich die verspielten Details. Die wohlgeformten Cups waren von einer dunkellilafarbenen Spitze verhüllt. *„Oh, der macht ja aus einem A-Körbchen ein C-Körbchen. Ob der mir auch passt?"* Verena machte sich mit dem BH in der Hand auf den Weg in die obere Etage, denn dort befand sich das Eltern-Schlafzimmer.

Es war erst elf Uhr, und die Kinder kamen nicht vor fünfzehn Uhr aus der Schule. Sie probierte den BH ihrer Tochter an, und es entglitt ihr ein lautes „Wow!" Leider ließ sich dieses wunderhübsche Dessous nicht schließen. Ihre Tochter hatte einen Brustumfang von zirka siebzig Zentimetern, während es bei Verena fast achtzig Zentimeter waren. Sie fühlte sich plötzlich wieder jung und ihr fiel die alte BH-Verlängerung ihrer Großmutter ein. Hässlich und völlig überflüssig hatte sie damals gedacht. Dennoch musste dieses nun dringend benötigte Teil immer noch in ihrem alten, runden Rattan-Nähkästchen liegen.

Verena strahlte, als sie ein paar Minuten später wieder in den Spiegel schaute. So eine üppige

Oberweite hatte sie nur während der Schwanger-schaften und der darauffolgenden Stillzeiten an sich sehen dürfen. Im Gegensatz zu ihren Babypausen fand sie sich jetzt deutlich attraktiver. Sie stutzte, als sie unten den Haustürschlüssel klappern hörte, und erschrak. Sie fühlte sich ertappt. In Windeseile streifte sie ihr T-Shirt über und wollte runter rennen, als sie durch einen Blick in den Spiegel davon abgehalten wurde. Das T-Shirt strammte dermaßen über ihrer Brust, dass sie so unmöglich nach unten laufen konnte. In einem leichten Anfall von aufkommender Panik griff sich Verena schnell eine Strickjacke aus dem Kleiderschrank.

„Mama, bist du Zuhause?" „Ja, mein Schatz, ich bin gleich da", antwortete sie ihrer Tochter. Ausgerechnet ihre Tochter war früher aus der Schule gekommen. Lena und ihre beste Freundin Sarah zogen sich gerade die Schuhe aus, als Verena unten eintraf. „Herr Kleinert ist krank. Wir dachten, wir chillen hier ein wenig. Hast du schon etwas zu essen fertig?" Lena stockte, als sie ihre Mutter sah. „Du siehst irgendwie anders aus, Mama." Was sollte sie jetzt antworten? Verena stotterte etwas: „Äh, ich habe mir heute die Haare gewaschen." Sarah und Lena warfen sich einen fragenden Blick zu und verschwanden dann in Richtung Lenas Zimmer. „Ihr könnt euch eine Pizza machen", rief sie den Kindern nach.

„War das peinlich", dachte Verena." *Ich muss unbedingt den BH ausziehen.*" Während sie noch leicht außer Atem da stand, klackerte der Schlüssel erneut im Schloss. Unmittelbar danach stand ihr Ehemann in der Tür. In seiner rechten Hand einen prächtigen

Strauß roter Rosen. „Ich habe es nicht vergessen, Schatz." Michael strahlte über das ganze Gesicht. „Es sind zweiundzwanzig rote Rosen. Ich liebe Dich, mein Schatz." *„Auch das noch. Jetzt habe ich doch glatt unseren Hochzeitstag vergessen."* Verena riss sich zusammen und gab ihrem Mann einen dicken Schmatzer. Daraufhin guckte er so komisch und veränderte seine Stimmlage: „Wie ich sehe, hast du unseren Hochzeitstag auch nicht vergessen." Er starrte auf ihre immer noch deutlich erkennbar gewachsene Oberweite. „Lena und Sarah sind da. Wir…" Michael unterbrach seine Frau: „Oh nein, warum das denn? Ich habe mir extra den Nachmittag freigenommen, damit wir Zeit für uns haben." „Herr Kleinert ist krank, da sind die letzten Stunden ausgefallen. Sie machen sich wahrscheinlich gleich eine Pizza."

Die ganze Situation war Verena unheimlich peinlich. Hätte sie nur diesen verflixten BH nicht anprobiert. Michael stoppte diese bedrückende Stille. „Und wenn nur wir zwei jetzt schön essen gehen? Was hältst du davon?" „Jaaah", schrie sie schon fast. Michael stutzte kurz, fing aber gleichzeitig wieder an zu grinsen. Seine Frau fügte dann noch hinzu „Schatz, wir müssen aber vorher kurz bei Miederwaren Meier anhalten. Und du wartest im Auto. – Nicht fragen, es ist eine Überraschung." Ihr Mann nickte und zwinkerte ihr zu.

Als sie ins Auto eingestiegen waren, lächelte Verena. Sie würde sich bei Meier einen wunderschönen Push-Up-BH aussuchen und diesen dann auch gleich anbehalten. Ganz unbemerkt von allen Familienmitgliedern würde sie später den gemopsten

Büstenhalter in die Wäscheschublade ihrer Tochter schmuggeln.

Sie freute sich auf einen entspannten und zugleich spannenden 22. Hochzeitstag.

Peinliche 110

Sabine Schattner hatte einen kleinen Schuhladen. Schnell noch den Laden schließen und dann bei einer guten Freundin zum Essen eingeladen sein, das sind doch eigentlich ganz tolle Aussichten, dachte sie. Die letzten Kunden blieben an diesem Tag etwa zwanzig Minuten länger als Ladenschluss. Leicht abgehetzt, mit knurrendem Magen fuhr sie zu Monika nach Dempelin. Als sie die Straße erreicht hatte, in der ihre Freundin wohnte, offenbarte sich ihr ein Parkplatzproblem. Dicht an dicht standen die Autos am Straßenrand. Sie parkte ein paar hundert Meter entfernt von Monikas Wohnungseingang. Etwas gestresst schnallte Sabine sich ab und schaute dabei nach rechts. „Das kann doch wohl nicht wahr sein", dachte sie. Es war nach zweiundzwanzig Uhr und sie blickte direkt auf eine leicht geöffnete Haustür. Es schien kein Licht zu brennen. Sie schaute ganz genau hin. Die Tür war höchstens zehn Zentimeter weit geöffnet, und weder aus dem Flur noch aus einem der Fenster war ein Lichtschein zu erkennen.

Schnell schnappte sie ihre Flasche Apfelsaft sowie die Handtasche und verließ ihren Wagen. Zügig verriegelte sie die Autotür, bevor Sabine auf die gegenüberliegende Straßenseite wechselte. Während sie sich ein paar Schritte weiter von ihrem Auto und der geöffneten Haustür entfernte, wühlte sie bereits in der Handtasche nach dem Handy. Ein kurzes Nachdenken, ließ ihr keine andere Wahl, und sie rief die 110 an.

„Polizei – Notruf". Der Polizist war sehr nett, und sie fasste sich kurz und berichtete von der offenen Haustür mitten in der Kleinstadt. Es könnten sich ja Einbrecher in dem Haus befinden. Der Polizist fragte, ob Sabine mal nachgeschaut und gerufen hätte, ob vielleicht jemand Zuhause sei. Dieses verneinte sie deutlich und bekundete, dass es ihr zu gefährlich erschien. Dennoch bot sie an, Schmiere zu stehen und den Eingang im Blick zu behalten, bis der Streifenwagen eintreffen würde. Sie beendeten das Telefonat, und Sabine wartete in sicherer Entfernung auf die Polizei. Ihr Magen knurrte inzwischen häufiger. Sie rief Monika an und erzählte ihr, dass sie schon in ihrer Straße stehen würde, aber gerade die 110 gewählt hätte und nun hier auf das Eintreffen der Polizei warten würde. Als sich eine große Horde Jugendlicher aus Richtung des Bahnhofs näherte, wechselte sie die Straßenseite. Auf dem Gehweg kam ihr eine Asiatin entgegen. Sie schien leicht verunsichert zu sein und huschte schnellen Schrittes an Sabine vorbei. Hinterher wurde ihr auch klar, dass die Flasche Apfelsaft unter ihrem Arm und das lange Telefonat nachts gegen 22.15 Uhr auf der Straße auch nicht gerade beruhigend auf andere Personen gewirkt haben musste. Sabine schaute der Asiatin hinterher und traute ihren Augen nicht. Die Frau klopfte an das Fenster neben der geöffneten Tür und ging dann in das Haus. Für Sabine war die Sache klar. Derjenige, welcher in diesem Haus wohnte, hatte sich eine professionelle Dame für den Samstagabend bestellt. Damit keiner der Nachbarn etwas mitbekommen sollte, hatte er im

Dunkeln die Tür für die Dame offen gelassen und das Licht ausgeschaltet.

Sabine beendete ihr immer noch andauerndes Telefonat mit Monika und rief umgehend die Notrufnummer 110 erneut an, um den Einsatz abbrechen zu lassen. Die Polizistin am anderen Ende der Leitung bedankte sich klar und deutlich bei ihr, sie sprach sie auch gleich persönlich mit Frau Schattner an.

Es wurde dann ein genüssliches Abendessen in Dempelin. Die beiden Freundinnen hatten viel zu lachen und waren sehr froh darüber, dass Sabine nicht persönlich nachgeschaut hatte, ob in dem Haus alles in Ordnung wäre. Das hätte zu einer unangenehmen Verwechslung der beiden Frauen führen können.

Gut auch, dass die Polizei nicht bei einem gewerblichen Schäferstündchen gestört hatte. Spätestens dann hätten alle Nachbarn mitbekommen, was hier offenbar ganz im Verborgenen passieren sollte.

Armin köpfte die Kartoffel

So oder zumindest so ähnlich verhielt es sich, als die vierzehnjährige Susi völlig außer Atem in das Bauernhaus lief und nach ihrer Mutter schrie. „MAAAMAAAA, Armin blutet schon wieder!!! Komm schnell!!! Wir müssen ins Krankenhaus fahren." Mutter Daniela erschien in der Dielentür. Mit der linken Hand riss sie sich die Küchenschürze runter und griff nach dem auf dem Sideboard liegenden Autoschlüssel. In der rechten Hand hatte sie drei oder vier Geschirrhandtücher. Susi war sehr aufgeregt, und ihre Mutter konnte sie kaum verstehen. „Armin hat schon wieder einen Kartoffelköpper gemacht. Ging voll daneben. Er hat 'ne ganz große in die Luft geschmissen…"

Weiter kam Susi nicht, denn Marie und Armin rannten ihnen entgegen. Er hatte seine Jeansjacke auf die Stirn gedrückt. Mama Daniela schaute sich die Verletzung an und drückte danach die Geschirrhandtücher auf Armins Wunde. *Es war eine große Platzwunde für eine kleine Kartoffel*", dachte sie. „Wir müssen tatsächlich sofort ins Krankenhaus fahren", rief sie den Kindern zu. Marie, die Nachbarstochter, fuhr mit. Sie setzte sich zu Armin auf den Rücksitz. Er legte seinen Kopf auf ihren Schoß, und sie drückte die mittlerweile rot gefärbten Tücher auf seine Stirn. Daniela schaute in den Rückspiegel und ihr wurde wieder einmal bewusst, dass ihr kleiner Sohn langsam erwachsen wurde. Sie würde sich den genauen Unfallhergang nachher noch einmal von ihrer Tochter erzählen lassen.

„Susi, ruf bitte in der Klinik an und sage Bescheid, dass Armin genäht werden muss, er hat schon eine Menge Blut verloren. Wir sind in zehn Minuten dort."

Als er die Worte seiner Mutter hörte, zuckte Armin zusammen. Er hatte sich fest vorgenommen, vor Marie tapfer zu sein. Er verspürte starke Schmerzen, und dennoch war es ein besonders schönes Gefühl, ihr so nah zu sein. *„Schade, dass der Kartoffelköpper diesmal nicht geklappt hatte"*, dachte er. *„Vielleicht wäre er aber Marie sonst nicht so nahe gekommen."* Armins Herz klopfte schneller als sonst, und die Wunde pochte heftig. Seine Gedanken fuhren Achterbahn. „Mama, wie fährst du denn? Eine Verletzung reicht mir." Daniela hatte eine harte Bremsung vor dem Eingang der Notaufnahme gemacht. Die Kinder stiegen aus und verschwanden im Gebäude.

Schwester Birge und Notärztin Dr. Marlies Busch kümmerten sich um Armin. Er musste sich auf eine Liege legen, und sie fuhren mit ihm davon. Marie und Susi warteten im Flur auf Daniela. Gemeinsam gingen die drei schließlich in das große Wartezimmer. Es gab drei Kakaos aus einem im Wartezimmer stehenden Automaten und eine Menge zu erzählen. Mama Daniela wollte genau wissen, wie es dazu kommen konnte, dass Armin erneut in der Notaufnahme landete. „Mama, das ist mir jetzt ein bisschen peinlich, aber ich glaube, dass Armin Marie zeigen wollte, was für ein toller Typ er ist." Marie errötete und hielt sich die Hände vor das Gesicht. Susi erzählte weiter. „Na ja, jedenfalls hat er sich eine von den ganz großen Belanas genommen und mindestens zwei Meter hoch geschmissen. Dann hat er wie ein Profifußballer den

Kopf in den Nacken genommen und ist der Kartoffel entgegen gesprungen. Danach ging alles ganz schnell, und überall war Blut. Ich bin dann losgerannt, um dich zu holen."

Daniela seufzte und ließ sich etwas tiefer in den Sitz fallen. Letztes Mal warteten sie fast vier Stunden in diesem Warteraum der Notaufnahme. Die Ärzte mussten Armins linken Arm wieder richten, nachdem er versucht hatte, mit Papas Motorrad eine Runde über den Hof zu fahren.

Nach einer Dreiviertelstunde betrat Schwester Birge den Raum und lächelte. „Er wird eine kleine Narbe zurück behalten. Es geht ihm aber gut. In etwa einer Viertelstunde können Sie Armin wieder mit nach Hause nehmen. Frau Dr. Busch hat ihm verboten, morgen in die Schule zu gehen, er soll sich ausruhen." Sie zwinkerte und verließ den Raum.

Auf der Fahrt nach Hause bedauerte Armin ein wenig, dass er jetzt angeschnallt sitzen musste. Sein Herz raste bei dem Gedanken an Marie. Mit jedem gefahrenen Kilometer näherte sich seine Hand der ihren. Kurz bevor sie zu Hause ankamen, hielten sie Händchen. Trotz seiner Verletzung strahlte Armin wie ein Honigkuchenpferd. Mama Daniela verkniff sich ein Lächeln bei dem heimlichen Blick in den Rückspiegel. Sie liebte ihre Kinder und hoffte, dass ihr Ältester an diesem Tag ein kleines bisschen vernünftiger geworden sei. Kartoffelköpper würde es hoffentlich keine mehr geben.

Mutter eines Teenagers

Ben hatte kurz nach seinem vierzehnten Geburtstag ein paar Freunde eingeladen. Eine Lan-Party im heimischen Wohnzimmer sollte es werden. Mama Annika hatte sich bereit erklärt, für das kulinarische Wohl zu sorgen.

Die Jungs hatten den ganzen Samstag verplant. Von morgens um 10.30 Uhr bis spät abends wollten sie spielen. Annika und Ben hatten das Wohnzimmer dementsprechend vorbereitet, dazu wurde allen vier Computern ein ansprechender Platz eingeräumt. Für die Verkabelung der Elektrogeräte wurde ebenfalls Vorsorge getroffen. Den Esstisch hatten Mutter und Sohn an die linke hintere Wand geschoben. Annika deckte den Tisch vorsorglich für das Mittagessen ein. Auf die Mitte des Tisches legte sie einen ovalen Bastunterset zer. Ben hatte sich einen großen Topf gut gewürztes Chili con Carne gewünscht. Eine Getränkekiste hatten sie direkt neben der Balkontür platziert.

Pünktlich erschienen Florian, Fabian und Jonas. Freudig begrüßten sie zuerst Lotte, den Rauhaardackel, und danach Bens Mutter Annika. Die Schuhe hatten die Jungs im Treppenhaus ausgezogen und ordentlich auf die dafür bereit gelegte Fußmatte gestellt. Danach verschwanden alle vier Teenager im Wohnzimmer.

Annika ging schnell noch mit Lotte Gassi, bevor sie sich in der Küche an das Chili machen wollte. Sie öffnete die Tür zum Hausflur, und Lotte rannte die Treppe in Windeseile hinunter. Das kam selten vor, dass der Hund ein solches Tempo an den Tag legte.

Irgendetwas roch unangenehm im Treppenhaus. Annika befürchtete, dass Nachbars Kater wieder an einen der Blumentöpfe markiert hatte.

Auf dem Rückweg vom Spaziergang winselte Lotte vor der Wohnungstür. Es konnte ihr schon wieder nicht schnell genug gehen, die Wohnung zu betreten. Annika begab sich anschließend in die Küche und zauberte einen großen Topf voll leckeren Chili für ihren Sohn und dessen Freunde.

Gegen 12.30 Uhr war das Essen fertig, und Annika wollte nachfragen, wie es mit dem Hunger der Jungs aussehe. Als sie die Tür zum Wohnzimmer öffnete, kam ihr ein beißender, unglaublich ekeliger Geruch in die Nase, und sie fing an zu würgen. Annika merkte ziemlich schnell, dass sie sich übergeben musste, und riss die Balkontür auf. Sie lehnte sich über das Geländer und schaute direkt auf den Balkon von Frau Weber, ihrer fast achtzigjährigen Nachbarin. Sie konnte doch unmöglich auf deren Balkon spucken. Viel Zeit blieb ihr nicht mehr und sie umklammerte einen großen Blumenkübel und übergab sich. Sie konnte gar nicht wieder aufhören. Sie hörte Bens Stimme im Hintergrund. „Boah Mama….. Das ist voll krass….. Du kotzt die ganzen Blumen voll!" „Sind Sie vielleicht schwanger, Frau Fischer?" Annika hatte sich inzwischen von dem neben ihr stehenden Wäscheständer ein Handtuch geschnappt und wischte den Fußboden auf. Sie entschuldigte sich bei den Jungs, es würde gleich wieder gehen. Jonas meldete sich ebenfalls zu Wort: „Haben Sie sich eine Magen- und Darmgrippe eingefangen?" Annika verneinte. Die Jungs gingen wieder in das Wohnzimmer, und sie hörte Ben fluchen: „Was stinkt hier denn so? Alter!!! Wer hat denn solche Stinkefüße von Euch? Kein Wunder, dass Mama das Kotzen bekommen hat!"

So ein Mist, dachte Annika, jetzt ist es raus. Es war ihr so unendlich peinlich. Nun musste sie ja auch noch wieder zurück durch das Wohnzimmer, um in das Bad zu gelangen. Sie hielt die Luft an und rannte durch das Wohnzimmer hindurch in den Flur und direkt weiter in das Bad. Sie wusch sich das Gesicht und putzte sich die Zähne. Während sie dabei war, ihr Make-Up zu richten, klopfte es an der Tür.: „Mama, geht es dir wieder besser?" Annika öffnete die Tür und entschuldigte sich bei ihrem Sohn für ihr Verhalten. Ben und Annika mussten lachen. Sie einigten sich darauf, dass das Essen noch eine halbe Stunde verschoben werden sollte. Annika wollte das Wohnzimmer jedoch vorläufig nicht mehr betreten. Die Jungs sollten dann später mit ihren Tellern in die Küche kommen und sich dort auffüllen.

Es war noch ein sehr langer und schöner Tag für die vier Freunde. Annika hörte des Öfteren ein lautes Lachen aus dem Wohnzimmer. Als sie zur großen Abendrunde mit Lotte startete, wurde ihr dann auch bewusst, dass es nicht der Kater war, der im Treppenhaus markiert hatte. Der Gestank ging eindeutig von den vor ihrer Wohnungstür stehenden Schuhen aus. Das musste auch der Grund dafür sein, dass sogar Lotte das Treppenhaus so schnell wie möglich hinter sich lassen wollte. Erst gegen dreiundzwanzig Uhr verabschiedeten sich Florian, Jonas und Fabian. Zum Glück wurde der „Balkonvorfall" nicht mehr erwähnt. Als alle gegangen waren, nahm Ben seine

Mutter in den Arm und drückte sie „Danke für alles, Mama, ich helfe dir morgen beim Aufräumen und Balkonputzen".

Gustav und die Joggerin

Hallo, ich bin es, Gustav, der kleine Bernhardiner. Heute wollte das Mädchen erst mit mir spielen, und dann hat es mit mir geschimpft. Das verstehe ich nicht.

Es war ein schöner Sommertag, und wir sind ganz früh raus gegangen in den Birnenhof. Da kann ich besonders gut schnüffeln, finde die tollsten Stöckchen und kann meine Morgentoilette erledigen. Der Bürgersteig liegt in Sichtweite. Ich passe immer gut auf, wer da geht. Oft kommen auch Fahrradfahrer, und wenn ich dann belle, sind die meistens schnell wieder weg.

An diesem Morgen kam da eine Joggerin an, das kann ich natürlich nicht zulassen, das ist mein Reich. Ich habe mich aufgeplustert, und das Mädchen hat sich die Leine um ihre Hand gewickelt. Dann habe ich ganz laut gebellt, geknurrt und mich voll gegen die Leine geschmissen. Mit einem Mal ist mein Mensch einfach umgefallen, „platsch" nach hinten weg, ins nasse Gras. Für einen Moment war das spannender als die laufende Frau auf dem Bürgersteig, obwohl ich sie mit einem Auge immer noch im Blick hatte. Ich dachte, wenn das Mädchen sich schon ins Gras fallen lässt, will es bestimmt mit mir spielen und kämpfen. Na ja, jetzt hinterher, weiß ich das auch besser... Ich bin voll draufgehüpft, und hörte nur „Nein, Gustav, hör auf!" Die frischen Klamotten habe ich ihm mit meinen Pfoten verschmutzt, hat sie gesagt, und auch, dass sie gar nicht mit mir kämpfen wollte. Und zu allem Überfluss hielt diese Joggerin auch noch an und

202

schüttelte mit dem Kopf. Ich wurde von dem Mädchen sehr ausgeschimpft, doch es dauerte noch eine Weile, bis ich wirklich begriffen hatte, dass sie tatsächlich nicht mit mir spielen wollte. Die Joggerin war inzwischen ein paar Schritte weiter gelaufen und hatte dann erneut angehalten und wieder mit dem Kopf geschüttelt. Die gute Stimmung war dahin, den ganzen Weg bis zur Küchentür wurde ich ausgeschimpft. Ich habe gar nicht mehr zugehört, was sie alles gesagt hat, denn ich bin ein Hund. Bei uns Hunden ist das meistens so, wenn sich einer hinschmeißt, will er spielen, oder er ergibt sich.

Nicht einmal ein Leckerli habe ich bekommen, als wir wieder im Haus waren. Das Wort „peinlich" hat sie immer wieder gesagt. Dann ist sie weg gegangen, angeblich um sich umzuziehen.

Menschen sind aber auch kompliziert, das ist mir zu anstrengend. Ich muss jetzt dringend ein Schläfchen machen.

Tschüss, euer Gustav

Louisa und Anton

Auf der Rücksitzbank der Mittelklasse-Limousine hatte man sie zurückgelassen. Hier in der fest verschlossenen Garage blickte sie dem nahenden Tod entgegen. Luisa war gefesselt und stark verzurrt an der Beifahrerkopfstütze. Ihr war bewusst, dass die Luft höchstens noch zwei Tage ausreichen würde, um ihren zarten Körper mit Leben zu füllen. Niemand würde kommen, um sie zu retten. Ihren Dienst hatte sie erfüllt, und langsam aber sicher bereitete sie sich auf das unausweichliche Ende vor.

Sie war jedoch nicht allein, denn neben ihr befand sich Anton. Er saß fast gerade an der Rückenlehne. Den roten Kopf ganz leicht in ihre Richtung geneigt. Sie hatte Angst, dass er ihr zu nahe kommen würde, doch aus eigener Kraft würde er es nicht schaffen. Anton war zäh und stark. Wenn man ihn ließe, würde er vor Kraft nur so sprühen. Louisa mochte Anton und seine Clique nicht. Im Gegenteil, nie hätte sie sich vorstellen können, den Dialog mit ihm herbeizusehnen. Jetzt in ihren letzten Stunden war er der einzige Vertraute, der ihr noch blieb. Sie nahm all ihren Mut zusammen und sprach den sonst so gefürchteten Mitgefangenen an:

„Anton, ich bin froh, dass du bei mir bist und ich hier nicht alleine meine letzten Atemzüge verbrauche." Er antwortete tatsächlich, damit hatte sie gar nicht gerechnet. „Du brauchst keine Angst mehr vor mir zu haben. Ich kann dir hier nicht gefährlich werden. Und wenn ich mir dich so betrachte, würde es mir auch keinen Spaß mehr machen."

Wenigstens war er ehrlich, dachte sie. „Du wirst wohl bis zu meinem Ende an meiner Seite bleiben. Tust du mir einen Gefallen?" Er räusperte sich und wollte wissen, worum es sich handelte. Erst danach würde er entscheiden.

Louisa war inzwischen schon sehr schwach. Mit letzter Kraft wandte sie sich erneut an Anton: „Meine Schwester Anna, eine ist noch übrig. Alle anderen habt ihr schon erwischt. Sie sieht aus wie ich und trägt ebenfalls ein rosa Kleid mit weißen Punkten. Würdest du sie verschonen, wenn eines der Kinder dich dazu anstiften will?" „Louisa, ich bin ein Streichholz und du ein Luftballon. Es gibt nichts Schöneres für einen von meiner Sorte, als einen von deiner Sorte zum Platzen zu bringen. Aber eines verspreche ich dir, ich werde Anna von dir grüßen."

Mit einem lauten Seufzer verließ Louisa der letzte Atem, und sie glitt langsam an der Rückenlehne hinunter.

Beuteschema Unscheinbar

Nur nicht zu doll auffallen und trotzdem der Beste zu sein, das war damals mein Motto. Mit Anfang Dreißig stand mir die Welt weit offen. Ein anstrengendes und aufregendes Leben zugleich hatte ich schon hinter mir. Doch wenn ich ehrlich war, gefiel es mir zu diesem Zeitpunkt nicht besonders gut. Der auf mir liegende Druck, einen Fehler zu begehen, und der damit verbundene Stress belasteten mich. Dennoch, wenn ich heute so darauf zurückblicke, war es eine sehr faszinierende Zeit in „La Manchila", einer Millionenstadt am Fuße des Transalba Gebirges. Jetzt sitze ich hier im „Espadas Negro", einem der größten Gefängnisse des Kontinents, in einer kleinen Zelle und warte seit achtzehn Monaten auf meine Verhandlung. So viel Zeit wie jetzt hatte ich noch nie. Irgendwann muss ich wohl doch mal falsch abgebogen sein auf der Suche nach dem perfekten Leben. Hier wird mir bewusst, dass es gar nicht darauf ankommt, das schnellste Auto, die teuerste Uhr und viele mir wohlgesonnene Frauen beglücken zu können. Vierundzwanzig Stunden können sehr lang werden. Im Knast habe ich gelernt, worauf es im Leben wirklich ankommt. Wenn du hier keine Freunde hast, kannst du dich gleich selbst umbringen, bevor es ein anderer tut. Ich habe inzwischen sogar mehrere Kurse in Psychologie und Wirtschaftswissen belegt und so manches dazu gelernt, was zwölf Jahre Schulzeit mir nicht beigebracht hatten. Kochen kann ich mittlerweile auch. Ein Gourmet würde jetzt wahrscheinlich in ein lautes Gelächter ausbrechen, aber einfache Gerichte in großen Mengen, das ist für mich nach dreizehn Monaten Küchendienst kein Problem mehr. Ich habe mich leider erst ein Jahr nach der Ankunft in diese Anstalt dazu entschlossen, mein Leben nieder zu schreiben, in der Hoffnung, dass es mich bei der Urteilsfindung entlasten könne, vorausgesetzt, ich werde rechtzeitig fertig. Mein Anwalt ist ein junger Pflichtverteidiger. Das sind nicht die besten Voraussetzungen für eine erfolgreiche Verhandlung, allerdings ist er noch unverbraucht und voller Ehrgeiz, mir zu helfen. Ich glaube allerdings nicht, dass er von meiner Unschuld überzeugt ist. Das bin ja nicht einmal ich selbst. Ich kann es mir zwar nicht vorstellen, dass ich zu so einer abscheulichen Tat fähig gewesen wäre, aber ausschließen kann ich es auch nicht. Ich kann mich an den besagten Abend leider nicht mehr gut erinnern. Die Ärzte meinen, dass ich unter einem temporären Gedächtnisverlust leide. „Temporär", langsam finde ich dieses Wort unangebracht, und ich muss mich wohl langfristig mit dem Gedanken anfreunden, dass meine Erinnerungen an den einundzwanzigsten September 2017 nie mehr zurückkehren werden. Damit die Richter sich ein besseres Bild von mir und meiner früheren Art zu leben machen können, habe ich detailgenau niedergeschrieben … Ich muss kurz einwerfen, dass ich hier weder ein Handy noch einen Computer in meiner Zelle habe. Außer einem kleinen Radio und einem alten Röhrenfernseher gibt es keinerlei technische Unterstützung. Also habe ich mein Leben mit einem Bleistift auf einen Packen Kopierpapier gekritzelt. Es kommt vor, dass ich am anderen Morgen, meine schlaftrunkene Schrift der vergangenen Nacht nicht mehr entziffern kann. In diesen Fällen heißt es, dass es eine verschenkte Nacht war. Um nicht aus der Form zu geraten, betreibe ich hier sogar Sport. Das hatte ich früher nicht nötig, da ich genug Kontakt zu Frauen hatte, was mich über-durchschnittlich fit gehalten hat. Sie fehlen mir hier nicht, wahre Freundschaft kann es nur unter Män-nern geben. Sollte ich jedoch wiedererwartend die Chance bekommen, ein unbescholtenes, neues Leben zu beginnen, wird sich meine Einstellung den Frauen gegenüber sicherlich von einer Sekunde auf die an-dere wieder ändern. Diesbezüglich bin ich nicht sehr standhaft. Vielleicht sollte ich auf den Anfang aller Verwicklungen zurückkommen. Den Tag, an dem ich mich entschlossen hatte, meinen Lebensunterhalt da-mit zu erwerben, den Frauen zu dienen. Den Gedan-ken daran hatte ich das erste Mal schon mit knapp sechzehn. Ich war damals nicht besonders gutausse-hend, dennoch war ich sehr beliebt bei den Mädchen. Ich hörte ihnen zu, und sie redeten. Sie erzählten mir alles, und nach und nach verstand ich, worauf es ihnen ankam. Die Mädchen luden mich zu ihren Ge-burtstagspartys ein, sie sahen mich als ihren Freund. Ich war fasziniert von dem, was sie redeten, und teil-weise auch überrascht, wie schnell sich ihre Gefühle wandelten. Die meisten von ihnen schienen leicht zu beeinflussen zu sein. Ich hörte genau zu, denn viele diese Unterhaltungen von Freundin zu Freundin soll-ten mir später helfen, so unsagbar gut in dem zu sein, was ich tat. Chiara und Isabelle wollten Nageldesig-nerinnen werden, und so fragten sie mich, ob ich mich als Modell zur Verfügung stellen würde. Ich tat es und hatte schon mit sechzehn Jahren die wohl gepflegtesten Hände der ganzen Schule. Meine Eltern hatten ein kleines Lebensmittelgeschäft und waren fast rund um die Uhr damit beschäftigt, in irgendeiner Form zu arbeiten. Ich war der Älteste und sollte daher einmal studieren, um die Familie später unterstützen zu können. Im Gegensatz zu meinen Geschwistern hatte ich ein unbeschwertes und teilweise auch luxuriöses Leben. Nachdem ich ziemlich genau wusste, was die Mädchen an jungen Männern zu schätzen wissen, versuchte ich dahingehend alles zu tun, was in meiner Macht stand, zu unternehmen. Ich ging viel schwimmen. Dadurch war ich immer ein wenig mehr gebräunt als die anderen, auch meine Muskeln waren gut ausgebildet, insbesondere die Bauchmuskeln. Nach ein paar Monaten intensivem Schwimmtraining nahmen mich die Mädchen anders wahr. Ich sah es an ihren Augen, wie sie mich praktisch erst abscannten, und dann versuchten, mir näher zu kommen. Das hatte zwar den Nachteil, dass ich nicht mehr so ganz unscheinbar zwischen ihnen sitzen konnte, um ihren Gesprächen zu lauschen, andererseits bekam ich dafür aber auch immer mehr Kontakte sexueller Art. Auf einer Party war ich einmal der einzige Junge oder sollte ich besser der einzige Mann sagen? Die Mädchen fragten mich, wie es eigentlich sei zu küssen. Ich zierte mich erst ein wenig, und sie boten mir einen Dollar für einen Kuss an. Als ich spät abends endlich zu Hause angekommen war, hatte ich einhundertvierunddreißig Dollar in meiner Hosentasche. Ich konnte das erst gar nicht glauben, aber das war der Anfang einer grandiosen Karriere als Mann für gewisse Bedürfnisse. Ich hatte das Gefühl, dass ich immer interessanter für die Frauenwelt wurde. Zum Glück fiel mir die Schule nach wie vor leicht, und ich versuchte mich so gut wie möglich zu bilden, denn mich faszinierten auch die etwas reiferen Frauen, und dazu wollte ich die hohe Kunst der Konversation der Geschlechter zu beherrschen lernen. Ich nutzte jede Gelegenheit, interessanten Frauen näher zu kommen.

Wenn ich heute darüber nachdenke, frage ich mich, wie es wohl gelaufen wäre, wenn ich tatsächlich studiert und einen seriösen Beruf ergriffen hätte. Was ich am Anfang meiner Aufzeichnungen nicht erwähnt hatte, war, dass ich nicht etwa in einer Einzelzelle untergebracht war, sondern wir hier zu viert eingepfercht wurden. Es fordert ein großes Maß an Toleranz, Geduld und Stärke, hier nicht unterzugehen. Im Laufe der Jahre hatte ich stets gelernt, mich neuen Situationen anzupassen sowie in andere Rollen zu schlüpfen. Auch hier lag meine Stärke hauptsächlich in der Kraft der Ruhe und des Zuhörens. So hatte ich mir das Privileg erarbeitet, nachts im Schein einer Taschenlampe schreiben zu dürfen. Alle elektrischen Geräte verstummten um zweiundzwanzig Uhr, Tag für Tag und Monat für Monat. Ich kann mir zeitlich nicht erlauben, zu viel über meine derzeitige Situation zu berichten, und werde daher chronologisch mit meiner Lebensgeschichte fortfahren, immer in der Hoffnung, meinem Gedächtnis auf die Sprünge zu helfen sowie auch dem Gericht näher zu bringen, dass ich nicht durch und durch schlecht gewesen sein kann.

Ich hatte mich damals belesen und im Internet schlau gemacht, wie man am besten in Kontakt mit Frauen kommt, welche ebenfalls den Kontakt zu jungen, hübschen Männern suchen würden. Immer wieder wurden dabei Hotels und deren Bars erwähnt. Ich hatte zu der Zeit aber noch nie in einem Hotel übernachtet, geschweige denn, mich in einer Hotelbar aufgehalten. Als mittlerweile siebzehnjähriger junger Mann hätten mich die „Türsteher" der Hotels höchstwahrscheinlich auch gar nicht eintreten lassen. So kaufte ich mir einen Stadtführer meiner eigenen Stadt und berichtete meinen Eltern stolz von dem Vorhaben, neben meinen schulischen Verpflichtungen, ein Praktikum in einem renommierten Hotel zu absolvieren, da ich mich für die Touristikbranche interessieren würde. Eine meiner kleineren Schwestern suchte mir daraufhin die Adressen der besten Häuser der Stadt heraus und erstellte eine Liste mit Ansprechpartnern und Telefonnummern. Es fiel mir schon immer leicht, andere für mich und meine Vorhaben zu gewinnen. Noch am selben Abend fing ich an, mir die Häuser auf meiner handgeschriebenen Liste auch im Internet anzuschauen. Ich kam zu dem Entschluss, dass eigentlich nur drei der vierzehn Hotels auf der Liste für mich in Frage kamen. Die ganz exklusiven fünf Sterne Hotels sollte ich mit meinen jungen Jahren besser noch zurückstellen, und so entschied ich mich für drei hochangesehene Hotels der Vier-Sterne-Kategorie mit sehr gutem Ruf. An dem darauffolgenden Sonntag würde ich anrufen, so würde ich mich von eventuellen anderen Bewerbern abheben, hoffte ich damals. Ich wählte den späten Vormittag als passende Uhrzeit für diese wichtigen Telefonate. Es wurde nur ein einzelnes Gespräch daraus, und ich bekam die Zusage für ein vierzehntägiges Praktikum, eine Woche Rezeption und die zweite Woche an der Kaffeebar. Auch dass ich erst ab sechzehn Uhr beginnen könne, nach Schulschluss, stellte kein Problem da. In drei Wochen sollte das Praktikum starten, allerdings bekam ich an dem kommenden Dienstag einen persönlichen Vorstellungstermin, auch für die Auswahl der passenden Uniform, das war Voraussetzung für eine Beschäftigung im Unternehmen hieß es. Das Vorstellungsgespräch empfand ich als aufregend und anstrengend zugleich. Bei der Anprobe der Hotelrobe fand ich mich vor dem gewaltigen Spiegel äußerst attraktiv anzusehen. Mit großer Vorfreude auf meine bevorstehende Tätigkeit machte ich mich erleichtert wieder auf den Nachhauseweg.

Schon an meinem ersten Arbeitstag spürte ich deutlich, wie intensiv sich meine Wirkung auf das andere Geschlecht auswirkte. Zu meinem Leidwesen waren es jedoch mehr die Teenager als die Frauen, welche mich mit ihren Blicken versuchten einzuladen. Ich durfte die Koffer tragen, und mein Kollege wunderte sich, mit welcher Begeisterung ich mich für diese Tätigkeit anbot. Trinkgelder durften wir offiziell nicht annehmen, sollte eine finanzielle Zuwendung aber seitens des Gastes unbedingt erwünscht werden, so würden wir uns fügen und das Geld später in eine Art Gemeinschaftskasse für alle Beschäftigten abgeben. In diesem Haus war das in fast allen Bereichen so. So wäre es gerechter hieß es. Am vierten Abend checkte eine junge Frau schon das zweite Mal in dieser Woche ein. Einen Handkoffer hatte sie dabei. Ich beging einen Fehler und fragte sie, ob sie eine Stewardess sei. Umgehend bekam ich den Ellenbogen meines Kollegen in meiner Rippengegend zu spüren. Allein durfte ich immer noch keine Koffer auf die Zimmer bringen. Sie antwortete mir nicht und steckte mir, nachdem ich ihren Koffer abgestellt hatte, einen Zwanzigdollarschein so zu, dass es mein Kollege nicht sehen konnte. Als sich die Tür vom Fahrstuhl wieder schloss, bekam ich eine deutliche Ansage von meinem Kollegen, nie die Gäste ungefragt anzusprechen. Dann erzählte er mir aber auch mit einem breiten Grinsen im Gesicht, dass es sich bei der Lady um eine professionelle Dame handelte und sie regelmäßig im Haus abstieg. Ich hätte ihn dazu gerne noch intensiver befragt, aber der Fahrstuhl war schon wieder im Parterre angekommen. Ich hoffte sehr diese Dame noch einmal zu sehen, bevor meine Praktikumszeit ablaufen würde. Während meiner zweiten Woche hatte ich dann das Glück, ihr erneut zu begegnen. Sie hatte einen doppelten Espresso bestellt, welchen ich ihr mit einem Lächeln servierte. Als keine andere Person in der Nähe war, fragte sie mich, wann ich Feierabend machen würde. Ich verbarg meine aufkommende Unsicherheit und antwortete ihr wahrheitsgemäß. Sie bat mich daraufhin, ihr nach meinem Dienstende noch einen Cappuccino auf das Zimmer zu bringen. Mit einem Zuckerstäbchen, denn sie könne dann gut noch etwas Süßes vertragen. Den verführerischen Unterton in ihrer Stimme höre ich heute noch. Das war ein einschneidendes Erlebnis auf dem Weg zum perfekten Dressman. Diese Nacht der

Nächte änderte mein bisheriges Leben von Grund auf an. Als sie mir die Tür öffnete, wäre mir die Cappuccinotasse fast von der Untertasse gerutscht, so nervös war ich. Sie hatte mich verzaubert, und ich war wie versteinert, als sie mir tief in die Augen blickte und mich bat, mich zu setzen. Normalerweise war ich derjenige, welcher anderen zuhörte, doch hier war es genau umgekehrt. Sie stellte sich mir als Amalillya vor und hielt mir ein Glas Champagner entgegen. Dann fing sie an, mich auszufragen, und ich erzählte ihr alles, was sie wissen wollte. Praktisch hatte ich mich vor ihr ausgezogen, ohne mich meiner Kleidung dabei zu entledigen. Zu diesem Zeitpunkt war ich total verunsichert darüber, wie sie es geschafft hatte, dass ich ihr meine intimsten Wünsche und Zukunftspläne preisgegeben hatte. Sie stellte sich direkt vor meinen Sessel und hinderte mich mit einer Handbewegung daran, mich ebenfalls zu erheben. Unmittelbar danach unterbreitete sie mir ein faszinierendes, unmoralisches Angebot: „Ich weiß, dass du genau der Richtige für eine gemeinsame Zukunft der besonderen Art bist. Lass mich bitte ausreden, bevor du etwas sagen darfst." Ihr strenger Blick ließ mich erneut erstarren, dann fuhr sie fort: „Dein Ziel ist auch mein Ziel. Du bekommst jetzt eine einmalige Chance, dein Leben völlig neu zu orientieren und die damit verbundene Aussicht auf ein äußerst luxuriöses und befriedigendes Leben. Der Preis dafür ist jedoch sehr hoch, und es gibt für die nächsten zwanzig Jahre kein zurück, deshalb überlege dir deine Antwort gut. Das, was hier und jetzt in diesem Zimmer gesprochen wird, bleibt für immer unter uns und wird unter gar keinen Umständen preisgegeben. Bist du bereit, mir das bei dem Leben deiner Schwestern zu schwören?" Ich zuckte zusammen und wollte schon aufstehen, um den Raum zu verlassen, doch sie hielt mich davon ab. Irgendwie hatte sie es geschafft, dass ich ihr damals schon hörig war, so setzte ich mich wieder hin, und Amalillya fuhr fort. „Ich bilde dich aus, und du wirst dafür der perfekte Mann für gewisse Stunden. Dass du die Voraussetzungen dafür erfüllst, ist dir bewusst, und somit warst du auf der Suche nach einer wie mir. Einer Hure, die dich anleitet und in die Gesellschaft einführt. Nach deinem Schulabschluss wirst du eine Ausbildung zum Immobilienkaufmann machen. Das wird alles für dich arrangiert, um dir eine perfekte Tarnung zu gewährleisten. Du erhältst nach Abzug aller betriebsbedingten Kosten, wie Leihwagen, Essensspesen und Hotelkosten fünfzig Prozent von deinen Einnahmen. Und jetzt höre ganz genau zu. Wenn du auch nur einen Dollar unterschlägst, sei es jetzt oder in fünfzehn Jahren, bist du raus aus dem Geschäft, und deine Schwestern werden für dich bezahlen. Wenn du aber tust, was ich dir sage, kannst du dich glücklich schätzen und hast eine grandiose Karriere vor dir. Dir entstehen keinerlei Kosten, solange du noch nicht reif für deine zukünftigen Aufgaben bist. Es wird dir ein Leichtes sein, deine Familie langfristig zu unterstützen. Du wirst unter meinem Schutz stehen, solange du das tust, was ich von dir verlange. So, das reicht für heute. Morgen um Punkt zweiundzwanzig Uhr und zehn Minuten wirst du erneut mit einem Cappuccino vor dieser Tür stehen und mir deine endgültige Antwort verkünden. Solltest du dem nicht nachkommen und mir deine Antwort morgen nicht mitteilen, werde ich einen Bekannten von mir auf deine kleine Schwester aufmerksam machen. Glaube mir, das willst du nicht. Du kannst jetzt gehen und versiegele deine Lippen." Sie hielt mir die Tür auf, und ich verließ das Zimmer ohne mich noch einmal umzudrehen.

Mir war zu diesem Zeitpunkt schon bewusst, dass dieses erste Gespräch mit Amalillya mein Leben für immer verändern würde. Natürlich sagte ich ihr am anderen Abend zu und gab von da an mein Leben in ihre Verantwortung. Die Einzelheiten der nächsten Monate werde ich Ihnen ersparen. Ich wurde zu ihrem Sklaven und lernte eine Menge über das andere Geschlecht. Nach Beendigung der Schule zog ich offiziell in eine Wohngemeinschaft nahe meiner Ausbildungsstelle zum Immobilienkaufmann. In Wirklichkeit jedoch zog ich in ihr Appartement, in dem ich, wenn ich mich nicht gerade in ihrer Nähe befand, in einer kleinen Kammer hauste und für meine Berufsausbildung lernte. Mein Ausbilder war ein Stammkunde meiner Chefin, wie ich sie nannte, wenn sich keine andere Person im Raum befand. So bekam ich sooft wie nötig frei, um meinen Pflichten nachzugehen. Ich war stets darauf bedacht, meinen Job als Liebhaber so perfekt wie möglich zu erledigen und erarbeitete mir im Laufe der Jahre etliche zahlungskräftige Stammkundinnen. Nie dachte ich auch nur einmal daran, von meinem Verdienst etwas zu unterschlagen. Ich liebte sie immer mehr, und sie schien es auch nach drei Jahren noch zu genießen, mir die eine oder andere Lektion zu erteilen.

Nach Beendigung meiner Ausbildung zum Immobilienkaufmann bekam ich eine Penthauswohnung
zugewiesen, in einem Wolkenkratzer mit Blick über
den Hafen. Zuerst war ich stolz und fühlte mich ein
Stück weit erwachsener, immerhin war ich gerade
erst einundzwanzig Jahre alt geworden. Amalillya
wandte sich von mir ab, und ich begann immer häufiger zu trinken. Sie fehlte mir so sehr. Es gab die ersten Beschwerden meiner Kundinnen, und sie kehrte
zu mir zurück, aber mit Bedingungen, die ich nur
schwer erfüllen konnte. Blind vor Liebe versprach ich
ihr alles, was sie wollte. Ich bekam einen Decknamen,
also einen zweiten Namen für Unternehmungen au-
ßerhalb dieser Stadt. „Hank" lautete mein neuer
Name. Erst da erfuhr ich, dass sie auch einen speziel-
len Namen für diese anderen Tätigkeiten hatte.
„Sandra" lautete ihr Avatar. Ich hatte ihr versprochen, alles für sie zu tun, wenn sie nur bei mir bliebe,
doch die Tätigkeiten, die sie mir anvertraute, stellten
mich nach und nach vor immer größere Gewissens-
konflikte. Ich hatte bisher immer das Gefühl, dass
mich meine Kundinnen liebten und ich sie glücklich
zurückließ, doch nun sollte ich ihnen schaden. Noch
viel schlimmer, ich sollte ihr Vertrauen missbrauchen
und sie um ihr Geld betrügen, indem ich sie verraten
und erpressen sollte. Ich war so enttäuscht von Amalillya, dass ich fast eine ganze Woche nicht in der Lage
war zu arbeiten. Sie strafte mich dafür mit Nichtbe-
achtung. Wir versöhnten uns dennoch wieder, und
sie erklärte mir die Welt des Betrugs und die damit
verbundenen Gefahren. Nach fünf weiteren Jahren
und einem Leben in zwei Parallelwelten machte mir

das Dasein als „Hank, Arthur, Tom oder Mike" auch nicht mehr so viel Unbehagen, denn die finanziellen Aussichten waren hervorragend. Meine Eltern und Geschwister profitierten sehr von meinen Einnahmen, offiziell erwirtschaftet durch Immobilienverkäufe. Ich fuhr inzwischen schnelle und luxuriöse Wagen der Oberklasse. Doch glücklich war ich nur in den Momenten, in denen ich mit ihr allein war, und ich war mir sicher, sie war es auch. Wir kannten uns jetzt schon über zehn Jahre, und ich fasste mir ein Herz und machte ihr einen Heiratsantrag. Von diesem Moment an änderte sich unsere Beziehung, und sie vergrößerte den Abstand zwischen uns, nach und nach und in ganz kleinen Schritten. Es deutete sich eine endgültige Trennung an, doch dann wollte sie mich in die nächste Stufe unserer Zusammenarbeit einweisen, und dazu verabredeten wir uns in einem kleinen Motel, unweit der Stadt. Insgeheim glaubte ich, dass sie es sich anders überlegt hatte und hoffte, sie bald meine Ehefrau nennen zu dürfen. Es störte mich nicht, dass sie zwölf Jahre älter war, im Gegenteil, ich war so stolz auf sie. Es kam ganz anders, als ich es mir je in meinen schlimmsten Träumen hätte vorstellen können. Sie saß nicht allein in diesem Motelzimmer, neben ihr saß ein älterer Herr mit versteinerter Mimik. Er begrüßte mich mit meinem richtigen Namen, was mich sehr verwunderte. Dann erzählte er mir, dass er mein Chef wäre und stolz darauf, was ich für gute Arbeit in den letzten dreizehn Jahren geleistet hätte. Doch es wäre jetzt der Zeitpunkt gekommen, in die Endphase meiner Ausbildung einzusteigen. Ich war verunsichert, doch ich hatte in den letzten Jahren so viel dazu gelernt, und ich wusste, dass ich, um zu überleben, das tun musste, um was er mich höflich bat. Da ich noch sehr jung mit Ende zwanzig war, sollte ich mit kleineren Fischen anfangen zu angeln, wie er sich ausdrückte. Es ging um den Heiratsschwindel. Damit wollte ich nie etwas zu tun haben, doch sie ließen mir keine Wahl. Mein erster Auftrag war perfekt durchgeplant. Es war alles bis auf das Kleinste einstudiert, sogar die Sätze, welche ich zu der Tochter eines kürzlich verstorbenen Industriellen sagen sollte. Mir wurde bewusst, dass der Heiratsschwindel, wie er hier betrieben wurde, eine funktionierende Maschinerie mit sich trug. Kurz vor der Hochzeit sollte ich das ganze entweder beenden und sie mit meiner Identität konfrontieren und erpressen oder aber die Hochzeit vollziehen und versuchen, dabei an ihr Vermögen zu gelangen. Im letzteren Fall würde ein angeblich guter Freund von mir uns besuchen kommen, und wir würden eine Lebensversicherung auf Gegenseitigkeit bei ihm abschließen. Dieses Szenario wagte ich nicht, mir weiter auszumalen, und mein Puls raste bei der Vorstellung, eventuell einen Menschen durch mein Zutun zum Tode zu verurteilen. Mittlerweile war mein Leben an einem Punkt angelangt, an dem ich nicht mehr weiter in die falsche Richtung gehen wollte. Ich verliebte mich in mein erstes Opfer, und erst wenige Wochen vor der anstehenden Hochzeit entschied ich mich dazu, das Ganze abzubrechen und Geld von ihr zu erpressen. Das war das Schlimmste, was ich bis dahin tun musste. In den Monaten danach und den Monaten nach den anderen Malen danach schaffte es

Amalillya immer wieder, mich aufzubauen. Sobald sie ins Spiel kam, setzte mein Gehirn einfach aus. Sie schaffte es immer wieder, mir einzureden, dass das, was ich tat richtig war, und belohnte mich auf ihre Art. Als es dann zu einer Hochzeit mit einer etwas betagteren sehr reichen Dame kam, forderten sie von mir, dass ich meine Frau von einer Klippe stoßen solle. Ich konnte das nicht tun, und Amalillya strafte mich mit Verachtung. Kurze Zeit später starb meine Ehefrau bei einem Verkehrsunfall. Es dauerte fast ein halbes Jahr, bis die Versicherung die in der Police vereinbarte Summe auszahlte. Für einen kurzen Moment war ich reich, doch ich wusste, dass ich nur einen Bruchteil für mich selbst behalten durfte. Ich konnte so nicht weiter machen. Außerdem weiß ich bis heute nicht, ob sie wirklich einen Verkehrsunfall hatte oder ob jemand nachgeholfen hatte aus meinem erweiterten Umfeld. Um die finanziellen Angelegenheiten zu regeln, besuchte mich Sandra schon einen Tag nach der Auszahlung. Wir trafen uns in meiner alten Penthauswohnung, und sie brachte eine Flasche Champagner mit. Das war das erste Mal, dass ich mich gar nicht auf sie freute, sondern eine aufsteigende Wut in mir spürte. Ich war fest entschlossen, sie zur Rede zu stellen, um zu erfahren, was wirklich vorgefallen war. Ich kann mich dann nur noch daran erinnern, dass ich ausgezogen auf dem Bett lag und rundherum alles voller Blut war. Die tote Amalillya lag neben mir und starrte mich mit groß aufgerissenen Augen an. Etwa drei Sekunden später wurde die Tür aufgetreten, und ich schaute in den Lauf eines Maschinengewehrs. Daraufhin wurde ich als dringend tatverdächtig direkt und ohne Umwege ins „Espadas Negro" gebracht. Seitdem lebe ich nun hier und warte auf meine Verhandlung. Was auch geschieht, ich werde mich damit einverstanden erklären und mich meinem weiteren Schicksal fügen.

Fastfood

Anja saß auf dem Beifahrersitz und ärgerte sich wieder einmal über ihren Ehemann Kai. Nie konnte er sich spontan entscheiden, alles wurde ausdiskutiert. Glücklich verheiratet waren sie schon, aber die Kleinigkeiten, die konnten richtig nerven. „Wo willst du denn jetzt essen?", fragte sie ihn. Kai antwortete: „Ich hätte ja am liebsten einen Fopper, wenn du aber lieber eine Chickenbag möchtest, mein Schatz, dann fahren wir eben zu McDaniels." Anja seufzte. „Ich kann auch den Food des Monats nehmen, vielleicht als Menü. Weißt du denn, was gerade Food des Monats ist?" „Nein, Anja, aber wir müssen nicht unbedingt zu Food King, ich kann auch einen Big Dan nehmen."

Mit einem Mal kam von der Rücksitzbank: „Ich hätte lieber einen Döner". „Philipp", schrie Anja, „Dich habe ich ja völlig vergessen." „Ich auch", kam von Kai. „Na, das ist ja klasse. Mir erzählt ihr immer, wie ungesund Fastfood ist. Das ist echt krass. Kaum bin ich mal nicht dabei, geht ihr zu McDaniels oder Food King. Macht ihr das öfters? Tolle Eltern, echt. Eure Vorträge über gesundes Essen könnt ihr euch demnächst sparen."

Betreten tauschten Anja und Kai einen kurzen Blick aus. Eigentlich wollten sie Philipp ins Trainingslager fahren. Dort angekommen, mussten sie erfahren, dass sein Trainer an einer Viruserkrankung litt und das Trainingslager für dieses Wochenende ganz kurzfristig abgesagt werden musste. Die beiden Elternteile hatten ihr freies Wochenende gut durchgeplant, ohne ihren Sohn.

Kai übernahm die Initiative und versuchte die Situation zu retten: „Okay, Großer, du hast gewonnen. Wir holen uns Döner und schauen nachher alle drei zusammen ins Kinoprogramm. Was haltet ihr davon?"

Zum Glück waren Philipp und Anja einverstanden. Es wurde dann doch noch ein schönes und entspanntes Familienwochenende.

Raunispulata Hefezopf - Vorlesegeschichte

Zu Besuch bei Florilina Buttermilch

Herrlich duftete es in der Mäusewohnung der Familie Hefezopf. Als die Kinder von der Maus-Schlau-Schule nach Hause kamen, wunderten sie sich über diesen verführerischen Kuchengeruch, normalerweise backte Mama Raunispulata doch immer am Samstag und nicht etwa unter der Woche. Noch bevor dreizehn Kinder fragen konnten, rief die Mäusemama ihren Kleinen zu: „Der Kuchen ist für Florilina Buttermilch, damit sie bald wieder ganz gesund wird. Für euch backe ich am Sonnabend wieder. Aber, ihr könnt euch trotzdem freuen, denn Papa macht euch Pfannkuchen, während ich unterwegs bin. Helft ihm später bitte, alles wieder sauber zu machen!", sagte sie mit einem mahnenden Unterton. Die Kinder wussten, dass die arme Florilina einen Unfall mit einem Fahrrad hatte. Es war ein großes Glück im Unglück, dass nur ein kleiner Mensch auf dem Sattel saß, als das Gefährt über ihren Schwanz rollte. Die ersten drei Wochen hatte die Mäusegemeinschaft gebangt, dass es ihr bald wieder besser gehe. Mittlerweile trug sie gehäkelte Überzüge zum Schutz des verletzten Schwanzes. Da Frau Buttermilch schon etwas älter war, dauerte die Heilung eben länger, und alle Mäusefamilien in der Stadt halfen ihr, so gut sie konnten. Nur noch drei ihrer Kinder lebten noch zu Hause bei Florilina und Marlonsius Brandorius Buttermilch, die älteren Kinder hatten bereits ihre eigenen Familien gegründet.

Die Wiedersehensfreude war groß, als Raunispulata mit dem duftenden Marmorkuchen durch das Mauseloch trat und Florilina besuchte. Marlonsius kam herbeigeeilt und nahm ihr den Kuchen ab. Dann deckten sie den Tisch, als Raunispulata ein Schluchzen aus der Kinderecke hörte. „Was ist denn los?", fragte sie, und Florilina antwortete ihr, dass sie Pupsi wieder einmal geärgert hätten in der Schule. Leise erzählte sie dann ihrer Freundin, dass die anderen Mäusekinder ihn regelmäßig neckten, sein Vorname wäre der Grund. Raunispulata wollte jetzt nichts dazu sagen, damit Pupsi es nicht hören könne. „Ich mache mir Gedanken, was man tun kann", sagte sie nur kurz, danach wurde der Kuchen von allen genüsslich verspeist, und der jüngste Sohn von Florilina und Marlonsius strahlte zum Glück wieder.

Abends, als ihre Kinder schliefen, stupste Raunispulata ihren Ehemann Humperding vorsichtig an und flüsterte ihm zu: „Stell dir vor, sie ärgern den kleinen Buttermilchsohn immer noch in der Schule. Was haben Florilina und Marlonsius nur dabei gedacht, als sie ihren jüngsten Sohn Pupsi Schieter Buttermilch genannt haben? Wir müssen etwas tun, das geht so nicht weiter. Als ich zur Tür herein kam, war er sogar am Weinen, weil man ihn wieder geärgert hatte." Humperding war entsetzt und hoffte auf eine gute Idee seiner Frau. Ein paar Minuten später, stupste sie ihn erneut an: „Ich hab`s, wir beantragen eine Namensänderung für ihn. Das geht doch. Weißt du noch damals, als Tante Rosalia sich umbenannt hat?" „Ja, Rosalia ist auch wirklich schöner als Meckerliesalia. Obwohl das besser zu ihr passte."

Humperding kicherte und Raunispulata schüttelte heftig mit dem Kopf. Gleich am anderen Morgen würde sie das Maus-Haus-Rathaus aufsuchen und die Formulare holen.

Schick gestylt, mit ihrem neuen Ringelschal, machte Raunispulata sich am nächsten Vormittag auf den Weg zu den Mäusebehörden. Es gab so viele Formulare, da brauchte man wirklich Hilfe, um alles zu kapieren. Als sie das Gebäude betrat, begrüßte sie eine Lehrlingsmaus und begleitete sie zum Amtszimmer. Sie musste sich eine Nummer aus einer Attrappe einer Mausefalle ziehen. Raunispulata fand das geschmacklos. Gehört hatte sie schon davon, der Ticketautomat war ein Kunstwerk des Mausekünstlers Picassius Pizzarius Schaumwein. „Fürchterlich", dachte die Mäusemama und dafür hat die Gemeinde so viel bezahlt. Als sie endlich an der Reihe war, gab es eine herbe Enttäuschung. Da es nur sehr selten zu einer Namensänderung kam, waren die Formulare dafür leider nicht vorrätig im Maus-Haus-Rathaus. Frau Hefezopf solle sich die Formulare persönlich aus München direkt aus dem Maus-Haus-Parlament abholen. Eine begleitete Fahrt von Honigshofen nach München und zurück werde aber erst im nächsten Sommer, also in sechs Monaten, wieder angeboten. Sie könne aber jederzeit auf eigenes Risiko fahren, um sich die Formulare für die Namensänderung zu holen.

Als Raunispulata später ihrem Ehemann von ihren neuen Plänen erzählte, war Humperding ganz und gar nicht begeistert. „Doch, das mache ich aber so, Herr Hefezopf", hatte sie ihm deutlich gesagt, denn es ging um Pupsi Schieters Zukunft, und sie wolle ihm unbedingt helfen. Sie hatte es bis in die Schweiz und zurück geschafft, dann würde sie es auch bis nach München schaffen, meinte sie. Die nächsten Tage war Raunispulata mit Grübeln beschäftigt. Die Reise wäre für sie nicht ganz ungefährlich, sie brauche einen guten Plan, dachte sie. Als sie am nächsten Morgen ihre sogenannten Vermieter, Oma und Opa Mensch, in deren Küche reden hörte, passte sie ganz genau auf, als sie das Wort „München" hörte. Offenbar wollte die Oma am Freitag mit dem Bus nach München fahren, um sich einen neuen Hut zu kaufen, und der Opa hatte keine Lust mitzukommen. „Genau wie bei uns Mäusen", dachte Raunispulata. Nun müsse sie am Freitagmorgen nur noch unbemerkt in die Handtasche der alten Menschendame kommen. Das sollte kein Problem sein, denn die Tasche stand meistens im Flur auf dem Fußboden, dachte Raunispulata und freute sich. Nur wie sollte sie später wieder zurück kommen nach Honigshofen, fragte sie sich. Danach beschloss sie, dass sie erst aus der Handtasche aussteigen würde, wenn die Oma am Hutgeschäft angekommen wäre. Danach müsse sie so schnell rennen, wie es gehe, und die Formulare aus dem Maus-Haus-Parlament holen und sofort danach wieder zurück zum Hutgeschäft rennen. „Das könne klappen", dachte Raunispulata. Kurz bevor sie am frühen Freitagmorgen die Wohnung verließ, steckte Humperding ihr noch ein Stückchen Käse in den Rucksack und gab ihr ein Küsschen. Sie solle gut auf sich aufpassen, meinte er noch. Die Mäusemama hatte Glück, denn die Handtasche der alten Dame stand tatsächlich weit geöffnet auf dem Flurfußboden und Raunispulata konnte ganz bequem an dem Umhängegurt der Tasche hochklettern und einsteigen. Es war sehr geräumig, und Frau Hefezopf suchte sich ein gemütliches Plätzchen auf einem frisch gewaschenen Stofftaschentuch für die lange Reise. Es dauerte nicht lange, und sie hörte Menschenschritte, vorsichtshalber drängte sie sich ganz klein in eine Ecke. Von oben kam eine Zeitung oder Ähnliches geflogen, und Raunispulata erschreckte sich. Nachdem die Menschenschritte sich wieder entfernt hatten, schaute sie vorsichtig nach. „So viel Glück kann man doch gar nicht haben", dachte sie und freute sich. Das was da geflogen kam, war ein Stadtplan von München, und Raunispulata schaute ganz genau hin und versuchte sich so viele Straßen wie möglich zu merken. Kurze Zeit später wurde es dunkel und fing an zu wackeln. Ein kleiner Lichtschein kam dennoch von oben, denn die Oma hatte den Reißverschluss nicht ganz bis zum Ende verschlossen, so konnte die kleine Maus den Stadtplan weiter studieren. Es schaukelte jedoch zu doll, und Raunispulata kuschelte sich schnell wieder in das Taschentuch. Danach musste sie eingeschlafen sein. Als sie wieder erwachte, war alles ruhig, nichts wackelte, sie hörte jedoch einige Menschenstimmen. Kurze Zeit später schaukelte die Tasche wie ein Schiff auf hoher See, fast hätte Raunispulata sich übergeben müssen. Sie nahm ihren Mut zusammen und kletterte von innen so weit hoch, dass sie aus der kleinen Öffnung heraus linsen konnte. Ihre Vermieterin war gerade dabei, aus dem Bus auszusteigen, und die Maus ließ sich wieder auf das Taschentuch fallen. Jetzt müsse sie nur noch abwarten, bis sie vor dem Hutgeschäft wären, und dann könne es losgehen, dachte sie. Raunispulata hatte am Tag zuvor noch ein Lauftraining absolviert, sehr zur Freude ihrer dreizehn Kinder. Eine gefährliche Situation gab es, als die Oma ganz plötzlich den Reißverschluss der Tasche groß öffnete und nach dem Stadtplan griff. Fast hätte sie das Mäuschen gesehen. Sie ließ die Tasche einen Spalt offen, während sie weiterging, und Raunispulata beruhigte sich wieder. Etwa zehn Minuten später blieb die ältere Dame stehen und Mama Maus schaute vorsichtig heraus. Sie standen an einer Ampel und warteten darauf, dass die Autos anhielten. Auf der anderen Straßenseite war ein Hutgeschäft zu sehen, und Raunispulata beschloss, lieber schon auf dieser Seite der Straße auszusteigen, denn das Maus-Haus-Parlament war von hier aus wesentlich besser zu erreichen. Sie holte ganz tief Luft und sprang beherzt aus der Handtasche auf die Straße. Sie rannte so schnell sie konnte. Teilweise musste sie Slalom durch die vielen Menschenbeine laufen, aber sie hatte keine Angst, denn Pupsi Schieter brauchte dringend einen neuen Namen, und so rannte und rannte sie. Völlig erledigt kam sie dann am Maus-Haus-Parlament an, und eine Parlamentsmaus nahm Raunispulata in Empfang. Sie durfte sich setzten und bekam ein Glas Milch gereicht. Als sie wieder einigermaßen sprechen konnte, jappste sie nur: „Brauche ein Formular, Namensänderung, schnell!" Die Parlamentsmaus flitzte los und kam kurze Zeit später mit ein paar Zetteln zurück. Raunispulata steckte sie in ihren Rucksack und sah dabei das Stückchen Käse, dass ihr Humperding mitgegeben hatte. Sie biss herzhaft hinein, um sich zu stärken, und rannte wieder los. Mitten durch München, so schnell sie konnte, wieder Slalom zurück zur Ampel. Sie versteckte sich im Fell eines sitzenden Hundes, so dass die Menschen sie nicht sehen konnten. Der Hund fing an zu knurren, er musste sie bemerkt haben. Jetzt war es gefährlich, und Raunispulata bekam Angst, zum Glück wurde der Hund von seinem Herrchen ausgeschimpft und war dadurch abgelenkt. Als alle losgingen rannte sie los, wieder im Zickzack durch die Menschenbeine durch bis zum Hutladen. Eine Frau kam aus der Tür heraus, und die Mäusemama nutzte ihre Chance und sprintete hinein in das Geschäft. Dann passierte es, und eine junge Menschenfrau schrie laut los: „Eine Maus, da ist eine Maus reingelaufen." Raunispulata flitzte voller Panik kreuz und quer durch den ganzen Laden. Die Menschen liefen durcheinander, und eine Frau öffnete die Ladentür, damit die Maus wieder rauslaufen könne. „Was mach ich nur, was mach ich nur?", dachte sie und lief wieder nach draußen. Das hatte nicht geklappt mit ihrem Plan. Sie versteckte sich hinter einem Ladenschild vor der Tür und wartete auf ihre Vermieterin. Als die Oma endlich aus dem Geschäft kam, hoffte Raunispulata mit einem beherzten Sprung in die Tasche zu springen. Der Reißverschluss war jedoch geschlossen, und die kleine Maus verlor den Halt, zum Glück unbemerkt von den Menschen. Sie klammerte sich an dem Mantel der Oma fest und rutschte langsam in deren Manteltasche. Raunispulatas Herz schlug ganz schnell, und sie hoffte, dass sie nicht bemerkt werde. Als ihre Vermieterin in den Bus einstieg, öffnete sie ihre Handtasche, um den Fahr-schein heraus zu holen, und die kleine Maus nutzte die Gelegenheit und sprang von der Manteltasche direkt in die Handtasche der älteren Frau.

Als Raunispulata endlich wieder zu Hause ankam, veranstaltete ihre Familie ein Freudenfest, und sie tanzten alle gemeinsam um den großen Esstisch mit den zwanzig Stühlen herum. Mama Maus musste alles haarklein berichten, und die Kinder lauschten mit großen Augen. „Raunispulata, das machst du mir nicht noch einmal. Dieser Sprung von der Mantelta-sche in die Handtasche war tollkühn und viel zu ge-fährlich. Bitte mein Schatz, bleib in Zukunft zu Hause!", meinte Humperding mit lauter Stimme, und die Kinder schauten gespannt auf ihre Mama. Doch Raunispulata blieb ganz ruhig und gab ihrem Ehe-mann ein Küsschen und lächelte. Danach schnappte sie ihren Rucksack und meinte, dass sie unbedingt und sofort die Formulare bei Florilina abgeben müsse.

Pupsi Schieter war total begeistert, und die Familie Buttermilch bedankte sich ganz herzlich bei Raunispulata. Sie würden die Formulare noch am sel-ben Abend ausfüllen und am nächsten Morgen gleich früh ins Maus-Haus-Rathaus bringen. Glücklicher-weise könne alles weitere in Honigshofen erledigt werden, und niemand müsse erneut nach München reisen.

Etwa zwei Wochen später klopfte es am Abend an der Mauselochtür der Familie Hefezopf, und Papa Humperding Konsalius öffnete die Tür. Familie But-termilch stand mit einem ganz großen Strauß

Butterblümchen vor der Tür. Der jüngste Sohn der Buttermilchs stellte sich mit seinem neuen Namen vor: „Frederikus Thomasius Buttermilch", dann drückte er Raunispulata ganz lange und ganz fest. Niemand würde sich jetzt noch über seinen Namen lustig machen können, nun hatte er für immer zwei wunderschöne neue Vornamen.

ZUGABEN:

Der Nörgel-Beifahrer

Ach, was soll ich groß erklären?
Sie wissen ja sicherlich selbst, wie das ist.

Kommunikation zwischen Mann und Frau

Sie: Gibst du mir bitte mal die….ähmm…den Umschaltknauf
…

Er: Ist das so richtig, Schatz? **Sie**: Nein, man entfernt die Papierhülle, bevor man das Wasser über den Teebeutel kippt.
…

Sie: Schaaaaatz, wieso ist die ehemals weiße Kochwäsche hellgrün? **Er**: Oh, da war noch Platz in der Maschine, ich habe meine grünen Chucks mit reingesteckt.
…

Er: Ja, aber nicht jetzt.
…

Sie: Wieso isst du denn die Kartoffeln mit Schale? **Er**: Ich schäl die doch nicht, das ist viel zu aufwendig.
…

Sie: Ich mache uns etwas ganz Leckeres zu essen, kannst du bitte eine Paprika schneiden? **Er**: Nein. **Sie**: Dann koche ich nicht. **Er**: Okay.
…

Sie: Ich habe dir eine Tüte gebrannte Mandeln mitgebracht. Gibst du mir bitte ein paar ab. **Er**: Nein, das sind meine.
…

Er: Krümel nicht wieder alles voll. Du solltest ernsthaft darüber nachdenken, ein Lätzchen zu benutzen.
…

Er: Ich habe in meinem ganzen Leben noch kein Fenster geputzt! **Sie**: Na, dann wird es aber mal Zeit.

...

Sie: Muss ich erst deine Mutter anrufen? **Er**: Nein, ich mach ja schon.

...

Er: Was nimmst du denn, Schatz? **Sie**: Ich weiß noch nicht, worauf hast du denn Hunger? **Er**: Ich warte, bis du ausgesucht hast, und dann nehme ich das gleiche. Ich finde das nicht gut, dass dir meins immer besser schmeckt als deins.

...

Er: Hast du schon wieder…? **Sie**: Ja, aber nächstes Mal denke ich bestimmt daran.

...

Er: Du, wenn du die Brille beim Schminken abnehmen würdest, wäre bestimmt weniger Puder auf den Gläsern. **Sie**: Du glaubst doch jetzt nicht im Ernst, dass ich beim Schminken die Brille auflasse. **Er**: Ach, hätte ich jetzt gedacht.

...

Sie: Du, ich glaube ich habe gestern Abend einen Vogel totgefahren. Der kam so angeflogen, und dann hat es „Pock" gemacht, ich konnte gar nichts tun. **Er**: Ja, ich weiß. Er steckt da auch noch.

Der kleine Kampf gegen die tägliche Leere des Lebens

Ja, jetzt könnte man sagen, dass bei so einem negativen Titel doch niemand mehr Lust darauf hat, die Geschichte zu lesen. Aber genau das ist es, was uns das reale Leben zeigt und was diese Geschichte ausmacht. Wie wird man mit den grauen Tagen fertig und wandelt sie in Rosa-Wölkchen- oder auch einfach nur in Blauer-Himmel-Tage?

Unser Unterbewusstsein wird nach einer gewissen Lebenserfahrung fast automatisch gesteuert. Zumindest wurde es einmal von uns selbst programmiert und mit allen diesen schlechten, teilweise äußerst negativen Feststellungen gefüttert. Nun ruft es bei den kleinsten Schwierigkeiten, welche normalerweise fast täglich in unserem meistens stressigen Alltag auftreten, umgehend den „Worst Case" oder auch „Schlimmsten Fall" genannt auf. Das verdirbt uns sämtliche Glücksgefühle, und zarte Bande von auftretender guter Laune werden im Keim erstickt.

Hier einige Beispiele:

Wir hören:

Jochen hatte einen Autounfall – Ohne zu wissen, was wirklich passiert ist, sinken wir in uns zusammen und sehen uns schon auf Jochens Beerdigung neben vielen anderen, auch weinenden Personen auf der Kirchenbank sitzen. Dieser Tag ist für uns gelaufen.

Wir trauern, haben Herzrasen und fühlen uns unwohl.

Wir hören:

Martina hat ihren Job gekündigt – Sofort vermuten wir, dass Martina entweder sterbenskrank sein muss oder total verrückt. Sicherlich bekommt sie jetzt eine Sperre vom Arbeitsamt und ist auf die Hilfe anderer angewiesen. Das war doch schon immer so. Martina geht sorglos mit ihrem Leben um und zieht alle anderen mit hinein. Wir ärgern uns über Martina, und je länger wir darüber nachdenken, desto wütender werden wir auf unsere Freundin.

Wir hören:

Sylvia ist schwanger – Umgehend fallen uns sämtliche Argumente ein, die gegen ein Baby in Silvias Alter sprechen. Wir müssen uns jetzt erst einmal setzen, um diese fürchterliche Nachricht zu verdauen. Am allerschlimmsten wäre es, wenn nicht ihr Ehemann Achim, sondern vielleicht ein One-Night-Stand dafür verantwortlich wäre. Wir steigern uns hinein in eine äußerst negative Einstellung und fragen uns, wie Sylvia diese Schwangerschaft überhaupt zulassen konnte? In ihrem Alter noch ein gesundes Baby zu bekommen, ist doch fast unmöglich.

Was für ein Glück, dass wir mit ein wenig Übung und gutem Willen der Herrscher unserer Gedanken sein und sie notfalls stoppen und umprogrammieren können. So ist es uns möglich, egal welchen Alters, damit zu beginnen, den Aufbau unserer Gedanken neu zu strukturieren. Oder einfach ausgedrückt, an das Gute zu glauben, nicht übereilt verurteilen ohne die Fakten zu kennen und vor allem keine Personen oder sonstige Lebewesen für etwas zu bestrafen, was in der Realität möglicherweise gar nicht passiert ist.

Hier einige Beispiele:

Wir hören:

Jochen hatte einen Autounfall – Wir hoffen, dass es beim in die Garagefahren passiert ist und das Auto nur einen kleinen Kratzer abbekommen hat. An etwas Schlimmeres wollen wir nicht einmal denken. Wir werden gleich bei ihm Zuhause anrufen, um die Fakten zu klären. Vielleicht können wir ihm ja auch noch etwas Gutes tun, zum Beispiel einen kleinen Kuchen backen.

Wir hören:

Martina hat ihren Job gekündigt – Oh, hat sie endlich etwas Besseres gefunden? Vielleicht sogar etwas, das ihrem flippigen Naturell mehr entspricht. Wir können es gar nicht erwarten, die Details zu hören. Mit ganz viel Glück kann sie sich dann ja auch eine neue Wohnung leisten und verdient zum ersten Mal in ihrem Leben richtig gut oder hat wenigstens die

Aussicht darauf. Wir müssen ihr unbedingt gratulieren und freuen uns mit ihr.

Wir hören:

Sylvia ist schwanger – Wie wunderbar, seit fast zehn Jahren warten Achim und Sylvia schon darauf, dass sie Nachwuchs bekommen. Jetzt hat es doch noch geklappt. Sylvia wird überglücklich sein. Heutzutage ist das gar kein Problem mehr in ihrem Alter, schließlich ist sie erst 42 und zudem auch noch fit. Vielleicht kann ich ihr in Zukunft helfen, die Getränkekisten in die Wohnung zu tragen, wenn Achim Spätschicht hat. Das ist ja so eine schöne Nachricht, es kommt ein neues Leben in unseren Freundeskreis.

Versuchen Sie erst einmal vom Guten auszugehen, so haben sie zumindest die Chance, dass Sie Recht behalten und alles gut ausgeht. Schlechte Gedanken kann man nicht immer ausblenden oder abstellen. Man kann jedoch versuchen, ihnen nur den Raum für die wirklich unangenehmen und schlimmen Dinge zu geben. Das Leben ist wie es ist, und alles können wir nicht beeinflussen. Das, was wir allerdings zum Besseren umkehren können, sollten wir mit all unserer zur Verfügung stehenden Kraft tun.

In diesem Sinne wünsche ich Ihnen eine schöne und glückliche Zeit.

Hallo, liebe Leserinnen und liebe Leser,

ich hoffe, dass Ihnen einige Geschichten aus diesem Buch besonders gut gefallen haben. Wenn ja, verschenken Sie doch bei passender Gelegenheit das eine oder andere Exemplar an Ihre Familie und Freunde. Falls Ihnen das Buch nicht so gut gefallen hat, überlegen Sie doch kurz, wem aus ihrem Bekanntenkreis es besser gefallen könnte, und verschenken Sie das Buch einfach weiter. Bitte denken Sie auch daran, dieses Buch in den entsprechenden Portalen zu bewerten, das wäre klasse.

Von Herzen ein großes Dankeschön an alle, die mich bei der Umsetzung meines zweiten Buchs unterstützt haben!

Ihre
Susanne Gripp